巫旅

巴代——著

目錄

1 國中女生

才七點三分，高雄市四維路的林蔭道，陽光直洩照射的柏油路段已經顯得熾熱，路面隱約蒸騰著，其浮映扭曲的薄薄淡淡區域，與道路中央分隔以及道路兩側的尤佳櫟、木棉的綠意與遮蔭相襯映，顯得幾分唐突與怪異。車道上除了車輛穿梭往返外，行人道上已不多見學生模樣的人兒走動。

在苓苓國中門口前，幾個學生糾察隊在導護老師與家長的協助下，引導一批學生通過馬路之後，隊長已經鳴笛喊收隊。接送孩子上課家長的車輛，還陸續湧進爭搶門口的下車位置。即將趕不上早自習時間的學生與家長，除了鑽空隙找下車位，似乎沒人注意與理會擠在警衛身邊，一位理著大平頭，比警衛更像警衛的校長，正努力的指揮車輛移進移出。

「這裡！」他肥敦敦的身體，靈活的指揮著，「耶，往那兒！」他伸出肥厚的手掌比著一輛深綠色的大轎車，指向中華路的方向，校門口才移出了一個空間，一部休旅車毫不遲疑的衝了進來，又滿滿的塞進剛才的車位，大平頭校長稍稍的閃了一下，還沒來的得及回神，瞪著不算大的眼睛瞥見那車與前車剛剛好差一個拳頭的距離。

這駕駛技術還眞好啊，他心裡嘀咕著。

「媽咪，拜！」車門才打開，一個女孩像是跌出車門似的，一下子甩了出來，一面打招呼，一面關門，一面又拉開腳步逃離似的往小門口鑽。

「記得戴帽子啊！」開車的婦女趕在女孩車門關上前叮嚀著。

「喔！」女孩頭也沒回的，低著頭拖著書包就往校門裡走去，沒注意到校長一瞬也不瞬看著她。不過，她感覺得到後腦門一陣寒涼。

這國中三年級的女孩，身高一百六十好幾，垂著書包邁開步子走路，看起來疲倦異常，像是沒睡好似的半駝著背。這個學年她被學校挑選編入升學加強班，每天的小考、複習考，就已經逼得她爲了複習與預習功課，每天晚上不得不讀到十二點以後。她眞羨慕永遠少根筋的爸媽，每晚準十點就上床呼呼大睡。這兩三個月以來，經常有些怪事發生在她身上，令她困擾不已；特別是這幾天她覺得像生病的不舒服。她母親以爲她感冒，叫她穿多點，要她平時戴個帽子保暖頭部，她總是應付著。因爲，她非常肯定那絕不是感冒引起的不舒服，感冒不會在大白天見到奇奇怪怪的東西，也不會夢一些只有在災難電影才看得到的奇幻影像。最重要的是：九月的大熱天，要她戴個帽子上課，別人會以為她哪根筋不對。

「梅婉！」一個聲音在後方叫喚著，聲音聽起來有些邈遠。

「拜託，別再叫了，一大早就召喚，我還要考試呢。」她慣性的舉起手掌輕拍了拍耳朵嘟囔著，心裡習慣性的畫了個「×」，作為阻止或消災的象徵。

最近幾週以來，她也開始作了些奇怪的夢，夢境裡伴隨著影像，出現一些聲音的頻率越來越高，從一開始斷斷續續困擾著她將近半年了。起先那只是一種聲音，一種很特別的，像是高低頻率組合成的聲音，到後來聲音開始轉變成一種呢喃聲，像是有人故意拉長字句的緩慢說話。她並不確定那些聲音是在叫喚她或者有其他的意思，因為她根本聽不懂，但是她總會不自覺的受吸引而聆聽。不過，上個星期開始，她居然已經開始聽得懂，那個聲音是在叫喚她而且還附帶的說了些她還沒有能力聽懂的語言或文字。

「幻聽就算了，還讓我聽得這麼清楚！」她低著頭又嘀嘀咕咕，像是跟誰抗議什麼的。

她查過資料，知道這種現象叫「幻聽」，是腦袋的什麼某個東西可能出了問題；另外，幾乎所有的精神病、那些神棍都會宣稱自己聽得見什麼天語。她才國三，可不想被當成是那樣的人，所以，半年來她並沒有把這個情形告訴任何人，她尤其不敢告訴她那雙寶貝的父母親。

「呸！」她想起奶奶的叮嚀，遇見這類討厭的東西要「呸」的一聲驅離，所以她大聲的呸了一聲。

她看一看腕錶，七點九分，眼看早自習又要遲到了，她決定不理會那聲音盡快上教室。她加快腳步超越過前面幾個嬉鬧的男生。就在進入穿堂時，眼角的視線似乎看到穿堂兩側布告欄的玻璃，有幾張扭曲的臉，張咧著不連結的笑臉，隨著她的腳步速度平行而動，令她緊張的心跳加速直撞心口。當她後腳正要跨出穿堂時，一股壓力自背後向她接近，像個龐然大物壓來，窒息的感覺讓她不自覺的想回過頭看看。

還沒來得及回頭，突然有兩隻手掌抓向她的左右肩，第三隻手壓上她的後腦。

「梅婉！」一個尖銳又分雜的聲音在她耳邊響起……

「啊！」梅婉大叫一聲踉蹌往前，整個臉也因爲驚嚇過度以及猛回頭而扭曲變形。

正想開罵，才注意到推弄她的，原來是她的三個死黨，小孟、大頭、男人婆，正瞪著眼睛受極度驚嚇似的望著梅婉。

「是妳們啊！呼！」梅婉回過神，看見幾個死黨被自己反應的樣子驚嚇到，反而覺得好笑，一下子怒氣也沒了，眼神掃過白了她們一眼沒好氣的說：

「嚇死我對妳們沒好處！」

「梅婉！妳怎麼了？搞自閉啊？」男人婆先開了口。

「是啊！小孟叫了妳幾聲，妳都沒聽見！」大頭補了一句。

「是咩，想什麼？該不會是想陳建東吧？」男人婆先開了口。

幾個經過她們身邊的男生，只瞄過她們一眼，馱著書包低著頭快速的經過。

「陳建東？他算哪根蔥啊？」梅婉甩了兩顆白眼球給男人婆，卻見到小孟那張小臉無辜的望向她，似乎有話要說。

「對不起啦小孟，我快遲到了！」梅婉覺得不好意思，只伸過手拍拍矮她一個頭的小孟，轉過身往樓梯衝去，沒多解釋什麼。

「梅婉，星期六下午一起看電影啊！」男人婆見梅婉急著離開衝上了樓梯，喊了起來。

「又沒聽見了，她一定有什麼問題。」小孟見梅婉沒回應憂心的說，聲音輕輕小小地把話含在嘴裡，樣子像個小可憐。

「都遲到了，還在那裡吱吱喳喳呀！」一個中年男人的聲音從他們身後響起，他們幾乎同時回頭。發覺原來是校長正背著手走了過來，三個人相互使了個眼色，做了鬼臉一下子逃散去了。

校長停下了腳步，眼光順著樓梯往上看著梅婉的背影，嘴角揚了起來。他又回過頭望了望校門口那排圍牆，又得意的笑了笑。

「你攔不住的。」他注視著校門牆面，臉上笑意依舊，卻突然開口這麼說，語調輕鬆、詭異。

「看電影？拜託，都要考試了！哪來的閒工夫呀！」梅婉嘟嚷著衝進了教室，但，還是遲了兩分鐘，她放下書包坐了下來，手沒閒著拿出英文課本複習文法，準備第一節的小考。她的班導師抬起眼睛看了她一眼，沒在意她的遲到，只眨了個眼微笑。

梅婉是個好學生，功課好、教養好又熱心公益，班導師並不擔心她的遲到是因爲她偷懶什麼的，心想她住得遠，每天早上由母親開車送上學，遲到總是難免。

梅婉才攤開書本，心裡卻想著進入國三之後，幾個死黨只有自己編入學校爲爭取進入第一志願高中人數的加強班，每天忙著讀書小考，跟她們都疏遠了。

不過，也很久沒看電影了，看什麼好呢？梅婉心裡閃過一個念頭。

也好，去看看吧。她不確定是否眞的拿定主意，眼神重回到書本。

啊！突然間，她輕輕的尖叫一聲立刻闔上書。所有人都望向她，而幾個平時就對她吃味的女生，也向她望來，眼神露出幾分嫌惡。

「怎麼了？」班導被她的驚叫聲嚇了一跳，走下講台來關切。

「沒事，沒事，對不起，吵到大家！」梅婉眼見大家都望著她，頓時耳根赤紅，連忙向大家道歉。

「眞的沒事？」班導不放心。

「眞的沒事！」梅婉點點頭輕聲的回答。

梅婉桌上擺著的是英文教科書，而剛才她眼光焦距落在翻開的書頁時，頁面上的文字正在流動，一列一列扭扭曲曲的流動著，然後像個沙漏一樣往右上角「流」了出去，淨空的頁面跟著漸漸「浮」出了幾段文字，所以她嚇了一跳，不自覺叫了起來。

老師拍了拍她的肩膀，走回講桌的座位上。梅婉趕忙把書本重新攤開，視線落在課本上剛才的頁面，上面已經完全浮出了一些靜止不動的字，上面寫著：

Ha...shu...
H̱aḻa demuwanna aḻaka.
Giṉeraw, maḻaẕanmaw.
Masengin naw, muzaḻebaw.
Yinuna binibalimiẖan, yinu na giaḏuṉuḻan.
Ha...shu...gaṟahan...

整列奇怪的英文字組合，浮雕似的立體。她不自覺的伸出手指觸撫想發音唸唸看，卻發覺上面雖然以英文字書寫，但是寫法非常奇怪，像是某種語言的拼字文字，一時之間卻不知如何唸起。梅婉喜歡英文，最近又迷上英國腔的不列顛英語，但她看不懂書本上這些奇怪的字母組合所代表的意涵。

「嗯，會不會是……那個拼音？」梅婉靈光一閃，立刻想起她父親這兩年研究巫術所使用的拼音符號，覺得似乎就是這樣。她更專注地從頭又看過一遍。

「哈……噓……」她看著看著越覺得有趣，嘴巴唸了起來……

「哈拉……德母哇母萬……阿拉卡……」她慢慢的唸，試著拼音唸出來，雖然聽不懂，但覺得好玩，心裡卻隱隱約約的感覺出這段文字的意思，一陣一陣的浮現，但她不十分確定。

「給任額……」她繼續唸，頓時覺得有股氣在體內衝撞，讓她精神舒泰。

教室內仍維持著安靜與其他同學偶爾輕聲唸出的細碎聲音，但教室外某些角落，卻開始起了變化……

最先反應出變化的，是北面靠近垃圾集中區的牆面，從梅婉唸唸有詞開始，便呈現波紋一樣的輕微變化，輕微得連在牆邊健走運動的市民都沒察覺到。這波紋，一陣一陣的由牆腳開始向上擴散，以垃圾場爲中心向外擴散而去，像是水波漣漪向外輻射擴散。詭異的是，波紋擴散的方向，不往垃圾場左側站著交通導護的後門，卻僅僅往西邊的文橫路單向「吹」了過去。

「啊！」一個民眾不巧伸了手搭上牆面感覺一股奇怪的電流似的，驚得輕聲叫了一聲，望著牆滿臉狐疑。

西面的牆也不安分，在靠近四維路半邊塗漆學生畫作的部分，也不著痕跡的開始扭曲、跳躍。一塊畫著「遵守交通規則」宣導的圖畫，上面的人行道竟然不停的跳躍抖動後，變成白色的網格狀。

南面四維路的狀況還好，只有約三根牆柱，稍稍震動了一下下。東邊的牆面算是最穩定，但是牆內福利社的老建築，似乎隱約的喘了一口氣，「哈！」的長長一聲，拉了將近六拍的漸弱音。

這些狀況似乎並沒有人發覺，一切都悄悄的、細微的發生。

不！有個人一直留心這些變化。

理著大平頭的校長，正站在校長室窗前，盯著四樓梅婉教室的方向，露出詭異的笑容。

「呵呵，繼續，不要停，呵呵！」校長的笑容已經開始咧嘴輕吟，似乎掩隱不住得意。

另一方面……

大門旁的提款機螢幕無預警地跟著激烈閃爍，不自主的、無規律的快速變換螢幕，宣傳的廣告短片交互播放，一下快轉一下正常播放又一下子胡亂倒轉；影帶的配音與音樂，從機器傳送出來，卻隱約像是經過組織的語言，經文似的一句句、一段段的流瀉。

「咦，這機器是不是故障啊？」一直在門口走動游移的警衛，看到這提款機的現象也覺得奇怪，自言自語。

連結提款機的牆，此時已經出現兩條隱晦的、不容易辨識的、像緞帶般的隱性箭頭，潛行似的從提款機後面的牆柱，開始沿著牆面一上一下的快速繞過每個牆面與柱腳，就好像兩條鐵索緊緊的想箍緊牆面。快速移動的樣子，又像棒球場上觀眾席的人牆波浪遊戲，一波波向遠處傳遞。但這波紋輕微得並未驚動在人行道上散步健走的市民。

而教室內唸著神祕文字的梅婉，喉頭開始緊箍，聲音無法順暢發出。她停了停，又繼續好奇的拼音唸出，不自覺地，聲音越來越大。

「閉嘴！」教室內，坐在梅婉旁，向來不太友善的女生，對著她喊了起來。

「啊，對不起！對不起！」

梅婉愣了一下，很快的發覺自己的失態，立刻闔上了書，連忙道歉。

此時，緞帶般的箭頭，正與擴散的波紋糾結在靠近垃圾場附近的牆面，當梅婉的聲音停止而書本闔上時，箭頭像得到一股推力，突然加速穿過波紋，直抵後門。整面牆隨即恢復原樣，除了運動的民眾發覺西面的牆有點濕黏的裂痕，沒有其他人察覺這中間發生了什麼事。

「好的，我會盡快處理這件事！」校長室內，肥敦敦的校長掛上電話，眼神露出奇怪的笑意。

「不把你們拆了才怪！」他的眼神突然轉向校門口的右牆，嘴角微微揚起。

剛才，一位熱心的民眾打了電話進來，告訴他牆面老舊裂痕還出現怪異的濕黏，怕影響學生安全，請校長多留心些，而校長的反應竟像是等待這個消息好久了似的。

闔上書本，梅婉直接離開教室，準備往操場移動。操場上已經陸續走進一、二年級的各班，三年級也陸續到達操場準備參加早上的升旗。

梅婉的班級，是全三年級前三名選優集中輔導的升學資優班，平常擁有特權不參加升旗典禮，今天卻被知會必須參加升旗典禮，據說校長有很重要的事情要宣布。

「梅婉！準備得怎樣啊？」走廊上，她的班導出現在她背後。

「老師好！還不錯！」

「剛才，眞的沒事？是想到什麼忘了帶？」

「沒有，沒有，只是……突然想起一點私事！」梅婉盯著班導師，表情看起來認眞，眞的好像一切沒事的樣子。

「那就好，許多人在國中階段會陷入某些奇怪的狀態，我想，那是青少年成長過程的自然現象。人到了這個時候開始學習自立，開始學習自己去面對問題，但又因爲現實社會的經驗歷練不足，很多時候總會讓自己陷在一些困惑當中而不自覺。」班導師伸過手來，輕輕的拍著梅婉的右大臂。稍嫌袖珍的身材，站在梅婉高大的身軀，樣子卻像個小妹妹伸過手來要姊姊抱抱。

「我觀察妳一段時間，覺得妳最近常常心不在焉，我擔心妳發生什麼事，既然妳覺得沒事，那表示一切還在妳的掌握當中，不致造成妳的困擾。老師信任妳，不過，有需要協助時，一定要找老師喔！快升旗了，別遲到啊！」班導語氣溫和，說完便轉身往樓梯口走去。

梅婉望著導師嬌小的背影感到窩心，不僅是因爲導師像是她媽媽或者姊姊一樣，另一個原因是，導師總是尊重她，把她當大人看待。

「老師！」梅婉突然大叫一聲。

這一叫，讓正要踩踏下樓樓梯第一階的老師嚇了一跳，連忙停了下來，回過身來走向梅婉。

「怎麼啦，發生什麼事？」導師表情像是受到極大的驚嚇。

「喔，沒事……我……是要問老師，現在有沒有帶衛生紙。」梅婉結結巴巴的說，表情卻十分的怪異。

「原來只是這個，我還以爲發生什麼事呢，怎麼？上廁所不帶衛生紙啊，不是好學生喔！我沒帶，不過……」老師停止說話，表情卻快速的轉變。

班導師的表情從原本受到梅婉大叫而驚嚇緊繃，轉成調侃梅婉的輕鬆樣，緩和又笑臉，但是一瞬間突然想起什麼似的揮著手沒多說話，接著急急忙忙轉回教室。

「我到底怎麼回事啊？」梅婉幾乎不敢相信眼前發生的事，她雙手摀著太陽穴的位置，搖搖頭幾乎要蹲了下來。

剛才在老師揮別的時候，梅婉「聞」到淡淡的血腥味，接著「聽」到老師小腹腔一個拳頭大的器官，發出了嗶剝剝的聲響，輕微又斷斷續續的聲響，不一會兒，一個紅通通的影像撲向她的眼前，除了嗶剝剝的輕微聲響，她竟然「看」到裡面的小塊組織自器官壁面一點一點的和著血水剝落。

「子宮!·mass（月經）!」梅婉不自覺輕聲脫口而出。

一驚覺過來，卻「沒看到」導師口袋裡有任何的衛生棉紙，老師似乎也沒有警覺到自己的生理期，正要轉向樓梯踏上下樓的台階到操場參加升旗。想到升旗時間老師來經，梅婉心頭一驚忍不住叫了起來，技巧的提醒導師。

「呃啊!我再也受不了啦!」她大聲的發出怪聲音，站直了身子直接往樓下衝了下去，迅速排進自己班上的行列。

不對勁!這是怎樣啊?她想不透自己怎麼會越來越容易聽見、看見這些奇怪的異象。難道要叫我當女巫?梅婉想起某一天，她的父親曾經提過成巫徵兆的一些現象，但無法確定自己是不是在那樣的範圍。

回去查查看吧!她心想。

「梅婉，有心事啊?」一個聲音打斷她的思緒。原來是個頭與她相當的男人婆，從後面的班擠到梅婉的身旁。

「我注意到妳這幾個禮拜，常常心神恍惚，是不是……」男人婆壓低嗓子，擠著眉頭睨著梅婉，懷疑她最近喜歡上誰，語氣上故意賣關子吊梅婉胃口。

「是妳個頭啦，是不是又要說陳建東?我是……」梅婉差點脫口說出最近的事，但是又擔心嚇著男人婆，一下子把話收了回去。

「耶？這就不夠意思囉，妳不信任我？嗯？我是男人婆，不是大嘴婆！什麼時候嘴巴不牢靠過？」男人婆抗議著，而幾個相鄰排隊的同學也好奇的朝向梅婉看。

「喂！師長要訓話啦！咦？妳是哪一班的啊，想搞破壞啊？」班長表情嚴肅的盯著她們。

「啐，升學資優班還想拼秩序第一名啊？」男人婆瞪了那班長一眼。

「小心她打妳的小報告！」梅婉制止了她，「妳別胡思亂想啦，我遇到了些怪事，還沒想通其中的道理，找到原因我一定最先告訴妳們。」

「一定喔？」男人婆還想繼續說下去，但是遲了好一陣子才出現的班導師，已經走到班上的位置，眼神有一點複雜的投向梅婉，男人婆立刻退回自己的班上行列。

梅婉佯裝沒看見老師往她望過來的眼神，抬起頭順著前面黑壓壓的人頭往司令台望去。只見校長挺著小肚子，朗誦著他最近的詩作。奇特的澎湖腔調，在朗誦詩的音韻上顯得別有一番風情，語氣在瞬間突然陷落，腔調出現幾個特殊的音符，聽他唸詩，就像站在澎湖山美的銀黃色海灘聽海風颼絮，當海風吹拂海灘兩側珊瑚礁岩，總要順著珊瑚礁岩上的海蝕溶洞，糾結、流連然後朝內縮的海灘向內陸放送，呼……吸……呼……的，令人拿不定節奏與頻率。

梅婉停下心思，而校長的朗誦聲音開始傳進梅婉耳裡：

……
鬆綁了、解脫了，那數百年的束縛
甦醒吧、自覺吧，潛藏的原始性靈
在苓中的圃園沃土
在園丁的悉心喚醒
綻放吧、揮灑吧，你無盡的生命力
重起吧、挺立吧，綿延傳續的寄託
……

「不對！」梅婉輕掀著嘴唇喃喃的說，眼神突然轉變成凌厲。
「不對！」她又說了一句，搖搖頭之後，頭低了下來，陷入思索。

校長的澎湖腔，唸的是國語，雖然捲舌的並不十分自然，但不影響任何人聽進耳朵裡，立刻理解其意涵。就連最討厭聽校長唸詩的男人婆，也搖頭晃腦的張合著嘴型一字一字的唸誦，惹得其他同學跟著模仿而低聲笑鬧著。

但是聽進梅婉的耳朵裡，在腦海形成的語言，竟然是她不會說的卑南語，而她居然可以精準的掌握那音韻所傳達的意涵，每一個字句每一個停頓，精準的牽引著梅婉的情緒與感官，越過一重重白晝與黑夜所刻畫成的光明與黑暗，那哀傷、絕望，振奮、激昂，一下子滔滔巨流，一下子又蓊蓊鬱鬱。許多臉孔交替出現、幻形又倏地飄失，梅婉感到暈眩，情緒忽然陷入一股極度的思念與憂傷，那聲音忽地又層層包圍著梅婉周遭：

……

Vanvannay la, vakvakai la, yiruna ginigabedaen.
Masengin na, malazam a, yiruna binianezam.
Daw razek na ginaruwa.
Daw lamannan na menanahu.
Mubangda a, Muduvansar a, nu yinuzawayan.
Gibarahan, gibadigriz, nu gidalimayan

……

就在最後一句時，梅婉身體幾乎要向外炸開一樣，一股力量自腦門、腳底，自前方、自後方朝心窩的方向湧入，然後迴旋，又要往外擴散。一種陌生的舒服感覺。讓她感覺害怕，正想大叫，心頭卻震了一下，她感覺到門口提款機後方有股力量也似乎同時震動了一下。

遠方，校長驟然停止唸詩，而且停了好一會兒，眼神轉向三年一班，聲音透過喇叭傳送：

「這首詩本來是寫給三年一班的同學，希望他們爲了學校的榮譽，努力用功，提高本校升學第一志願的名額，爲校爭光。但是，我個人覺得更應該送給我們莘中所有同學，希望大家都能盡情揮灑那源自你生命的原始性靈所存有的能量，因而綻放、挺立，因此我想請三年一班的同學上台再朗誦一遍。」

校長的腔調，透過麥克風，「原始性靈」反而聽起來像是「眼屎性靈」。調皮的學生已經開始「眼屎、眼屎」的躁動，但聽到要再唸一次，又立刻轉換成一連串的抱怨與咒罵。不要，不要！梅婉排斥的直嘀咕著不要，她直覺校長會要她上台朗誦，但隨即心頭又震了一下，而門口提款機向外震開的能量似乎又比剛才的劇烈。

突然間，全校不預期的停電，喇叭停止了放送，整個操場也都靜了下來。才安靜幾秒鐘，尖叫聲以及歡呼聲又隨處炸開。

清晨的天空竟然下起了像冰雹的白色冰晶，科咯……科咯……的掉了下來撞出響聲，操場上不論老師或學生，紛紛舉起手臂遮頭，有的往教室狂奔，有的興奮得留在操場尖叫，除了校長鐵青著臉，全校師生已經陷入躁動。

看似冰雹的白色冰晶只下了十幾秒鐘，掉落地上的幾乎在著地的那一剎那就被手腳快的人撿拾，炫耀聲此起彼落，造成更大的騷動。學校附近的大樓住戶紛紛隔著窗向操場望來。

「請各位老師們，請迅速將各班帶開。」

麥克風響起了值班老師的聲音，看來已經恢復了電力，而幾位老師仍聚集在一起討論，興奮中，還覺得不可思議，因爲這樣的清晨，高雄市上空無雲，可能形成冰雹的條件根本不存在。

「我一定要拆了你！」校長不理會操場的躁動，背起手，皺著眉頭轉過身走下台，惡狠狠的說。

梅婉鬆了一口氣，但此時，卻有個聲音穿過周邊的吵雜傳進她的耳朵。

「你們鬥不過我的！」聽起來是一個老婦人的聲音。

「你們鬥不過我的！」那聲音又重複了一次，梅婉有股熟悉親切，不確定是誰擁有這個聲音。

「這是怎麼回事？」梅婉輕聲地叫了起來，才舒緩的心情，瞬間又懸吊了起來。

2

徵兆

在清晨破曉的前後，梅婉被一陣激烈的搖床與兩三隻獸類爭鬥嘶吼的聲音吵醒，她沒睜開眼，只縮回已經掉在床邊外的右腿，拉了薄被，重新調整姿勢準備繼續睡，她嚥了嚥口水，只覺得頭疼、喉頭乾涸、身體異常疲憊。

剛剛她又跟往常一樣，臨破曉前做了一個長長的夢，一個清楚又怪異難解的夢。夢裡頭，梅婉似乎是處在一個崖邊的小木屋外頭，她看不到自己的身形，也不清楚小木屋周遭的情形，但景物視角明顯的由上往下望去，只看見廣袤稀樹的大平原連綿廣被，高聳又綠色深淺不一的叢草末梢在陽光下平原風的吹拂下，彷彿一波波、一滔滔的綠色波浪湧起翻落，沸騰了葉梢的陽光，珠玉落盤似的「叮咚」、粼粼。草原一端連結著望不到盡頭的沉綠蒼鬱的森林，森林某些區塊的樹冠層凝結、延展了幾帶嵐霧；草原另一端則有一座成錐體狀的高大獨立山丘向上孤挺，山頂上籠罩著的厚實雲霧層，與地表平行的擴展了一大片範圍，將山體遮蔭成墨綠或蒼藍；雲霧層上方因積雲作用又向上堆積層疊，令那座大山看起來像是一個戴著有幾層堆疊高帽的鬱藍色頭顱，那般的陰晦、愁苦與突兀、不協調。梅婉隱約看見那座山底下有些建築物，但不確定那是不是一個聚落，她試圖著撇過頭左右或向下瞻望，卻看不見其他方向的任何景象，像是誰只開了一扇窗，固定與限制了她的視角。

才專注望著遠景，梅婉感覺到一股股細細的雷鳴低吼聲不斷的從四面八方竄起連結，逐漸變成巨石碰撞轟隆空隆的扎實悶雷，那產生的嗡嗡共鳴聲彷彿是自地心升起、流竄，然後湧進耳廓裡，繼續深入、鑽探。她感到極端的難受，想摀起耳朵，又突然一陣搖晃，她本能的緊抓身旁的器物，但眼前的景象出現了巨大的改變。她張口驚叫著看著大平原一波波的綠色草浪，波濤海湧般的高高捲起，形成一道一道黑綠色海嘯向山崖的方向逐漸逼近。山崖在戰慄，木屋以及周邊的樹木也直打哆嗦，連身後的灌木叢也驚起了一連串帶著撕裂狀的尖叫聲……梅婉便醒了。

哼！梅婉哼了一聲並試著把頭往枕頭裡陷了陷，但睡意卻像木棉樹枝椏上熟裂果實的棉絮，一片片一絲絲的被風吹過抽離而後逝去，她睜開了眼。

這是一個極爲老舊的空軍眷村，社區隨處可見廢棄的住屋，這些低矮老舊破毀的建築物，前院後院大多栽種了些芒果、龍眼等果樹，稍早的年代，不少的住戶人家利用房舍周遭空地，栽種玉蘭花、樟樹、榕樹。這也使得廢棄住屋的庭院雜草蔓生，大樹枝幹橫生亂長，穿牆的、裂屋的，枝椏垂地，落葉成堆。白天看起來頗有一點傾頹的老舊氣息，但到了晚上就鬼影幢幢，野貓野狗出沒活動，教人不自在，至少梅婉是這麼感覺的。剛剛的嘶叫吼聲，便是隔著巷道的鄰居廢棄屋兩隻或更多隻的野貓或家貓求偶交配的淒厲慘叫聲，聽起來像是某隻貓處於被屠宰的狀態，那聲音尖銳亮徹令梅婉感到極度不舒服。她隔著關閉的窗子，下意識地向圍牆外聲音的方向隔空望去，只見窗面上鋪展開了一些的灰白微光，她閉上眼順手拉起了薄被，蒙住了整個頭。

這些，究竟是怎麼回事？我難道眞的要成爲一個巫師？又爲什麼是我？校長跟這個有什麼關係？那熟悉的聲音究竟是誰？過去幾次沒來由的奇怪夢境有什麼意義？梅婉腦海一片又一片的浮掠起這半年以來一連串的奇怪現象。

假如我眞可能是個巫師，我該找誰幫忙？奶奶住得遠，爸爸可以幫忙嗎？梅婉胡亂想，又不免一陣悲傷，幾行淚水滲入枕頭裡。

她不過是個國中三年級的學生，再過幾個月就得參加明年五月的國中基測，決定她進入哪一所高中就讀。上學期末，她同意學校將她編入爲了考第一志願所成立的特別班，目的也是瞄準將來能考上第一志願的高雄女中就讀。如今課業壓力已然是個重擔，偏偏這半年以來奇奇怪怪的異象常不預期的纏繞著她發生，從家裡到學校幾乎不分場域時間。別的不說，光是昨天回家所看見的事情，就讓她感到毛骨悚然與厭惡。

昨天傍晚放學，升學班照例留下來自習兩小時，當時天色已暗，她母親照往常一樣開著車載著她回家，結果才上高速公路經過覆鼎金那陸橋，就看到兩個專科生不顧車流地快速奔馳，自顧自的在高速公路邊，沿地撿拾散落在四處的東西。梅婉沒看清楚他們的臉，卻清楚的看到他們撿起的那些軟搭、不規則的東西，竟然是一片片輾碎散落的肉片，他們一邊撿拾，一邊往自己身上黏貼，而他們的身上還清晰可見沒有黏上肉片的骨頭外露。當場，她受了驚嚇，一陣噁心，立刻聯想到前一週新聞報導，說兩個就讀附近的專科生，才入夜的時間，共乘一輛機車誤上高速公路，不明原因的在這附近倒地，而後遭好幾輛車輾過，警方稍後封鎖了外二車道一整段不算短的區域清理。

先前難以解釋的異象已讓她感到煩躁，現在連死人、屍骸、魂魄這種叫人難以感到自在的東西也讓她遇著了，誰知道日後她還會遇見什麼。昨夜梅婉感到頭疼渾身難受，只翻了幾頁書，無心繼續複習功課，早早便上床就寢，她的父母感到奇怪與焦急，也沒多說什麼，梅婉偷偷地哭了一會兒，任由腦袋一直靜不下的胡思亂想，直到疲倦睡著然後又斷斷續續的做了一些夢。

現在她想不起來整夜她到底做了什麼夢，除了剛才那奇怪的大草原忽然襲來綠色海嘯的夢。窗外，後院一棵「海頓」品種的大芒果樹的枝葉裡，已經圍聚了不少的麻雀、綠繡眼吱喳鳴叫，而圍牆外，隔著一條巷子的廢棄住屋又響起那貓的叫聲，持續的唉叫了好一陣子。

像這樣子，我怎麼讀書啊？梅婉想著想著又開始掉淚。她覺得自己在這整件事情上，是異常的孤獨與無力感。她想告訴父母親，卻怕他們擔心，說給老師或朋友們聽，又怕被誤會這是她對課業壓力的逃避說詞。

跟爸爸說吧！她心裡升起了這個念頭。她父親雖然平日看來傻裡傻氣，老愛跟她打哈哈開玩笑，一副少了大腦似的，但他卻是目前國內從事巫術研究的重要民間學者。除了他本身出生於卑南族大巴六九部落的巫師家族，他自身的體質與研究興趣也在此，親近他的學者都謔稱他爲「哈巫先生」，他也樂於接受這個稱謂，近乎炫耀的在名片上與本名並列寫著「哈巫」。梅婉知道她的父親哈巫先生，書房擺設了不少關於巫術的研究報告，她想去查一查，但是她更想把時間花在準備基測這一件事上。

親口告訴父親吧，直接由他來說明應該更省事。梅婉這麼想著。

梅婉似乎又睡著了，但她並不自覺，因爲，她清晰地聞到一股濃稠濕黏的味道盈滿她的鼻腔內。不，精確的說，她似乎感覺到她的鼻腔、口腔裡整個灌注著一種液體，她感覺不到自己的呼吸，卻沒有任何窒息感。她試著張口，一口液體順勢滑入食道，立刻感到清明與喜悅，她想睜開眼，發覺她的臉是裹在一個不算薄的液體之中。忽然，一陣翻動後，就偏向一個固定的方向移動，那樣的移動上上下下，彷彿她所處的密閉似的空間外邊，還包覆某個載體，正載著梅婉走動。

只持續一會兒的顛盪震動忽然停止，梅婉眼睛依然閉著的，四周的黑暗彷彿正由她前方一吋的位置直向外輻射擴散、延展；接著帶著一些光暈由遠方向自己貼近。然後，她開始「看」到一些奇怪的事，在眼前鋪展呈演。她看見她床前的地面下有一個窟窿，那凹陷的範圍正躺著一個人，衣服已經破爛，身體也幾近腐爛流逝，只剩下臉部還包覆著皮膚，像是閉著眼睛的乾癟人偶。梅婉注意到，床前的地面並沒有破損的現象，她是穿透地面看見地底下的那個人，隱約中，空氣似乎已經漫瀰了一些腐屍味。

忽然……那人睜開眼對梅婉笑。

梅婉倒吸了一口氣，隨後驚叫了一聲，身體倏地向後縮收，像是有一股力量冷不防的抓著她的背向後拉，迫得梅婉心跳幾乎停止，而斜對角父母親的房間，停止了鼾聲。

梅婉緩過一口氣後，急忙睜大眼往地上再看一看，卻發覺地面並無異樣。她輕聲的咒罵自己見鬼了，本能的拉起被子將自己緊緊的裹住，往靠牆的床邊捲窩，然後啐了一聲想平撫驚悸。她警覺到原本喧譁的鳥雀聲忽然都靜止了下來，她探出頭往周邊看了看，發覺天色似乎變暗，她不確定這是不是眞實的情境，忍不住，又往床邊的地面看看。

啊！梅婉本能的向後縮滾，不確定自己是否驚叫了一聲。

她看見的景象，比剛剛稍微複雜了一些。原先的「窟窿」，仍然躺著一個人，只是，那人的身邊多了一個人，兩個人都閉上眼睛，嘴角微微上揚，說好了似的，一起擺出微笑的樣子。

梅婉再也受不了了，忽然放聲大哭。

「怎麼啦？」她母親推了門進來，「又作噩夢了？」

「嗚……爲什麼？」梅婉哭聲沒減弱，「爲什麼要我看見這些？嗚……我怎麼讀書啊？嗚……」

「又作了什麼夢？嗯？妳告訴我！喂！孩子她爹，你想想辦法啊！」她母親安慰著梅婉又對著門外的哈巫先生叫道。

嗚……梅婉只管哭沒回應，幾個月來的驚嚇與不解，決堤似的嘩啦啦的宣洩不停。

「我看，我跟媽打個電話好了！」哈巫先生也進了房間，看著縮蜷在靠窗床緣的女兒說。

「咦？跟媽打電話？這有關係嗎？」

「梅婉這樣的情形像是一種徵兆，她有可能具有女巫身分的資格。」

「女巫？這……她還小吧！」梅婉的母親並不排斥這類的說法，畢竟成爲女巫在他們家族並不是什麼特別的事，她擔心的是梅婉即將參加基測，決定進入哪一所高中就讀，這個時候出現這些成巫徵兆，必然影響她準備功課。

「我看找媽來看看，有沒有方法讓她緩一緩吧！」哈巫先生語氣平淡，聽起來有些憂慮，「不過……」

哈巫先生停頓了一下，忽然哈哈大笑，開心地兩手握拳前後滑動：「我的女兒要成爲巫師啦！」

他的舉動讓梅婉停止了哭泣，倏地拉下蒙在頭上的被子瞪了他一眼。

「你啊，你心裡打什麼算盤我還不清楚啊？梅婉可是你的女兒耶，你眞要把她當成研究對象，害她考不上高雄女中，當心我跟你沒完沒了。」梅婉的母親也拉高了說話音調指著哈巫先生說。

「唉唷，這是我的學術專長，我的女兒眞要成爲女巫，我怎麼輕易的放過，我可得……」

「好啦！好啦！你們都出去吧，我還要睡覺呢！」梅婉沒好氣的說。

「梅婉啊！天都亮了，我看妳也別睡了，整理整理，我送妳上學吧！」梅婉的母親口氣緩和的說完，沒等梅婉回應便推著哈巫先生嘟嘟囔囔地碎唸出去。

這一天上午，梅婉也沒上得了學校，因爲母親召喚她吃早餐時，又發生了一件事。

梅婉的家因爲主建築小，所以前任屋主在前院蓋了另一棟包含一間房間、一個用餐空間與廚房的屋子，家人用餐與宴請客人都使用這個屋子。屋子的建築體並不大，左右剛好留了些空地，哈巫太太用來種植一棵櫻桃和釋迦、葡萄等果樹。主建築與這屋子之間的空地上頭搭建了遮陽棚，形成的空間後半段作爲停車場與一般活動空間。

梳洗完畢的梅婉才推開了門，忽然感到一陣光炫，梅婉遮著眼睇著注視眼前的光芒，赫然發現那是一個高大的赤膊巨人，胸前長滿了胸毛。奇怪的是，他的身體從胸部以上都穿出遮陽棚之上，高高的由上往下俯視著梅婉，樣子就像他是插進或穿出遮陽棚。遮陽棚透明似的，梅婉抬頭仰望時，就像是從水底穿過水面般的通視過遮陽棚，與那閃著眩惑光芒的巨人四目相對的剎那，頓時失去知覺昏了過去。

梅婉被緊急送醫之後查無病因的昏迷三天。這三天除了辦理學校請假，哈巫先生去了電話請遠住在台東的母親來一趟。當然這幾天，哈巫先生顯然不願辜負了他「哈巫」的名諱，不但興致高昂地向公司請假，還準備了攝影機、照相機、錄音筆、筆記本進入病房，鎮日守在梅婉身旁，完全不顧旁人好奇的眼光，像是等待第一個寶寶誕生的新科爸爸那樣興奮，氣得哈巫太太直罵他病態不正常。

除了先生的態度，還有一件也讓哈巫太太七竅生煙與不解的是，她的婆婆，哈巫先生的母親阿鄔。阿鄔來了以後只到醫院停留二十分鐘，在梅婉頭上比劃比劃，然後回到院子做了一些儀式，最後要哈巫太太帶她到梅婉的學校見校長。這不打緊，到了學校，阿鄔居然要哈巫太太留在警衛室外的人行道上等待，自己獨自一人見校長談了一個多鐘頭，好像她才是家長似的，回家路上也不透露談話內容，讓哈巫太太覺得不受重視，連生了三天的悶氣。

「一家人都是怪胎！」哈巫太太日後與人談起這事，總是忍不住要抱怨一句。抱怨歸抱怨，哈巫太太對於當天拜訪校長的事情還是保留了一些細節。

苓苓國中是個半老不新的學校，將近五十個年頭的老舊圍牆內，隔個寬約十五米的前庭之後，行政大樓緊迫的豎起張立。牆面除了近年貼上了馬賽克形成的苓中字樣的圖案之外，其他的杜角都輕易的可以看見歲月的斑痕，幾道鐵門的鏽蝕狀況，也似乎懶得去辯說這半百歲月的學校的老態滄桑。

哈巫太太處在氣憤中，停了車在人行道上來回梭巡，每一回經過校門口便站定面向校長室的方向瞪視。就在等待的時間內，哈巫太太似乎看見學校圍牆數次產生騷動，有時像波紋，以至於牆面忽然擺動又立刻靜止；有時像是有人拿著球在長長的布條另一側頂著布條向前狂奔，以至於看到牆面上下各約三分之一的高度，鼓出兩個球形的疙瘩快速的向兩側延展。哈巫太太眨眨眼望了望在身旁幾步外的警衛一眼，輕聲的在心裡罵了一聲：見鬼了！但這一咒罵卻讓時間變得更長更難熬，因爲她陸續發覺這大樓西側的一個隔離建築物，似乎因爲大笑而出現搖晃的現象，庭院的幾棵樹甚至偷偷交互換了位置。更離譜的是，這些事的發生絕不只一次，中間還經過學生下課休息的時間，居然沒有任何學生、教職員工或路過的民眾發覺。哈巫太太意識到自己可能因爲疲倦、擔憂與生氣，因而感到暈眩與出現幻象，加上日後不再出現類似的情形，擔心被人說成神經病，所以絕口不談此事。

※

梅婉的幾個死黨小孟、大頭、男人婆，是在週末上午相約到梅婉家來探訪。出發前三人貼心的約定，只問身體狀況，不主動問病因避免梅婉尷尬。她們的到來讓梅婉感到開心，說了許多話，至於生了什麼病卻隻字不提。小孟試著詢問幾週以前約好看電影的約定，眾人立刻附和，但梅婉顧忌才剛出院，到黑壓壓的電影院內不知會遇到什麼難以解釋的狀況，藉口身體暫時可能不適合密閉空間，提議不看電影。於是，四個人便決定過了中午的時間，移師她們最愛去的新堀江鬼混。這個提議立刻獲得她母親的支持，還主動討了差事，志願開車送她們去。

「梅婉，妳到底生了什麼病啊，嚴重到需要三天住院。」大頭終於打破了與其他兩人不問病情的約定。

「我也不知道，連醫生也都不知道我生了什麼病。」

「會不會是功課壓力，讓妳生理失調啊！」

「生理失調？大頭妳乾脆去當醫生算了，妳要害梅婉又昏倒啦？」男人婆說。

「妳們在說什麼啊？眞的是沒人知道我生了什麼病呀。那一天我才要吃早餐，就昏倒在門口了！以後的事我根本沒記憶，我不知道啦！」梅婉吸了一口飲料杯的珍珠奶茶，嘴裡輕咬著一顆粉圓說。她根本不想提那些難以理解的現象。

「會不會是因爲血糖過低，昏倒撞到頭啊？」大頭仍不死心的問。

「妳還眞是大頭呢，就會想到那裡。」男人婆聲音提高。

「妳怎麼那麼說……」大頭抗辯著。

接下來的交談持續著「男人婆數落，大頭回應辯解」的形式，雙方互有攻防，但梅婉卻沒念頭多說話，她看了一眼安靜沒多說話的小孟，覺得她有心事。梅婉記得她有好一陣子都這樣子安靜不語，偶爾輕皺眉頭，似乎苦惱著什麼。正想開口問問，卻注意到狹窄街道的對面，有一個男人正沿著店家門口橫向走過，梅婉驚訝的瞪著眼愣了一下，因為動作大，稍稍牽引撥動桌子，引起其他姊妹淘的注意。

「陳建東！他怎麼也來了？」小孟順著梅婉的眼光望去，也露出驚訝的表情，輕聲驚叫。

「眞的耶，要不要跟他打個招呼啊？」大頭盯著名叫陳建東的男生，頭也沒回的問。

「我們離開吧！我幾天沒回學校了，我們回去看看，順便跟我班導打個招呼！」梅婉邊說邊起身要離開。

「不會吧！妳跟他有什麼祕密嗎？看妳臉色都嚇白了！」大頭說。

「唉唷，妳別瞎說啦！梅婉要離開一定有她的理由，陳建東算老幾啊？走吧！」男人婆挺身護衛梅婉，卻令大頭稍稍感到不悅！

「我又沒別的意思，走啦！」大頭感到被冤枉，嘟著嘴拿起桌上的飲料朝著梅婉追去。

一行人踏上文橫路，男人婆忽然放聲大笑，聲音無預警的爆出，令其他人都呆愣住，連帶附近的行人與商家也都投來異樣眼光。

「妳狂笑什麼?」梅婉一臉疑惑。

「妳喔,問妳跟陳建東有沒怎麼樣,妳說的跟眞的一樣,什麼他算哪根蔥,怎樣?漏餡了吧?才見到人就羞得想要逃跑。哎呀,妳太不夠意思啦,瞞著我們這些姊妹!」

「是啊!我們還擔心妳有其他的事,我看,八成是陳建東的事。」大頭火上加油。

「是這樣嗎?梅婉?」小孟難得開口插話,也是一臉疑惑。

「唉唷,不是這樣,不是妳們想的那樣。我準備功課都沒時間了,我還管那個什麼東還是西啊?倒是妳,小孟,有心事的是妳。唉唷,眞是對不起,本來想,如果妳願意,我們找個時間好好聊一聊,沒想到我卻生病了。」梅婉辯解著,表情稍稍不耐煩,但面對小孟,她又趕緊緩過表情。她了解小孟內向少語的個性,會等到自己把事情整理出一個雛形,才會把問題同她討論。

剛剛,陳建東的確是夾雜在一批批一團團左右游動的遊客中,梅婉看到了,但她的注意力卻是另一個男人,一個蓄著長髮,留有鬍渣的成年男人。那男人上身穿著剪裁合宜的西裝外套,下半身是刻意裁剪成幾乎拖地的喇叭褲,半低著頭由遠處走來向著五福路方向從容的移動。梅婉認得出那服裝形式在她父親過往的照片中大量出現過,推斷應該是早期一九六〇、七〇年代流行的款式。梅婉剛開始並沒有警覺到奇怪,直到距離接近時,她才注意到,那男子的年齡與穿著與眼前那些往來熙攘露肩露臂的潮男潮女,有著極大的反差。加上他行走的方向、步伐與周遭的景況太不協調,彷若一個銀幕上有兩台放映機同時投射播放同一地點拍攝的兩種不同年代風情的影片，那畫面重疊卻穿透，紛嚷卻抽離。那男子走到與梅婉最近距離的對向，以一種舒緩自然的姿態抬起頭看著梅婉，令梅婉驚詫的振起身子。那是一雙集孤單、落寞、悔恨、絕望與乞憐的眼神，一雙直視著你又毫不棧留地透視著你，望向你身後那緲遠無距離感之外的眼神，是那樣顯得憂鬱、空洞與想訴說而不得的壓抑，直接觸動梅婉內心不曾有過又難以理解的複雜心情。梅婉感到訝異卻不覺得害怕，只是有股想離開的念頭。

他是誰？爲什麼會留在那裡？爲什麼讓我瞧見？梅婉腦海不停的打轉一些問題。她知道那個男人並不屬於那裡，也不屬於這個空間。這個男人的出現，令梅婉心底忽然產生一種理解，理解自己根本無法假裝不知道這個世界還存在著其他的世界；忽然理解自己也許被託付著什麼或者即將要把自己託付給未知的另一個世界。只是，那將會是什麼？自己又該如何了解這整件事情，她想起了奶奶阿鄔，當然也想起她的父親哈巫先生以及大平頭校長。梅婉心想，這些人也許會提供一些解釋吧。梅婉此刻不願告訴姊妹淘們關於自己的經歷與她的了解，她怕她們受到驚嚇，也怕她們因此同情她或遠離她。也許將來永遠也不會向她們說明白吧，這是她的命運，這是她自己的旅程。

梅婉走回了教室取了幾本書與這幾天發的複習資料。週六的下午，教室還聚集著這個學校的升學希望，個個埋頭啃食各自的書本，梅婉的出現與離開，只引起幾個人抬起眼皮一下下，導師追了出來，在隔壁教室的走廊上說上了十幾分鐘的關懷。

下了樓，穿過中庭，朝行政大樓與校門口走去，梅婉感到許久以來少有的舒適平靜。也許是因爲生了一場病，也許因爲奶奶在院子爲她作了「搭拉冒」[1]開始產生效用。梅婉開心的呼了口氣，想起下週的模擬考試，稍稍回過神。她注意到，剛剛穿過行政大樓時不自覺順著一股牽引，沒有直走向大門而是右轉彎，朝著大樓右側那一棟廢棄的獨立老舊建築走去。

啐！她厭煩的咒了一聲，斷然地走回頭然後朝大門走去。

而一對眼睛，從三樓校長室窗內注視著梅婉走出校門後，順著四維路人行道往西方向走去，消失在文橫路的圍牆遮蔽中，那人忽然咭咭的笑了

1 卑南族的安撫巫術。

3 哈巫先生

「老爹！你是不是應該跟我說清楚啊？」梅婉一屁股坐在她父親身旁的座椅，臉上沒表情，口氣冷峻的說，令哈巫太太愣了一下。

「怎麼啦？我的女兒。」哈巫太太目光移開電視望著梅婉。

「怎麼了？我的模擬考成績爛死了，眼看半年後的基測也不會有希望了！你們何不乾脆現在就告訴我關於那些發生在我身上的奇怪事？」

「怎麼？最近又被……那些東西騷擾啦？」哈巫先生一時找不到適合的字眼，調整了座位方向面對梅婉說。

「沒有！但是三天兩頭還是作了夢，一些奇怪的夢。」

「夢？妳沒跟我提過夢的事。」

「就是……就是……」梅婉猶豫了一下，伸手取了遙控器，也不管哈巫太太已經轉過頭，眼神卻還不忍離去的留戀，關了電視說出了之前那些重複再重複關於地震、大草原、綠色海嘯、一些帶有腥羶味道的黑暗情景的夢境，當然也提到昨夜居然夢見一個大爆炸，然後不斷有激烈的濃煙衝向雲端翻湧。

「這是什麼夢啊？孩子她爹，你說，這些夢是什麼意思啊？」

「啊，女兒啊，這些夢妳沒告訴過我呀，不，很多事妳都沒告訴我呀，妳連一些成巫徵兆也沒跟我多說。不過，哇哈哈，女兒啊！妳先弄點吃喝的東西，我準備錄音器材，待一會兒好好的跟我說，哇哈！」哈巫先生幾乎是睜大著眼睛高聲歡呼，然後迅速進書房準備錄音筆、錄音機、攝影機，也不管梅婉在客廳大聲的抗議著：

「老爹！我是認眞的，妳這是什麼態度啊！」

「算了，梅婉，我去弄，你看妳爸爸，好像這些事都與他無關似的開心等待發生。對了，妳不讀書溫習功課啊？」

「唉唷，現在哪有心情啊？」梅婉嘟著嘴皺著眉頭說。

抗議歸抗議，待哈巫先生設置好所有器具，梅婉還是鉅細靡遺的把過去幾個月的經歷娓娓道來，講到激動處，聲音不自覺拉高並跺腳；感覺委屈害怕的地方也忍不住掉下淚來，惹得哈巫太太一下子怒目咒罵，一下子又猛掉淚嘀咕，頻頻點頭又搖頭嘆息。而哈巫先生一個人卻是睜大眼、開咧笑臉，精采處他還鼓掌叫好，客廳內一家三口各自演各自的戲碼，沒有交集，卻一路演下去。

「我不說了！」梅婉感覺被耍弄，起身，氣呼呼的說。

「女兒啊！」哈巫先生想起什麼似的倏地拉下臉，嚴肅的說：「妳說的事，有些已經遠遠超過我所知道的事。不過，這肯定是一個極有研究價值的案例！」

「什麼啊？這是我的困擾，你卻把它當成案例研究？你到底……」梅婉氣得說不上話來。

「喂喂喂……研究成果的價值，有些時候正是提供另一個，或者未來新的問題的解決之道，我必須把這個當成案例來看，盡可能的詳盡紀錄，這對於後來的研究很有幫助的。」哈巫先生說得認眞，完全不是平常那個啥事迷糊的爸爸。

「看你唷，你老糊塗啦？你現在談的是你女兒的事呀，你哪像是一個當爸爸的。」媽媽也看不過去了，瞪著哈巫先生。

「好啦！這事，我怎麼會不關心呢？女兒的確是出現了成巫徵兆，換句話說，我女兒具備巫師資格。我問了她奶奶，但是媽說梅婉年紀太小，所以她作了法讓梅婉跟纏著她的那些異象隔絕，成爲巫師的事，等日後她長大了些再說。」哈巫先生說，「不過，這事也奇怪，老媽沒說起她去見校長所談的事。我問她，她說以後再告訴我；另外，我也無法理解女兒所夢見的那些夢究竟在傳達什麼，是預言？還是記憶想像？我隱約覺得事情應該沒那麼單純，看來我還有得記錄呢。」

「看你說的，我又緊張起來了！」哈巫太太說。

「唉唷，都別想這些了，梅婉要成為巫師是家族的傳統，總是遲早的事，現在梅婉要準備考試，老媽也作了法讓她暫時會平靜些。所以，女兒啊，這些事就先擱著吧！妳眞要對巫術這一件事有疑惑，有空就翻翻我書架上的東西吧！」

「這考試的節骨眼，功課都準備不完了，還看你那些吃飽太閒的巫術研究資料啊、書籍什麼的？你瘋了？」哈巫太太幾乎是嚷了起來。

而隔壁院子長滿雜草還冒出幾棵血桐、構樹、桑椹的廢棄住屋，屋頂上又傳來一陣陣貓的淒叫聲。

往後一段時間，梅婉雖然沒繼續遇見奇怪的事，但隔沒幾天還是持續作了些夢。有一回，她又夢見大爆炸，那爆炸的力道既猛又烈，梅婉只覺得自己在爆炸的瞬間被拋得直往上衝，穿過了雲層一層又一層，而身子底下的疊疊摺摺的山巒越來越遠離與模糊。醒來她便走進書房取下書架上，她父親關於巫術研究的第一本著作《Daramaw：卑南族大巴六九部落的巫覡文化》回房然後塞進書包。

梅婉相信她自己的身分，也相信奶奶一定有辦法限制她在這個年齡時變成一位巫師，只是她好奇這個夢境，更好奇自己如何轉變成為一個女巫，以及作為一個巫師究竟能做什麼。除了學校課業、考試，梅婉在屬於自己的時間裡，她總要偷偷地翻上幾頁。首先她大致了解家族的巫師體系是怎麼回事，知道由子孫中的女人繼承具有巫師身分的過世長輩，經由在世的老巫師教導一般儀式，而後具備巫師袋成為巫師。她也了解到，家族巫師的過往歷史中曾經多次參與族群間爭鬥的艱險經歷，例如十七世紀另一個卑南族強大的部落卡地步，一個家族南下恆春與排灣人鬥法建立新的霸權的往事，十七世紀的一個屠村事件，甚至十八世紀、十九世紀、二十世紀初也都參與幾件歷史事件，甚至到現在對部落事務仍有著深層介入與影響力，說明哈巫先生的家族的確是一個擁有光榮歷史的巫術家族。

梅婉後來還在哈巫先生的另一份資料看到關於知本人南下的事件始末。這一份資料提及，一六三六年大巴六九部落一群女巫南下找尋一個神祕女嬰，路途中遭遇異族阻攔而發生了極端凶險的狀況，幸好巫師憑藉高超巫術化險為夷，也找到了那個女嬰。但女嬰隨即夭逝，只留下一個的笑容，以及女巫為何南下找尋女巫的更大謎團。

梅婉注意到資料上所描述的女嬰夭逝當下的狀態，說到女嬰出生時以一種拒絕生存的姿態，不吃不飲、緊閉著眼睛、緊握拳頭身體蜷曲著，不哭不嚎數天。而巫力高超身材極袖珍的女巫絲布伊，為了阻絕異族追擊，施了巫法而耗盡體力最後昏厥，由幾名戰士抬著與眾人會合時，眾人驚覺兩人身形與蜷曲的狀態一樣。直至絲布伊清醒探視女嬰時，女嬰忽然睜開眼笑著注視絲布伊，最後吮了一口母親的奶水，安詳的逝去。閱讀這些資料，梅婉沒來由的全身戰慄，不是受驚嚇，而是一種看自己的往事那般複雜的、感動的、帶有親切與溫馨的全身顫抖不已，特別是「絲布伊」與「女嬰」的字眼，每出現一回梅婉便感到心臟被扯動一回，莫名的泫然。

隨後幾週，梅婉大致又翻閱了關於成巫徵兆的章節，對照一下過去的這一段時間自己所經歷的事，證實哈巫先生的著作與梅婉的經驗有相當程度的吻合，例如她那一天開門，在院子見到發光大巨人的異象，便是大巴六九部落非常有名的歌手的小阿姨伊端女巫，最後一次出現的成巫徵兆。這多少說明了某個祖先可能已經鎖定她作爲巫師志業的繼承人。看到這裡，梅婉忍不住的要稱讚她的父親，那個被稱爲哈巫先生的巫術研究者。

「啊哈，老爹啊！果眞是『哈巫』啊！居然可以追蹤與記錄這麼多巫師的經驗，還把她們的徵兆寫得這麼清楚。」梅婉總在闔上書的同時嘴裡這麼說著。

但眞正吸引梅婉的還是關於成巫儀式以及巫術運用原理原則的章節，但這樣的吸引，卻逐步引領梅婉進入一個她全然無法理解的境況，一直到她年老了回想起這個過程，她還是覺得不可思議。

根據哈巫先生的研究資料，卑南族巫覡文化中的成巫儀式，是一個婦女成爲巫師的最重要階段，目的是招引傳授巫力的神靈與繼承人相互接觸與熟悉，同時也讓準備成爲巫師的被選定人熟悉招引的過程與儀式。這個儀式進行中有幾個重要的要素，其中包括迎靈祝禱、吟唱巫歌、製作巫袋與個人神龕，而這些都必須有幾個老巫師同時協助才能進行。

「這個樣子，我還是得由女巫們一起協助才能成爲巫師。呵呵，這樣也好，晚一點進行也好，我得準備考試呢。」一天下午，梅婉偷偷閱讀這書後這麼說。

「唉唷，我幹嘛呀，這麼認真讀這個。」忍不住，她又笑自己的沒來由。

梅婉的自我解嘲沒有減低她探索巫術這一門已然式微的技藝的念頭。某一天小考結束的週末，她又取出了她父親的另一本著作《吟唱．祭儀》，裡面有完整的成巫儀式所吟唱的歌謠，除了樂譜、詞意還有一片田野調查的CD片提供練習參考。她記得她父親曾經警告她CD片暫時不要聽，也不要隨意開口唱，但是她第七次翻閱了書本之後，終於忍不住聽了CD片，不知怎地，她總覺得她曾經熟悉這個旋律，在聽完註記「巫者之歌」的前兩首歌謠後，她立刻轉檔存進自己的ipod。

第一首與第二首的旋律是以一對詞的長度作爲完整的一段，然後重複這個旋律哼完十二個對句。那音韻旋律慢沉、哀傷、思念、泣訴，在巫師的搖鈴聲中伴隨著時高時低的娓娓吟唱，中間幾段還偶爾迸出幾個巫師在吟唱過程忍不住的哭泣聲。梅婉無法精準的分辨與說明自己陷入那旋律的感受，但隨著音律，她警覺身體處在一種沉鬱與興奮的拉扯中，一股力量似乎在游移找尋一個出口，令她疑惑與遲疑，深怕力量走岔了造成收拾不了的災難。那興奮只維持一下子，接著一種極度思念家人或懷想某個曾經休戚相依夥伴的情緒開始漫瀰擴張，她直想放聲大哭。

「呼！怎麼會這樣？」她拉開耳機，輕輕的說道，而眼眶已經擠滿淚水。

「這種中間一定有什麼需要掌握的！」每一回她都要這麼說，因而愈發想要找時間重聽。

幾次聆聽，除了伴隨這個傷感情緒之外，還出現一些現象，讓梅婉決定不在家的範圍聽這些歌。

有一回做完數學的演算，她照例取了ipod以耳機播放巫歌來聽。才聽到第一首中段，她腦海浮起了一些人像，朦朧的三兩人似乎是站得遠遠地望著她無語，霎時，梅晚突然感到悲傷、思念，彷彿那些人是她相處多年的家人，這一番離去從此訣別；又彷彿是她期盼多年的好朋友忽然出現在她眼前，那股相思與離情遠遠遮掩過相逢的喜悅。梅婉承受不住那沉鬱情緒的腐蝕，失聲地大哭了起來。她母親受了驚嚇從客廳衝進書房，看見她散置滿桌演算過的紙張，以爲梅婉是因爲課業難解決而哭泣，她心疼的安慰她不一定要考上第一志願的學校。梅婉驚覺自己的失態，在她父親進來前，不著痕跡的關了ipod，繼續伏桌。當晚上床寤寐中，她清晰的看到床邊站著一個影子，梅婉沒有害怕的感覺，只擔心先前的徵兆會重新顯現。後來忍不住又幾次嘗試，情形卻越來越嚴重，索性不在家裡聽這些歌謠。

在學校的情況就很不同。每天結束當天的小考，到自習課以前，梅婉總是離開教室聽這些音樂，她最近警覺到了這些歌謠對她產生了些魔力，就像上了癮一樣，她不需要思考便進行這一件事。歌謠也給了她直接的回饋，那就是每當歌謠牽引她陷入一股極度哀傷之後，立刻升溫起一些能量讓她覺得舒服，而且隨著時間逐漸累積那能量感越大。除了那些聽歌時出現的幾個影子越來越清晰，另外那些曾經讓她覺得困擾的意象，忽然都不再發生了。梅婉直覺得她父親所整理的資料對她安定心神有相當的助益，遂更加喜歡偷偷找時間聽歌。但她萬萬沒想到，她自發性的聽巫歌竟然取代了成巫儀式的某些功能，讓她開始具有了一個巫師的雛形與能力；也沒料到，那巫歌極度的哀思情緒所具有的腐蝕作用，使她的性格越來越憂鬱、孤僻與敏感，稍稍一點負面情緒，便接連擴張引發極度的悲觀、哀傷與歇斯底里。梅婉的課業原來已經稍稍起色，接著又跌回谷底，而且行徑也變得越來越古怪，經常不自覺走到行政大樓右側那個隔離的建築，在聽完一兩首歌之後嚎啕大哭。她的姊妹淘慢慢警覺到她不對勁，卻也只能理解爲那是課業壓力所至，所以常常分批利用課餘來安慰她。

哈巫先生也終於發現了這個現象。

「女兒啊，我發覺妳不對勁，妳現在的狀況正像一個只做了一半成巫儀式的女巫，一個弄不好要變瘋子了。這究竟是怎麼回事啊？妳是不是常常偷偷地聽那些巫歌啊？妳開口唱了嗎？」一個週日下午，趁太太出門洗頭做頭髮的時間，哈巫先生在客廳詢問梅婉。

「我……不是！」梅婉皺著眉頭，眼神逃避著，又忽然說：「是，我忍不住偷偷聽了好一陣子，那些歌謠我幾乎會唱了，但我還沒開口唱，一次也沒。我不知道在什麼地方可以沒有顧忌的唱這些歌，而且現在，我開始覺得害怕了。」

「哎呀，妳唷，哪來那麼大的好奇心啊？」

「你也別說我了，你不也是一樣？」

「我？唉唷，呵呵……我的確是啊，可是我們兩個不一樣啊！」哈巫先生表情有一點尷尬，像是小祕密被戳穿了，既不是不高興也不是生氣的打哈哈。

「哪裡不一樣啊？老爹。」梅婉抬起頭看他，眉宇稍稍舒緩了一點鬱結。

「不一樣的地方可多著了，妳先告訴我，在這之前妳做了什麼？又發生了什麼現象？」

梅婉猶豫了一下，便把過去一段時間的事一五一十的說了。

「什麼啊！妳說妳只聽到第二首，從來沒有聽第三首？怪不得妳會越來越衰弱。」

「唉唷，我聽完第二首整個人就幾乎陷進去了，哪還有其他的想法啊？說也奇怪，那樣的歌謠怎麼會讓我那麼的思念，那麼的哀傷，好像好想見到什麼人似的。」

「那當然啊，那些歌是要召引將要傳授妳靈力的祖先神靈，那些打從妳靈魂深處緊緊把妳纏在一起的祖先神靈，那是妳將來成為巫師的力量來源，妳現在召引祂們當然會受不了啊！」

「那你……這些歌都應該唱了幾十遍吧，難道你受得了啊？」

「傻瓜，當然受不了啊，所以才要唱第三首啊！」哈巫先生略微停一停，繼續說：「第一、二首是召引，讓妳習慣接觸，方便將來行巫時可以正確的迎請，當程序完了，妳就必須暫時解除妳們彼此間的接觸與連結，否則這些神靈沒有完全的隔離與離去，久處之後祂們本身的靈氣或陰氣，會祲傷妳的神智。怪不得妳功課越來越爛，近來瘋瘋癲癲的神經質，我以為妳要發瘋了。」

「什麼啊，老爹，你這樣說你女兒。」梅婉抗議著。「那跟第三首有什麼關係？」

「關係可大了，這第三首有撫慰參與成巫儀式的人與神靈的功能，歌詞也有說明靈俗彼此間的關係，旋律與前兩首大相逕庭，可以讓妳從先前陷落的狀態回到正常。每一回唱巫歌召引神靈時，必須唱完第三首才算做完流程，妳才能回復到常態，各方面的狀況也才能累積召喚的次數，讓自己各方面越來越好。」

「原來是這樣啊！」

「是啊！我的女兒，妳能成爲巫師，老爹我是很高興的，但是妳奶奶有許多的顧忌，不讓妳現在就成爲一個眞正的巫師，看起來也不能是說毫無道理，因爲還有許多細節必須有人從旁提醒與協助。」

「可是……」梅婉插了話，「奶奶到底顧忌什麼？爲什麼不讓我現在就成巫？」

「奶奶沒多說，但我相信一定有她的道理。牽扯到巫術的一切現象，巫師的作爲一定有其合理的解釋與必須，差別只在於當下是不是一個適宜的時間可以多作敘述，這個我不便多問。不過……」哈巫先生，嚥了嚥口水，「我相信祖先神靈也不是無緣無故的挑這個時間找上妳，一定有祂們的道理。所以，站在我的立場，我支持妳盡快成爲一個巫師。」

「吼，你當然支持我趕快成巫啊，這樣你又多了一個研究案例啊！老爹，你這樣會不會對你女兒太殘忍，太不負責任了呀。」

「不，妳只說對了一半。」哈巫先生顯然沒在意梅婉的逗弄，一本正經的說：

「我剛說過，祖靈不會無端的來找妳，我當然期待與盼望看到妳的例子啊。但我懷疑妳現在成巫的事必然牽扯到更大更深的層面，只是我們還都無法從現在已經有的現象解讀出那個理由。」

「那怎麼辦？奶奶不准我現在成為一個巫師，她也一定做了很多巫法防範我現在就成為一個巫師。我現在已經不小心這麼做了，假如不繼續下去，別說你講得那些層面，我升學考試的事根本也就別談了！我遲早也要瘋掉的。」

「所以啊，妳老爹我才會在這個時候出現在妳身旁的呀！」

「什麼呀？說著說著，你就自己神氣起來了！你很幼稚耶，跟我們學校那些男生一樣！沒事就會自嗨！我要想辦法度過我現在的情況啊！」梅婉噘著嘴說。

「那些小鬼怎麼跟我比擬呢？我可是卑南族的巫術專家呢。我是說，妳既然已經開始了，中途停下來誰也保證不了不會發生其他的意外，不如盡快的完成所有程序，才不至於耽誤考試準備。妳不妨在休息的時候翻一翻我的書，按照程序自己召喚神靈，日後想做儀式時，妳也按照書上整理出來的原則原理試試看，不了解的部分，找我研究，我相信妳有那個天賦的。」

「你說的那麼肯定，如果眞是那樣，那些老巫師們就沒什麼作用啦！」梅婉滿臉疑惑。

「基本程序是沒有問題，由妳自己完成所有成巫儀式的程序理論上也不會有問題，即使將來試著完成一些巫術儀式，操作一些巫術力量，基本上也不會有大問題。妳只要掌握住，請了靈就要送得徹底，做完任何儀式或動用任何力量，都要在最後的階段對自己做除祟或隔絕的小儀式，這些在書上都做了整理。過去需要有老巫師協助，是因爲沒有人整理過相關的經驗，現在有了書籍，是不是一定要老巫師協助，也許有必要，也許可以省略，但我不是那麼確定。依照我的經驗，起碼目前看起來沒什麼問題。」哈巫先生的口氣十分肯定，大出梅婉的意料。

「照你這麼說，老爹，你試過喔？啊！你一定試過，要不然你不會在書裡寫得這麼肯定與鉅細靡遺。」

「我不只試過，而且每個環節我都反覆嘗試過了！」

「那你已經是巫師了喔？你擁有那些力量了？」梅婉太訝異了，以致語氣變得十分亢奮！

「不！雖然我實驗過了，但是我仍然不是巫師。」

「怎麼會？」梅婉更吃驚這個答案。

「我不是祖先神靈揀選的繼承人，所以即使我會所有的儀式程序，我也只能執行祈禱性的儀式，祈祈福避避邪。因爲我不具巫力，也無法以一個巫師所能擁有的力量從事任何巫術所能及的事。但妳不同，依照目前妳所出現的徵兆看來，我非常肯定妳具備巫師的資質與身分，而且應該是極爲罕見的優質候選人。」

「這麼說來，你還是拿我當實驗了！老爹啊！看你說的那樣，你會不會太沒良心啊？」

「啐！怎麼這麼說的！妳是我的女兒，我的心肝寶貝，害妳有什麼好處啊？眼前的狀況都跟妳說分明了，難道妳一點都不心動？」哈巫先生挑著眉盯著梅婉看。

「唉唷，我是你女兒，頭頂長瘡腳底出汗的毛病都得自你的遺傳，脾氣硬、好勝心強不服輸，都是你那死脾氣的原因，所以，我哪有不心動的可能？更何況，眼前的狀況也只有靠我自己了。放心，我會把所有狀況，詳細跟你報告的。你別跟媽說太多啊，讓她操心！」

「這當然啦，妳可別怪老爹出餿主意啊，我希望妳一切都好啊！」

「唉，這該怎麼說了呢，我才國中三年級的學生，卻要自己決定自己的命運，這種事我又能怪誰呢？不過說起來，老爹呀，你還眞是個天才呢！」

「哇哈哈，別告訴別人啊，我會害羞的！」

父女倆一搭一唱，相互開玩笑，而客廳外，院子邊，攀著圍牆而上的愛玉枝葉，在一陣微風吹拂下撲拉拉地響著，倒有幾分許久不見的自在與開懷。

4 乙古勒

梅婉因爲拿定了主意，整個人精神也分外昂揚，專注力也幾乎回到了剛剛編進升學班的狀態。巫術自修行動幾乎是立刻就展開，她決定選擇在行政大樓右側，那個廢棄的建築物開口練習吟唱巫歌。除了是因爲過去一段時間，經常有一股力量牽引她往那個方向去，校方早在很多年以前便已經公告，那棟建築物是危樓禁止任何人進入，加上最近的經驗，梅婉知道那裡可以不受干擾的獨處一些時間。

那是一間老舊廁所，是學校在一九六〇年代建校時的三層式老舊廁所，二、三層以狹窄的天橋與行政大樓連接。每一層廁所內部的一側挖出一條排便槽，排便槽上以木板隔出五個小空間供個人使用，蹲在上頭，不論從哪一頭隨便颳起一陣風，總會由下往上拂過光溜溜的臀部，教人直打哆嗦。每個使用空間並沒有單獨的排便水箱，而是在溝的一頭統一設置一個大水箱，當有人使用過之後，除非有人在第一間拉了水箱儲水，否則排出的糞便只能滯留在下方，若第一個人上完拉水沖便，還能看到那人的糞便挨挨擠擠的從底下滾過，不閉上眼睛，你會清楚的看見那顏色、那氣味甚至形狀與硬度向你致敬似的列隊通過，流向另一頭的排便孔。若是人一多趕著上廁所來不及沖水，那屁股底下的世界，堆疊得就極爲壯觀與慘不忍睹了。

廢棄了近三十年，什麼原因保留至今，已經沒人說得清楚，除了那殘留的、極淡的乾糞味（對糞便有經常處理經驗者可清楚辨識），這建築物嚴格說起來還比學校其他老舊建築味道好些，甚至比廚房蒸飯間來得清爽些。

梅婉習慣走一樓走廊轉往大樓右側，然後爬上二樓接天橋左轉進入女生廁所。這是學生較少進出的路線，因爲是學校規定，加上不知哪個年代哪個天才編造了一些關於這老舊廁所的靈異傳說，讓學生自然遠離；教職員各司其職，幾乎也不會有人花心思注意有無學生進入。所以梅婉數次經由行政大樓一樓進出，也幾乎沒有人知道她最終是進入這個老舊廁所。除了一個人：校長。

從第一次開始，校長便盯著梅婉的身形移動，嘴裡不停的輕聲叨唸，一等梅婉轉入樓梯離開視線，他便掐起指訣，朝廁所的方向憑空書畫起一些符號。

梅婉總愛選擇倒數第二間，那上頭有一扇以空心花磚砌成的固定窗，空氣通暢光線較好，排便槽有一個看起來是許久以前留下來的工作用坐凳，剛好夠讓她休息好好聽完歌謠。

第一次開口唱，梅婉直接選擇清唱，接下來的情況卻嚇壞她。

才唱完四個對句，她眼前已經站著四個經常出現的人影，影像比過去模糊，像是陷入鑲嵌牆壁裡面的馬賽克油畫，安靜的看著她，梅婉猜想，應該是奶奶施過巫法以後所形成的疏離現象吧。但，即便只是如此安靜的望著，梅婉感覺已經被悲傷情緒腐蝕掏空，那反應還是前所未有的強烈。空氣似乎是瞬間凝凍起來，她忍不住地顫抖哭泣著，淚水迷濛濕糊中望向祂們，只覺得祂們不停地向牆壁內陷，而後穿出牆壁透空似站在遠處望著梅婉，她們五官是模糊的，衣著清一色是黑灰色，分辨不出她們斜揹著的袋子是什麼材質。梅婉有一股渴望與她們交談的念頭，卻只聽到自己斷斷續續吟唱中泣訴著的聲音，而前面的身影卻時近時遠。此外，整個空間似乎開始扭曲，以流動的形態不停的掠過，既不是逆時針運轉也不是順時針的轉動，隨性的、順流著的、渦流似的不規則變換。偶爾出現一些陌生的影子，一些感覺熟悉而情感上也似乎有關連但梅婉無法確定的一些人。這些出現的人像也都跟前述的四個人一樣，漂流而來卻不親近梅婉，遠遠地望著梅婉不語。

當第二首巫歌近尾聲時，梅婉隱約聽見一個啜泣聲在某個角落響起，細細的、時而中輟地哭泣著，聲音聽似女聲又像是沙啞了的婦人聲音。梅婉忍著傷感停止了哭泣，努力辨識出那個聲音來自隔壁的隔間。

「誰在那兒？」梅婉心生害怕，萬萬沒想到隔壁有人。

「你說話呀！」梅婉邊說邊走出自己所在的隔間，推開隔壁的薄木板門。

「別傷害我！」隔壁忽然中斷了哭泣聲，響起了帶有驚惶味兒的聲調。

梅婉愣了一下，沒看見什麼人：「誰呀？誰在說話啊！」她左右張望又問。

「是我！妳別傷害我，小女巫！」聲音又響起，那聲音像是葉片震動所發出的聲音，字裡間還有一些獵獵的風切氣聲。

「你是……？」梅婉吃驚的看著眼前所見的奇怪東西。

那是一個小小半透明的身軀，幾乎是貼附在排便槽邊的門柱邊。不甚明亮的廁所光線下，那小身軀的顏色幾乎與褪去的咖啡色門柱融合成一體。那是一個高不過三十公分，粗不過一個大腿粗，人偶似的小人兒。半透明的身體遮罩在小布袋中，看不出性別，臉部有幾道明顯的皺紋，因爲驚恐受傷害，縮著頭佝著背，表情討饒似地，側著臉斜著眼望著梅婉。

「你是什麼……」梅婉沒說出「東西」兩個字，「你爲什麼叫我小女巫？」

「妳別傷害我！」那小東西說。

「我不會傷害你，你走吧。等等，你到底是什麼？喂！你等等！」

那小東西不理會梅婉的叫喚，滑溜地從排便孔消失。

「那到底是什麼東西呢？」梅婉想起了幾部電影裡一些特有的生物或精靈，忽然覺得有趣了。

「他叫我小女巫呢，難道他是精靈之類的東西，看得出我的身分？」

梅婉因為這個小人兒的出現，注意力與精神分散，減緩了唱巫歌原有的沉傷情緒，她正想走出廁所，卻注意到原先那些出現的幻影，如同剛才的狀況一樣，持續待著，遠遠望著梅婉，而周遭的情緒氣氛似乎又開始往下沉。倏地，梅婉想起了第三首巫歌，便試著開口吟唱，霎時，一股喜悅與平靜忽然湧進心房，整個人隨著歌韻輕飄、舒服與幸福，那些沉悶、揪心慢慢的抽離、蒸散，而眼前的影像也同時產生變化，流動變得輕盈、溫暖，雖然看不清那些影像的表情，梅婉肯定地認為那是一種喜悅。

那奇怪的小人兒的出現，激起了梅婉極大的好奇心。隔天，匆匆的考完試後，她走進了那廁所，沒哼起歌謠直接推開最後一間，發覺那小人兒正背對著門坐在排便槽邊上，兩腿垂掛著，就像一個人坐在一條大水溝那樣半低頭沉思著。聽到開門，他嚇得忽然縮進排便孔內，速度之快，梅婉都沒注意到他是以什麼姿勢轉換的。

「喂！你出來好嗎？我想問你一些事！」梅婉試著呼喚他。

「喂！你既然讓我看見了，一定有什麼事要說，是吧？你出來吧！」看沒動靜，梅婉又出聲叫喚。

「妳不會傷害我吧？小女巫。」聲音從排便孔出來，但沒見著人影。

「我幹嘛要……啊！」梅婉才要說話，忽然見到那個小人兒，從排便孔探出頭來，怯生生的看著她，令梅婉感到吃驚的倒吸了一口氣，而後又顫亂著語調說：「你……出來吧，我幹嘛傷害你啊。」

那小人兒身形約略五十公分，頭髮稀少頭部只比一個成人拳頭大，臉部除了皺紋沒有毛鬚，乾淨看不出性別。身體極長，腿部極短，比例像極了一隻臘腸狗或者貂，雙手雙腳不成比例的長，極可能是爲了方便爬進爬出而發展出來的身型。

「你到底是……」梅婉看著他躡躡地爬出並貼著門柱，輕聲的問，怕嚇壞他。

「妳不會傷害我吧？」那小人兒抬起眼皮問。

「你已經問了好幾遍，我不會傷害你的。現在，你能告訴我，你究竟是什麼？爲什麼會在這裡，又爲什麼叫我小女巫？」梅婉盡可能輕聲說話，表情也維持微笑的姿態俯身注視著小人兒。

「我忘了我是誰……」那小人兒輕聲說，停了一會兒又繼續說。

她說她忘了在她身上發生的事，究竟是多久以前的事。她是這所學校初中三年級的學生，在校成績一直很好，算一算全校排名一直維持在前三名，但是這樣的成績卻引來班上幾個女生的嫉妒，常常利用上廁所的時間在廁所揍她。

「什麼？那是什麼年代？那個時候就已經有『霸凌』這種事？等等，妳是女生？」梅婉忽然想到什麼驚訝的說。

梅婉稍稍提高的音量嚇得那小人兒縮了頸子低下頭去，怯懦懦的說：「霸凌？我不知道那是什麼，不過，我是女生，個子嬌小的女生。」

安靜了幾秒，那小人兒又繼續說，那些女生欺負她雖然只是擰耳朵，或者捏大腿賞耳光，她其實還是很受不了這種不定時發生的騷擾，常常被欺負完了以後，自己一個人躲在最後一間廁所哭。其他同學沒人願意為她出口氣，她也不敢告訴老師，深怕這種傷害會在其他地方延續，造成更大的傷害，她甚至害怕老師的約談調查影響她讀書。直到有一天因為月考成績不佳掉到第六名，她忍不住跑到廁所哭，又遇到那些霸凌她的同學，她們一面奚落她成績變爛，一方面又變本加厲的推打她，以至於讓她滑了跤，前額撞到牆壁暈了過去，倒下時候身體向後仰，不巧，後腦杓剛好落進排便槽，因為重力的關係，整顆頭塞進排便孔，當時她雖然感到暈眩但還有意識，了解整個發生的過程。後來的事她完全沒有印象，之前的記憶也全部消失了，更不知道為什麼會一直在這裡，而且身體一直越來越縮小。

「什麼？妳是……」梅婉幾乎尖叫出口，她趕忙收起「妳是鬼魂」的問話，而瞬間汗毛豎起，一股深層的寒顫打身體內部深處直往上竄，她感覺腦殼結冰，一股疼痛感不停的向內收縮。

這大白天的，居然活見鬼？她只敢在心底嘀咕，並畫了好幾個「×」，連抬腿逃離的力氣都沒了！

「我不知道我是什麼，小女巫，這也是我一直在這裡的原因。」那小人兒說。

「等等……」梅婉呼了口氣，阻止那小人兒繼續說。

近半年來許許多多的超自然經驗，讓梅婉很快接受眼前這小東西可能是個鬼魂的推測，心裡想，既然這玩意兒一直稱她「小女巫」，所以她的出現也定然有特別的理由。

「我問了妳幾次爲什麼叫我小女巫，妳一直沒有回答我，現在呢，妳能不能先回答我爲什麼叫我小女巫，然後繼續說妳的故事。」

梅婉覺得這整件事應該都是聯成一體的，即使她不問，最後的結果也會把所有的問題弄清楚。只是，眼前的小東西擺明了是長她幾十年的「學姊」的魂魄，與鬼魂面對面說話這一件事，遠不同於作夢或者遠遠看到一些影像。現在老覺得一股寒顫不時的自身體深處湧起，像要掏空她整個生息似的，令她委靡虛弱與畏懼，梅婉想直接問清楚然後離開。

「只有女巫或法師可以看得到我！」那小人兒目光直接接觸梅婉肯定的說。「我知道妳是巫師，我看得到隨伴在妳身邊周圍的一些異族的巫師。」

「啊！」梅婉大吃一驚，她並沒有感應到此刻有任何所謂「異族」的巫師，除了那些夢裡，或者吟唱巫歌時出現的影像。

「別驚訝，我的意思並不是說祂們現在是實際的圍繞在妳身邊，我只是感應得到一些『念頭』或者一絲『牽掛』，喔，對不起，我不知道怎麼精準的說明這些。我對於一些懸浮在周圍的一些想法或者意念特別能感受到。我確定不只一位的女巫懸念著妳，也不只有一股不屬於妳的力量環繞著妳。」
「妳把我搞糊塗了，就算我是女巫，這跟傷害妳有什麼關係？難道有女巫傷害過妳？」
「喔，不是這樣，我的記憶裡一直存在傷害這一件事，我不知道妳是怎樣的人，但我害怕妳傷害我，以巫師的方式傷害我。」
「巫師的方式傷害妳？」
「我只是猜想、擔心，我並不知道那是什麼。既然妳是巫師，萬一要傷害我，一定有比一般人更讓人害怕的傷害方式。我只是這樣想罷了！」那小人兒縮了縮頸，移開注視梅婉的視線。
「妳想太多了！我要眞是妳口裡所說的巫師，而且我有那個能力，說不定可以揭得開一些謎團，幫助自己或者幫助你。」梅婉說完，原先的莫名畏懼忽然消蝕無存。
「眞的？妳眞的願意幫我？」小人兒忽然瞪大眼，嘴角稍稍上揚。
「我只是這麼想罷了！我泥菩薩過江，自己都還搞不定，又怎麼幫妳呢？而妳又遇到什麼問題呢？」梅婉眼神稍稍暗了些，俯看著這小東西，心中升起了些憐憫，靠著進廁所隔間的台階坐了下來，使眼睛高度與小人兒同高。
「唉，這麼多年，我不斷找尋記憶與答案，不管白晝或黑夜。我以爲我想起了，便離開這裡到校園各處晃蕩，想記憶起什麼，但是我總是失望的回來自己哭泣。我不知道我的家人是誰，住在哪裡？他們後來是怎麼處理我的？久而久之，我似乎也沒那麼在意這些，但總是有一股懸念始終牽動著我重複再重複的做這一件事，身體也漸漸縮小變成現在這個樣子。」

「妳說妳想去哪兒就可以到處走動，不必一直待在這裡？妳不是？……」梅婉又緊急收住口。

「妳是要說我是鬼魂怎麼可以連白天都可以走動是吧？」小人兒沒有表情的望著梅婉說。

梅婉挑了眉沒敢立刻接話。如果小人兒剛剛說的沒錯，她是死去多年的學姊，那她是鬼魂是肯定的事。既然是鬼魂，那白晝的大太陽底下，自然也不可能出現甚至到處走動，所有傳說甚至電影也都這麼說的。

「我也不知道我是不是鬼魂，我甚至不知道我是什麼，我剛剛不是這麼說的嗎？」那小人兒忽然洩氣的說，「我不但可以四處走，陽光下、夜晚中甚至學校朝會我都可以自由出現走動，想聽到有人討論我，說什麼都好，我想從當中找到一些關於我的身世以及當天以後的事情。」

「妳沒試過到學校的檔案室或者附近警察局看看！」

「試過了，前些年都跑過，沒有消息，我以爲我將永遠這樣的存在著，孤伶伶、畏縮著的存在。所以，我更常常一個人哭泣，想到就哭，甚至捉弄偷跑來這裡抽菸的學生。」

「那……」梅婉還想說些什麼，但放學鐘響了，升學加強班的自習課也同時要開始了。

「我得回教室了！下次再說吧！」梅婉不等說完便起身離開。

「可是，還有很重要的事沒跟妳說……」

「下次再說……」梅婉揮了手，怕撞見其他學生她趕緊下樓，轉往隔壁棟的教室。

眞是見鬼了！梅婉呼了一口氣，卻沒能把剛剛一直伴隨的寒顫、畏疑完全排除，她一路輕聲哼起了歌謠回到教室。

她這樣子也太可憐了！梅婉腦海浮起一個女學生溺斃在排便孔的樣子，打了個冷顫又憫起那小小臉皺起眉頭的模樣，心裡直嘀咕一下子無法回到課本上。

「啊，妳幹什麼？」梅婉忽然輕聲尖叫，因爲她看到那小人兒正站在身旁桌腳，抬頭望著她，而班上起了點騷動，一股恐懼感忽然漫散開來，幾個女孩忽然打起嗝，頸背僵硬，翻轉白眼，還有的起雞皮疙瘩忍不住那股恐懼感輕聲嗥叫。

「我有話跟妳說。」

「不行，這裡不行！」梅婉壓低聲音，眼神向班上其他人看了一下，「妳別害我啊！」

「好，我待會兒在外頭等妳！」小人兒也警覺她造成的影響，離開了教室。

除了梅婉，沒有人其他人看見那小人兒的身影，她的離去，很快的解除了因爲伴隨她的陰氣所引起的不舒服，眾人不解的相互對望了一下，又繼續埋頭複習功課。梅婉若無其事地左右張望，看著那小人兒離開，以及她經過之處，同學像被冰水潑灑的驚懼反應，偷偷咋舌又輕輕呼了一口氣。

這情形沒等太久，才放學，那小人兒已經站在通往校門的穿堂外，右側的樹叢邊，對著梅婉叫喚：「我有話跟妳說。」那聲音聽在旁人耳裡，像是一隻貓咕噥。

梅婉又假裝觀看以仙丹花圍成的樹籬，故意繞了一下，偷偷開口說：「我來不及了，我媽在等我，妳晚上到我家來吧，我們再聊吧！拜！」

當晚，那小人兒沒出現在梅婉家，令梅婉覺得困惑，第二天藉口要因應考試，她幾乎提前半個多小時進校門，然後偷偷轉入行政大樓右側的獨立建築物。進了廁所，直接推開最後一間的門，發覺那小人兒仍坐在排便槽，跟昨天一樣。

「妳昨晚怎麼沒來？」沒等回話，梅婉又問：「咦？怎麼啦？妳每天都這麼坐著啊？」

「唉，是妳來啦！我以為妳不理我呢！」小人兒頭也沒回的說。

「是我啊！怎麼了？我不是跟妳說好了來我家？難道這個距離妳來不了？」

「這個距離，對我當然不是問題，問題是我離不開校園啊！」小人人轉了過來面對梅婉。

「嗯？妳昨天不是說，過去妳到處走動找資料，現在怎麼又離不開校園呢？」

「以前可以，但是妳到這個學校讀書以後我就出不去了，算一算應該有兩年多了。」

「這跟我有什麼關係？」梅婉睜大著眼，看著那小人兒。

「我昨天話沒講完，是這樣子的……」那小人兒稍稍移動了位置站在門邊，而梅婉也調整方向坐在門口階梯。那小人兒說了昨天沒說完的事。

原以爲她將永遠孤單的四處找尋記憶，直到兩年多以前，也就是梅婉入學那一天，她忽然發覺她已經無法離開這個校園，她感到恐懼，害怕自己還沒弄清楚自己是誰，僅存的魂魄就將要在這個廁所裡渙散、消蝕。因此她守著廁所哭泣的頻率越來越高，幾乎已經不分白晝黑夜。後來有一天校長來了，他一個人走到廁所，發現了她，跟她說話，還貼了一張符籙在排便孔道。

「什麼？妳說……大平頭校長？」梅婉吃驚的瞪大眼睛，「妳說，他看得見妳？」

「是啊！他一眼就瞧見我，知道我無害，還貼了一張符籙讓我心境稍稍平靜了些，但有時候我還是會忍不住的想哭。」小人兒臉上有笑意，害羞的笑意。「他告訴我，要不了多久，會有一個女巫來幫我解決問題。」

「等一下，我記得妳說過，只有法師和巫師可以看見妳，妳的意思是：校長是個法師？」梅婉顯然還沒有從前面一個問題回過神。

「是的，我肯定他是，我雖然記不得我在……出事之前究竟是誰，但是關於道教的紅頭法師，我卻好像在內心裡自然就知道那是什麼。」那小人兒避開了「死亡」的字眼，語氣肯定的說。

「可是他是校長耶？」

「我不懂這些啊，小女巫。最近我一直回想這些事，我隱約記起，當年……也就是妳來就讀第一年的開學典禮正在進行，來了一個女巫在圍牆外走動，然後在警衛室外的圍牆邊做了一些什麼的。那一天晚上起，圍牆忽然像鐵牆似的，把校園圈住了，平常那些沒事半夜會走進學校走動的……東西，再也進不來，當然我也出不去了。」小人兒說著說著又避開了「鬼魂」的字眼，怕自己難堪。

「其實大平頭校長來了以後，校內忽然出現了一些力量，然後這半年又多出了幾個女巫跟隨妳進出校園。唉唷，我都弄不清楚了，一下子這個校園變得這麼多股力量出現，讓我感到不安。校長說會有女巫幫我，可是我更害怕哪一個女巫先把我毀了！」那小人兒伸了伸舌頭，梅婉注意到那是一根乾癟像是醃菜乾的舌頭，頓時明白爲什麼她說話總是帶著撕裂狀的拍氣聲。

「妳說的太複雜了！」梅婉搖搖頭。

「我也弄不清楚啊，圍牆的巫術力量與跟隨妳的巫術力量，有時是和諧的，有時是衝突的，我覺得可怕啊，我看妳最好趕快弄清楚，或者找個空問問校長吧！」

「呼……」梅婉一時也不曉得怎麼說了，長長地呼了一口氣說：

「對了，我叫梅婉，妳叫什麼名字。」

「我……我忘了，我忘了我有名字，我一個人好像也不需要名字。」小人兒低下頭，表情忽然落寞起來。

「乙古勒！我看，妳叫乙古勒好了！」梅婉說。

「乙古勒？這是什麼意思？」

「尾巴的意思，我看妳昨天跟來跟去的像尾巴，我腦海裡便浮起了這個字。」

「這是個好名字嗎？沒有別的……雅致一點的？」

「沒有！沒有別的！在妳想起名字以前我就叫妳乙古勒！」梅婉說。

「那……」

「別說了，要早自習了，我得走了，乙古勒，我想起了什麼再來找妳啊！」梅婉沒說完已經起身離開。

5 大平頭校長

苓苓國中校園幅員並不大，校門朝南面的四維路，進門兩棟教學大樓以穿堂相連，北面是操場臨苓雅路；另外還有兩棟長列的教室，分別臨東邊的林森路和西邊的文橫路，禮堂則位在東北角。中午用餐時間，一群學生從校園西北角的廚房提領蒸熱的便當。

梅婉也在其中，揮別幾個姊妹淘後，轉向自己的教室，才踏上三樓教室樓梯口，不經意的轉向校長室望去，她呆住了，同時，她手機響了。她瞥了一眼號碼，是她父親哈巫先生撥來的，而他現在正在校長室隔著窗向梅婉招手。

「妳來校長室一趟！」電話那頭她父親說。

「你在那兒幹嘛？」梅婉幾乎是低聲吼著，她想不透她的父親這個時候怎麼會出現在校長室。

「妳來了再說，便當一起帶來吧！」

梅婉掛了電話，心裡咕噥著是不是發生什麼事。轉過身回教室跟老師打過招呼，藉口是父親找她而離開教室。

校長室在前棟的行政大樓四樓，梅婉注意到，校長室內除了歷任校長肖像外，還有幾幅字畫。梅婉沒來由想起乙古勒說校長是個法師的事，所以又特別注意有沒有可能跟「道教」或「紅頭法師」直接關連的符籙或道具在校長室內。

「梅婉同學，非常歡迎妳來！」大平頭校長堆起了笑容看著梅婉喊報告進門，一點鼻音的腔調，讓梅婉少了一份面對師長的壓迫感。

「梅婉啊，妳別覺得奇怪啊，我怎麼會突然來了！」哈巫先生說。

梅婉向校長問好，心裡疑惑母親沒跟著來，又狐疑究竟發生什麼事，以至於對於兩個大人的招呼置若罔聞，但接下來校長的話硬生生的把她拉回現實。

「前陣子，我與妳的奶奶見了面談了一些事。」

「奶奶？」梅婉倏地回神，望著校長，又看看她父親。

「是的，剛好最近想起一些事，所以也請妳父親一起來聊一聊。」校長咧著笑臉，伸手撫了一下頭皮。

「是啊！說起來我跟妳們校長還算舊識，我們一起受邀出席一場宗教研討會，聊過一些事。幾年過了，沒想到他居然在妳們學校當校長。」哈巫先生說，語氣顯得亢奮，聲調都拉高了不少。

舊識？梅婉心裡冷哼了一句。心想也只有她父親這麼愛跟人裝熟，才見過一回就當成是多年共事過的舊識。這一回，兩人你一言我一句的先談了什麼？跟自己又有什麼關係？梅婉心裡可是胡亂猜疑。

「是啊！妳父親眞的是天才，居然可以把卑南族巫術分析得這麼徹底，連成爲巫師自我修習的步驟都寫得那麼詳細，眞叫人感動啊！」大平頭瞥了一眼哈巫先生，對著梅婉說。

你們想說什麼？趕快說啊！奶奶來幹嘛了？梅婉心裡開始抗議著，臉上卻堆起了笑意看著兩位大人。而校園中午用餐、自由走動的喧譁聲，一陣起一段落的飄進校長室門窗關閉的冷氣房內。

「其實，我的另一個身分是道教的紅頭法師，是正式登過刀梯的合格法師，除了在本業驅邪除魔還有爲民眾執行儀禮之外，對於這類宗教儀式或民間信仰的研究，我向來是不遺餘力的。這也是我認識妳父親的原因，他的研究以及他對巫研究的執著，我們同業都深感佩服。哈巫先生的大名也就是這樣而流轉在我們同業之間。」

梅婉警覺校長是對著她說話，他說話的認眞態度令梅婉感到不安，解開便當提袋口的手停在半空。

「吃吧，一邊吃，一邊聊！」校長只伸了手招呼梅婉繼續說：「基於我的職業習慣，爲了校園的清淨，我來到這個學校的第一天，便巡遍整個學校。我發覺一個奇特的現象，學校校園十分的乾淨，沒有一般老校園那種『不乾淨』的東西，連校門外附近的『東西』也無法進出這個地方。即使有一些孤伶的遊魂，也是無害的存在。」校長臉上有一絲得意，嘴角輕輕揚起。

那是指乙古勒吧？梅婉心裡想。

「是什麼原因呢？」哈巫先生問。

「我的第一個想法是，我來之前，這個學校一定有法師執行過驅邪除淨的相關儀式，但是我求證過資深的教職員工，沒有人有記憶這個學校的曾經找過法師或者道士做過任何儀式。後來我發覺造成學校形同『結界』[1]的狀況是學校周圍的圍牆，有人在圍牆動過手腳。」

「會是誰？又為什麼？」哈巫先生又問。

「剛開始我不知道，直到最近半年多，我注意到梅婉的身邊周圍一直有一股力量伴隨，我企圖施咒，讓梅婉本身的力量現形，但總被另一股強大的力量消弭。我才意識到，這可能不是我們漢人宗教或民間信仰的儀式所造成的力量，我懷疑應該跟原住民的巫術有關，於是我花了幾個星期翻閱了你的所有論文，哈巫先生，直到上一次梅婉的奶奶不預期來造訪我的那一天，更確定這一件事情的。」

「什麼？」梅婉忍不住脫口出聲，伸了舌頭隨即又噤聲繼續吃飯。

1 法力、巫力所形成的保護罩。

原來校長已經早早就注意我了，怪不得總覺得他怪怪的，而我在學校會出現那麼多奇怪的現象一定也是他引起的。梅婉心裡嘀咕著。

「說起來，這還眞是職業病使然，但我還眞是慶幸遇到這種事。」接著校長把最近的事說了一遍。

身爲紅頭法師，校長對於自己所處環境之內，存在幾股非陽間事物力量拉扯的事，實在難以視之平常。所以選擇了學校沒有人上班上學的週日上午十點，在校長室起了個壇。他無法順利判別力量得自哪個神靈，也無法進一步深入探得結界設置的手法與破解之道。在他的儀式上，所有迎請的神靈或者湊巧跟進校園的「東西」，只在學校轉了一圈之後，就被圍牆那股力量以一種難以理解的手法導引離開，還好發覺圍牆的力量並沒有惡意，好像是被設計用來保護學校似的。

這個與梅婉身邊圍繞跟隨的力量可以長時間留駐的現象大不同，大平頭校長便懷疑圍在牆上與跟隨在梅婉身邊的力量是同一個屬性的力量。往後幾天他特別留意跟隨在梅婉身邊的力量，他意外的發覺那股神靈之力，幾乎無時無刻的在與依附在圍牆形式的力量鬥法，想激起梅婉自身的力量，或者說是想喚起梅婉本身所具備的力量。

「別問我爲什麼知道這些，我是紅頭法師，我自然知道誰有資質，誰有那個天分，而發覺開發那個力量，也是我的責任之一啊！」大平頭校長得意的說。

他的話讓哈巫先生直點頭，而梅婉瞠大眼睛停止了吃飯看著校長。

校長發覺這兩股看似相同屬性，又各自在梅婉這個點上採取不同的立場的力量或神靈，相互間只在相互爭搶有利的角度去影響梅婉力量的成形，而不採取彼此摧毀的激烈手段。他感到興趣，並且私下決定要協助開發梅婉成爲巫師的潛在力量。一方面是因爲，他對有人將成爲巫師、成爲法師的一種職業性興趣；一方面他感覺圍繞在梅婉的力量是一群來自古老社會的靈魂，幾乎與他受習的道教力量同樣的古老。可惜的是，總是一次次地在快見到成果的時候，被來自圍牆的力量給禁錮住。這令校長大感不解，於是他求助於哈巫先生的研究，大致判斷梅婉毫無疑問的是女巫的潛在人選，而那些圍繞在梅婉身邊的力量正是意欲傳授力量，或者擔任尋覓任務的逝去巫者，而且不明原因的急切地想要啓動梅婉的力量。

根據哈巫先生的研究結論，力量的傳授雖然是系統性的，但核心力量與接觸點一定是某一個逝去的祖先老巫師。讓校長不解的是，那個巫師會是誰？而圍牆的力量顯然是當代活著的人，那又會是誰？爲什麼要阻止梅婉現在成爲一個巫師？而他爲何能夠接連破解校長的咒術？他所具備的力量究竟有多大？這兩股力量分明都是家族靈俗兩界的親人，爲什麼在梅婉成爲巫師的這件事上採取不同的立場？於是他決定請哈巫先生來一趟學校。

「喔，我想起來了！那是我母親阿鄔女士，在當年梅婉入學的時候跟著來學校設置了一個『巫術閘口』。最近的半年梅婉開始出現奇怪的夢境，我母親湊巧來高雄，我告訴了她這一件事情，她隨即要求我載她來學校一趟。她在校門口，就現在那個提款機那裡的牆角安置些東西，當時我還假裝去操作提款機掩護她呢。呵呵……看來，我家的祖先們鬧內訌了！」哈巫先生半開玩笑地說。

「沒錯，梅婉的奶奶並沒有說到這一點，只強調她祖先的力量來得過早，對梅婉沒什麼好處，不希望我插手介入，看來她是早有計畫了！」校長點頭加重了哈巫先生的說法。

拜託！你們一搭一唱的，到底要說什麼？一定要把我找來呀？梅婉只敢在心中嚷嚷。

梅婉的奶奶阿鄔直接找上校長的那天，就明白的表示，希望校長不要插手關於梅婉成爲巫師的過程。最初校長拒絕配合，認爲這是難得的機緣見證一個女巫誕生的過程，而且，既然是神靈選擇的，何不就順應這個機緣，讓梅婉及早成爲巫師，減少不必要的困擾，好準備升學考試的功課。但阿鄔分析說，梅婉這個時機成巫並不適當，除了年紀還小，又將面臨考試，假如現在成爲巫師，她需要足夠的時間學習儀式來控制自己的力量，也需要足夠的練習機會習慣神靈的接觸，這些都會影響梅婉準備升學功課，萬一考不上第一志願的學校，將來梅婉恐怕會抱怨成爲巫師這一件事，作爲一個家族巫師，阿鄔可不希望看到這樣的事發生。校長也覺得有理，在阿鄔進一步提出說明，將施巫法暫時隔絕那些祖先的干擾後，校長也同意停止施咒誘發梅婉的力量，讓梅婉在考完試後再面對成巫儀式。

「我後來想想，覺得這一回恐怕不單純只是成巫儀式這一件事，梅婉的奶奶沒有把話說完！」校長喝了口水補充說。

「我也不認爲事情這麼單純！」哈巫先生看了一眼梅婉接著說。

「所以我決定把圍牆拆了，校務會議已經通過，經費也搞定，而且這兩天就要施工！」校長語氣肯定，臉上淺淺的笑著注視著梅婉。

「什麼？」梅婉被一連串的說明與決定弄得有些吃驚，抬頭看了校長一眼，而她的父親哈巫先生起先皺著眉頭，隨即又開懷大笑，弄得梅婉一頭霧水。

校長雖然答應了阿郥，但他越想越不對勁，直覺阿郥隱瞞了什麼。假如由校長以他熟悉的道教施咒術幫助梅婉啓動力量，確實有不妥的地方。一方面這不是他熟悉的領域，在某個面向來說的確造成一種破壞或干預。但是以巫術力量限制這個正在萌芽的巫師力量，不也是一種干預嗎？況且這個限制力量是直接侵犯到校園，干預了這個地區一直以來運作的平衡。況且阿郥不只是想限制梅婉成巫，而是進一步地壓抑跟隨梅婉左右的那股古老力量。校長深感不安，他不認爲一群女巫所形成的力量，不顧現代巫師的阻撓而這麼急切找尋梅婉，只是單純的爲了遴選繼承人的問題，阿郥一定隱瞞了什麼沒說。校長便想起了前陣子總務處關於圍牆老舊與美化的提案，遂立刻召集會議做成整建圍牆的決議。

「這的確是個高招。任何不屬於現在的神靈力量，都必須透過乩身、靈媒或代理人執行，才能在現實的境況展演，所以，不論我的祖先力量怎麼強大，也都不可能凌越我母親那些薄弱力量所建構的防護力。拆圍牆，讓事情回歸一個自然發展的狀況，這的確是個好辦法呀！」哈巫先生說。

「哈巫先生客氣了，令堂的巫術力量絕非你說的只是薄弱力量而已。我起過壇，試著想修正什麼，卻根本撼動不了她的結界，所以我才決定要先破壞圍牆，讓形式做個改變削弱那股力量。這樣子，說不定梅婉可以自行依照哈巫先生整理的資料逕行學習儀式；或者在那些跟隨的力量指引下啓動她本身的力量，自行成巫。」校長說。

「我？要我自己想辦法成巫？現在這個時候？」梅婉說的話不太連結，她太驚駭於校長的決定。

「是啊！這也是我找妳父親哈巫先生來的原因，我與他達成共識，希望能從旁協助妳完成所有的儀程。這一陣子，妳不是早就已經開始這麼做了嗎？」校長看著梅婉笑著，那表情令梅婉感到有種小祕密被戳破的不自在。

「這樣子，我既沒失信於妳的奶奶，去干涉或者施咒協助妳，同時也解決了我們的校務問題。」校長補充說。

「這樣好嗎？我還要準備考試呢！」

「唉唷！再假就不像啦！」校長忽然用極俚俗的用語，令梅婉也忍不住笑了！

「梅婉啊！校長的意思也不無道理。不是因爲我們都是這方面的研究者，期待一個新的案例發生，更重要的是，學巫之人都必須接受一個簡單至極的道理：巫師不會平白無故的遇見一個與巫有關的事物。當然，任何事物也不會平白無故的被安排在一起，緣起緣滅之間一定有一個極爲合乎常理的連結。祖先之巫靈這個時候密集的、急切的找妳，定然有祂們的道理，妳的奶奶沒說明清楚。實際上也讓我感到不安，但我寧願順著這個機緣，看看妳能走到什麼程度，看看祖先到底要顯示多少的神蹟，讓我們這些近乎飢渴的研究者有一絲唾沫星渣好借題發揮。」

「耶，老爹，你……太正經了吧！」梅婉正色的說。

「唉唷，難得正經，妳就不能給我留一點面子喔？」哈巫先生的作態，令三人大笑不止。

「過些時候，學校也將針對老舊建築作整體的處理。」校長說。

「那……」梅婉想起乙古勒，欲言又止。

「當然，希望趕得上妳有能力協助她。我們道教的作法習慣以符籙召喚鬼府兵將拘提鎮壓的方式處理，那可能對她是個傷害，也許妳能依你們的方式幫助她。」

「喔！」梅婉只簡單的答話，撇過眼神向窗外，她發覺乙古勒正貼著窗框望著她，臉上似有笑意。

「喂喂！我不知道你們說的是那一件事，不過記得要把一些過程告訴我啊！」哈巫先生有些抗議意味的說著，又引來一陣笑聲。

6 小女巫

「眞要我當一個女巫啊？」梅婉望著天花板上一隻橫向爬移的壁虎自言自語。

學校在幾天前拆了圍牆，第二次的模擬測驗也才結束。週末的時間，梅婉只簡單的複習今天的試題。不等爸媽把韓劇看完，便早早上床就寢，她剛剛被一個聲音從睡夢中拉醒。那是一個金屬鏈條被拖動的聲音，那聲音遠遠的從巷子那頭喀鈴鈴地……不連續的傳來，輕輕細細卻異常清晰的傳進耳裡。聽不出走動的是什麼，那聲音停在房間窗戶的圍牆外時，梅婉完全清醒了，那聲音停了下來，然後又一步一步拖著離開。

比起這個詭異令人感到驚恤的聲音，梅婉其實更擔心天花板那隻壁虎會爬到她正上方，然後拉一泡屎尿朝梅婉熟睡時張著的嘴巴掉下。

她注視著壁虎，想著前些天在校長室的談話，以及圍牆迅速被拆毀削矮之後，自己每輕唸一段咒語祝禱詞，就會感覺一股力量在體內升起或者在體外環繞，緊緊包覆著她。最近她開始練習怎麼控制那些力量，也熟悉了怎麼迎請她所需要召喚配合的神靈。唯一比較麻煩的是，她的父親哈巫先生的所有研究，並沒有關於怎麼配合咒語與手勢施咒與操作力量的紀錄。問了哈巫先生，所得到的答案幾乎就只是他的自我解嘲，說什麼沒有巫師肯教，要不就說自己不是巫師，或者半吊子巫師。還好，關於操作的原理原則，書上有清楚的說明，而梅婉經常會在寤寐中「看到」一些很特別的手勢與檳榔擺置的影像，也常清楚的聽到伴隨這些影像畫面而來的一段段嗡嗡聲音。梅婉雖然不了解畫面的意義，也不清楚聲音所傳達的訊息，但強記下來多少也讓自己有一種「學了很多」的滿足感。對此梅婉是既感激又迷惑，每一次想到習巫這件事，她便要這樣地自言自語，問自己是不是眞的要當一名巫師。

梅婉忽然伸出手來，朝著天花板上的壁虎指點比畫，只見那隻即將爬到梅婉臉部正上方的壁虎偏過頭往右爬去。接著，梅婉打了個呵欠卻沒有睡意。

圍牆外對面那個廢棄宅院，稍早已經讓梅婉設置了一個淨空的咒術，好幾天沒有了野貓的圍聚嘶吼鬼叫。整個社區顯得安靜，除了遠遠的馬路上一輛摩托車孤單地呼嘯而過，以及對面房間傳來父親如雷的鼾聲之外，似乎連時間都靜得忘了要在鐘錶上區分刻度。

幾點了？梅婉只習慣性的在心裡這麼問，沒下床或伸手拿起床頭的鬧鐘來看，腦海又不自覺地想起上一回到校長室，校長在結束前遞給父親哈巫先生，一份得自於某一年在印尼舉行的一場巫覡研討會的翻譯手稿。這個手稿在近日常盤旋在梅婉腦海，內容提及一段極可能跟自己族群巫師體系有關的。其中讓梅婉幾乎陷在閱讀的情境的，是這一段：

……約七千年前（BC5000），亞洲東南方海域的一塊古陸地，有一個名叫「日卡爾」的村子，約有一百戶三千五百人的村子坐落在一座錐狀高聳的獨立山丘「日南山」的東北側下。村子北側一條寬約百米的大河流，自西北向東南，與自北向南的大河在村子的東北側交會。合流後的寬廣江面宛若一條平靜的青綠色布匹，在微風吹拂中，慵懶卻不停止的波動，向南緩慢平穩的流動，穿越廣大蒼鬱的原始森林。

兩條河交會處，是一處高起水面約五十米的岩盤，岩盤上，樹林密雜，幾棵古怪的大樹，發達的氣根向外伸展擴張，圍出了一塊直徑約三十米的平坦地，空地較高處，在兩棵巨樹連結的氣根間，搭建了一座高腳屋，巫力高強的女巫「伊達絲」便住在這裡。村民平時不敢隨意進入這個區域，只有求醫問卦時，才會划著大樹幹挖成的木舟，帶著食物、柴薪、獸皮等謝禮進入這裡求助女巫「伊達絲」。……

這一段文字所描繪的景象與旁邊的插畫，幾乎就與梅婉前一段時間的夢境是一樣。夢境裡梅婉雖然看不見整個區域地理環境的全貌，但是這份文件所敘述的視野分明就是梅婉的夢境所見，那個由上往下俯視的角度幾乎如出一轍，特別是文章後段的火山爆發，令梅婉直覺那是她夢境的翻版。事實究竟如何？那文章看起來頗長，梅婉總覺得傷那個神太麻煩，總在想起這一段之後，轉往他處胡思亂想去。

梅婉決定閉上眼睛好好睡覺，卻發覺剛剛掉頭的壁虎又已經轉回頭，眼看著又將爬到自己嘴巴正上方，她的意識頓時清醒了過來。想起剛剛她的咒語只說到「達拉瓦蘭」要那壁虎向右掉頭，並沒有清楚的下達「捂魯伏克」的離去指令，所以壁虎向右爬轉了一個圓形，又回到原點。想起這個，梅婉不好意思笑了，怪也怪自己掌握不住以卑南古語所寫成的咒語指令。她重新伸出手又朝那壁虎指點比畫，然後望著那壁虎一吋一吋地向有窗的那面牆壁爬去、離開。

她沒來由的想起乙古勒，那個在圍牆被拆後失蹤了幾天，後來又在自己的要求下減少外出的，躲在廁所裡的小小人兒。梅婉已經睏得連打了兩個呵欠，在意識模糊前，她喃喃的說：「下週上學的時間去找乙古勒試試吧。」

※

梅婉利用中午吃飯的時間進了那廁所。

「乙古勒！我想到辦法了！」

「妳終於來啦！憋死我了，要我待在這裡不准亂跑。」乙古勒從排便孔鑽了出來。

「唉唷，我也不喜歡這樣啊！但是妳又不是不知道到處亂跑，對這裡的學生不好！一個不小心遇到其他法師，妳還會有危險呢。」

「好啦！妳說有什麼辦法了？」乙古勒語氣帶著撒嬌沒有責備。

從梅婉出現以來，乙古勒有了許多改變。因爲有人陪著說話，乙古勒已經不再沒事就躲著哭泣；加上梅婉對自己是女巫身分的接受，梅婉的巫力與日俱增，讓乙古勒找出身世眞相的希望越濃。乙古勒不自覺地改變了習性，常出現在梅婉出現的地方。最初梅婉不覺得有什麼不好，但是乙古勒屬於陰間事物，她的出現總會引起周遭的人與動物產生「靈觸反應」[1]等不舒服的反應，梅婉擔心那些原本只是神靈鬼魅與凡俗之間接觸，所單純產生的驚恐、畏懼、寒顫、起乩等暫時反應，會進一步惡化成爲一種陰氣祲傷的「靈祲反應」[2]，最後要動用法師、巫師等，借助儀式力量解決，到時乙古勒一定難逃被消滅的命運。

乙古勒也了解這個危險，但就是忍不住要亂跑去學生聚集的地方。過去爲了證實身分，她的確經常四處亂跑，也躲避過一些廟宇派出的巡弋官將，但是這麼接近學生的經驗實在屈指可數。不僅是因爲這些年輕後輩的學生對學校過往知道的太少了，最主要是因爲乙古勒對於霸凌的陰影記憶，讓她本能的迴避學生，梅婉的出現的確改變了她活動的習慣。前幾天，梅婉規定她不准再到教室或者學生聚集的地方出現，也不准她再去捉弄跑到廢棄廁所的學生，直到梅婉找出可以減少傷害的方法爲止。乙古勒沒有異議，她幾乎就是躲在廁

1 巫術研究用語，意指靈魂鬼魅等非陽間事物與人類或動物接觸時，凡人所產生的生理、心理反應，其中包括起雞皮疙瘩、深層的寒顫、頭皮發麻、神智混亂等等。

2 巫術研究用語，陰陽兩氣長時期接觸所產生的傷害，反應在人的現象是：出現生病現象，神智受損，幻聽幻視，就醫無從解決。

所不出來，雖然沒有聽見她自哀自憐的哭泣，廁所還是偶爾傳出一兩聲幽遠令人起雞皮疙瘩的嘆息。

「妳快說啊！有什麼好辦法？」乙古勒說。

「這簡單啊，我做一場巫術儀式，讓妳的家人接引妳離開到他們身邊啊！」梅婉說。

「眞的嗎？眞是太好了，校長說的沒錯，會有一個小女巫解決我的問題，梅婉，妳就是校長說的那的女巫。」

「拜託，我這算哪門子的女巫啊！要我自己摸索成巫儀式，想起來就心虛。」

「妳是女巫，這也沒什麼好質疑的，不是嗎？」乙古勒兩手一攤，樣子還眞像夜市地攤的玩具。

「呵呵……看妳說的，好！我是女巫，我們來試試我的方法，送妳離開這個地方。」

「現在嗎？」

「明天吧！今天是星期一，每一科都要考試，這些老師以爲週末的時間很長，怕我們不讀書，都約好了選在今天考試，眞是病態。乙古勒，我們明天中午來做，我今天回去準備些工具，先說好喔，沒有特別保證喔。」梅婉說。

「好得！妳盡量吧！」乙古勒笑了，整個臉皺巴的擠在一塊。

「就明天，拜！」梅婉看著乙古勒那張臉，也跟著笑了，揮手離開。

梅婉原先的計畫是直接召喚乙古勒的親人，然後接引乙古勒離開到她該去的地方。她在她奶奶阿鄔的村子，見識過阿鄔執行過這個儀式，她父親的資料也有詳盡的紀錄程序。第二天，梅婉的計畫並沒有完成，因爲不論是祝禱告知，或者迎請神靈的階段，都必須清楚的點名。可是乙古勒根本記不住任何跟她有關的親人名字，她甚至連自己叫什麼名字都無法叫得出口，又如何提供梅婉任何的名字？沒有名字，這個巫術根本無法施展。梅婉感到挫折，旋即又想了個變通的辦法，準備直接下咒語弱化乙古勒的陰祲之氣，讓她的傷害減低，也許也可以減低乙古勒本身受傷害的機率。爲此，梅婉花了傍晚回到家以後的時間準備了檳榔、陶珠以及一些鐵屑片，另外還裁了一小塊紅布，製作一個約三公分大小的小袋子；晚上複習完功課後，又再花了大半夜的時間編寫咒語。一切準備妥當，第三天中午的時間，她匆匆吃完便當，來到廁所，乙古勒早已坐在排便槽邊等她。

「梅婉，妳看這樣好嗎？讓妳這麼麻煩？」

「妳怕傷害到妳，是吧？」梅婉沒停止準備巫術器具的動作，她一邊在廁所內幾個隔間前面走道的地方，選擇一小塊作爲擺置祭祀用的檳榔位置，頭也沒擺過來看著乙古勒，邊說。

「我不知道，我的確想找到我的親人，可是現在我卻捨不得離開。」

「不可以，乙古勒，每個人都該有他的定位，妳不屬於這個世界，妳就應該回歸到妳的去處。對妳，對這周遭的人都好啊！難道妳不想見到妳的家人？難道不想知道還有哪些親人存在這個世上？」

「我不知道啊，梅婉，正是因爲這麼多年不斷的找尋我的記憶、我的家人，我才會存在在這裡啊！校長說的沒錯，我的問題將會有一個小女巫出現幫助我，可是現在卻又擔心找到了家人又如何？我恢復了當時的記憶又如何？」乙古勒的表情哀傷，她低了頭，眼神空洞著。

「唉唷，妳想太多啦，妳想現在回到妳應該存在的世界，或者找到妳的家人也不可能啊！昨天我們沒辦法執行，不是嗎？妳根本記不得任何名字呀！現在我只是作補救罷了，即使送不走妳，也要先把妳身上那些傷害人的陰氣，減低到最低程度或者有效的隔離，這樣妳出入其他地方才不會傷害人。至於送妳離開這個世界的事，也只有等到妳都記憶起親人的名字，或者我巫術力量更強大又找到其他的辦法再說了。」梅婉看了乙古勒一眼說。

「唉，也只有這樣了，我眞是笨啊！怎麼會沒有任何記憶呢？」

「妳不笨，只是妳沒記著，妳要眞有記憶，我們又怎麼會相遇啊！別想太多啦！一時離不開這個世界，起碼處理完妳身上那些討厭的反應，我們之間可以更靠近一些啊！別急，我一定會有辦法的！」梅婉空出了右手撫了撫乙古勒那嬌小如洋娃娃的肩膀。

「嗯！也只有這樣了！這樣我就可以跟著妳亂跑了！眞是謝謝妳對我那麼好，一切拜託妳了！」

梅婉沒接話，給了個笑容後，開始進行了啓動巫術儀式的祝禱。她前後用去了三十分鐘，比起熟練的巫師來，多了將近十分鐘的時間，不過梅婉已感到滿意。她的滿意，除了是因爲這是第一次正式的執行儀式帶來的刺激之外，主要還是因爲她感覺到那小小的廁所周圍的確來了不少的東西。梅婉不知道來的是不是都是她迎請的神靈，不過，靈觸反應所造成的寒顫、頭皮緊縮、腦殼發脹，讓她覺得滿足。接著，她開始下達咒語，當她唸完最後一字「卜魯哇賴」時，感覺乙古勒分成兩個部分，不，正確的說是，有一些東西與乙古勒分離消散，那些東西沒有形狀、沒有顏色、沒有氣味，只能感覺是一種氣氛，正依照梅婉的指示，由東方的「收納晦棄之靈」收回。梅婉停了一會兒，伸過手觸向乙古勒，撫了撫她的肩頭，忽然輕皺了眉頭，又萬分驚訝地看著乙古勒。

按理說，乙古勒本身是個已經過世多年，留滯此地未離去的遊魂，魂魄本身就是造成靈觸反應那些令人極端不舒服感覺的本體，巫術只是藉由符咒限縮可能的影響範圍，就像把寬大衣服縮成緊身衣那樣，只能減少影響的距離與範圍，絕無可能脫裂成兩個部分。也就是說，梅婉的施咒可以讓乙古勒本身附搭著的陰氣不祥被徹底刨除，讓位居東方的「收納晦棄之靈」依其神通將其收回，但乙古勒本身作爲魂魄，陰氣對人的影響仍然會存留，解決之道，是由巫師製作隨身符籙，配合儀式咒語限縮其範圍，這也是梅婉這一回施巫法的目的。但是剛剛梅婉碰觸乙古勒的身體，卻像碰觸一具眞實的物體或者一個人偶，沒有出現任何靈觸反應，這結果大大出了梅婉的意料。這個意外成效，可能說明了乙古勒並不是魂魄，起碼不是完整眞實的魂魄，至於那是什麼？梅婉腦海快速思考卻沒有任何結論。她把最後的程序做完，製作了一個狀似廟裡得來的香灰包，護身符一樣的小紅包袋，掛在乙古勒頸子上。

「好了，妳可以四處活動了，妳身上那些的鬼魅陰氣已經傷害不到人，也可以不用擔心校外那些廟宇巡弋的將官發現了將妳捉去了！」

「眞的嗎？眞是謝謝妳啊，梅婉！」乙古勒開心的瞇起了眼睛說。

「別謝我了，我才要謝謝妳呢，讓我有機會好好的施展這個力量，不過……」梅婉收住了口，不想把剛剛的疑慮說出，讓乙古勒多心。

「不過什麼？」

「妳讓我感覺自己眞正的像個巫師了！」

「妳本來就是個巫師嘛！」

「呵呵……是喔？我是個巫師了！」梅婉感到開心與一點靦腆。

因爲開心，梅婉步履輕快的離開廁所回教室。至於乙古勒究竟是什麼？梅婉沒去多想，因爲下午還有每天的小考，而成績會立刻計算並登錄，她需要更專注一些。還好乙古勒已經沒有鬼魂精靈那種禊傷人類的陰晦，而現在，梅婉輕聲誦讀的時刻，她正蜷曲著像貂一樣的身材，縮在學生書桌半開放的抽屜聆聽，偶爾還不時地跟著吟誦。此時，不是精靈也不是鬼魂的乙古勒，正以一個凡人看不見聽不見也感覺不到的「什麼東西」存在著。

「小聲一點，乙古勒！」梅婉以誦讀聲包裝著說話聲音，輕聲的斥責。

「妳才要小聲一點，別人聽不見我，這裡只有妳聽得見我的聲音。」乙古勒上半身探出抽屜，手肘半搭在桌面上看著梅婉，驚得梅婉趕緊左右瞻望。

「也沒有人看得見我的，妳專心讀書吧！」

「妳在這裡吵，我哪能專心啊？」

「我是要告訴妳，妳剛才背誦的那個唸錯啦！」

「哪裡唸錯啦？」

「應該是『戍鼓斷人行，秋邊一雁聲』，不是一聲雁。」

「耶？妳怎麼會知道？」

「唉唷，別忘了，出事前，我是準備高中聯考的初中三年級學生，記憶中，我還一直是全校前三名的好學生。唉，只不過，現在我什麼都不是了，但是呢，妳剛唸的我都記得，妳唸錯了！」乙古勒語氣出現波折。

「好了！知道妳很行，別說話了，我要讀書！」梅婉想起乙古勒的背景，聳聳肩表示同意。

「我告訴妳喔，妳左邊那兩個同學說好了，待會兒考試要作弊！」

「好啦！別說了！妳連這個也知道！」

「我當然……」

「停！別說了！」

梅婉打斷了乙古勒繼續說話，令乙古勒吐了那如撕裂的醃菜葉片般的舌頭，悻悻然地縮回抽屜裡。

梅婉坐上了母親接送回家的車，開心地望向車窗外與她母親有一搭沒一搭的閒扯。傍晚五點多的時間，高雄四維路上下班的車流量並不算太大，車道前方一輛白色小轎車時左時右地在車道分隔線搖擺，車速維持在四十公里上下。梅婉的母親意外的並沒有如往常一樣輕聲碎唸罵人。也許是因爲梅婉神情的輕鬆愉悅感染，所以她母親連變換車道的念頭也沒，看在梅婉眼裡也覺得有趣，正想調侃她母親兩句，卻看見前方市政府前的永定街上，一隻虎斑毛色的貓正穿越她們的車道，而緊鄰的右車道，忽然呼嘯地越過一輛改裝過的汽車。

糟糕！梅婉大吃一驚心裡直嚷。

她估計車輛抵達永定街口時，那隻貓正好走到右車道中央，依那輛車的速度，那隻貓肯定……梅婉不敢想，本能的伸手向右揮動，情急的唸了一聲「達拉瓦蘭」。那隻貓忽然像是被誰用力往前拋擲的姿態飛躍，躲過了那輛車的撞擊。

「怎麼了？」她母親聞聲，透過照後鏡關切。

「喔，沒什麼！想起了一個單字。」梅婉鎮定的說。

「是這樣啊！很好啊，這樣，隨時想起，隨時複習，對考試一定有所幫助的。不過啊，妳要注意身體啊，考試雖然重要，可也別把自己逼得太累了，知道嗎？」

「知道啦！」梅婉隨口應了她母親的話，視線立即往窗外搜尋那隻貓的狀態。車行過路口，梅婉注意到，剛剛那隻貓落地的位置，恰巧落在人行道上的行道樹頭，正慌張爬起來，驚恐的往四維路回頭探視一眼，然後迅速鑽進加油站旁的牆角。

梅婉心裡頭一陣苦笑，剛剛在情急之下，她唸了咒語而啓動了巫術力量，想把貓推送到快車道與慢車道那種滿矮叢樹的分隔島上。方向是對了，但力量卻太大，直接把貓拋向慢車道外的人行道上。還好是一隻貓，要換作是行動不甚敏捷的其他動物或者什麼人，那肯定要斷腿傷肢的。

我這樣還算是個女巫呀？梅婉苦笑中夾雜著喜悅。

啊！這可眞是個充實的一天啊。她心裡這麼說。

7 女巫阿鄔

時序進入十一月中的台東平原，上午七點，從平原四周漸次湧向市中心周邊區域的上班、上學人車，逐漸在道路上形成夾雜的流動。平原上空天藍無雲，陽光張織潑灑地面溫熱不見刺辣。東邊太平洋粼粼波光中，幾處海面作業的漁船，或停或緩慢移動，逆光下形成黑色斑點，或連結成片或單點孤立；而平原西邊南北向聳立成屏障的中央山脈，遠望山坡旱田與森林或光綠或沉藍；陽光灑布的順光中，幾帶山嵐、沉霧，或明亮或暈染。東邊的平原市區遍地連動了起來，而西邊山腳下的小部落也早已開始了一天勞動。

這是一個三百多人形成的小部落。

由台東市區西行，經台九號省道接東五十五號縣道，經太平村，直抵一座名爲「受東宮」的牌樓。進入後是泰安社區，是一個日治時期規畫的社區。不進入牌樓向右彎折一公里處，可經過一座軍營以及一個在一九七〇年代因風災土石流所遷建安置災民形成的社區；再往上經過朝陽山莊、軍人公墓然後路過大巴六九舊部落攀爬，則進入大巴六九部落傳統的旱作山坡地，尋著林道深入則爲傳統獵場。現在居住在此的卑南族人只占全部居民的四分之一不到，即便如此，部落居民的意識裡，這區域仍視爲大巴六九部落的全部範圍，就如女巫阿鄔偶爾掛在嘴邊的說法：就算這裡都變成灰燼，或者你們說的該死的海嘯淹沒而來，這裡永遠都是大巴六九人的部落，不會改變。而現在，女巫阿鄔，正佇立在幾回彎折過後的林道五公里處，回頭向東邊眺望。這個區域視野極佳，整個台東平原盡收眼底，北邊（左邊）向下陡切至大巴六九溪床，南邊（右邊）則是較爲緩坡的山坡田。一旁較寬的避車道上停著一輛黑色雅歌轎車。

「伊娜[1]，這裡有什麼嗎？」一個貌美的中年婦女問。

「這裡啊！以前住著一些人，沒聽老人家說過他們是什麼樣的人。」阿鄔沒回頭地說話著，目光專注的望著寫著「老蕃社遺址」的廢棄住屋旁的一塊平坦地，那裡種植了四、五棵大目釋迦果樹，與其他釋迦果樹覆蓋了她們所站立位置以下的坡地。

「不是我們的祖先嗎？」

「不知道，從他們留下的遺物看來，也沒有發現跟現在的我們有什麼連結。可是啊，這樣說又不完全對，別說這些跟我們現在不一樣，連我的母親那一輩的生活方式，都跟我們

1 對母執輩的敬稱。

現在完全不同了。」阿鄔停了一下，「阿洛啊！我們繼續往上開好嗎？妳有沒有別的事啊？可以嗎？」阿鄔目光從眺望平原、太平洋收回，在遺址那小平坦地停留了一下，怕失禮又急急的轉過身看著她口中喚名爲阿洛的婦女。

「沒有問題啦，伊娜！」阿洛輕聲的說。

「那就謝謝妳，還好遇見妳，要不然，讓我自己走來，恐怕到太陽下山還走不到這裡呢。」阿鄔一臉歉意又充滿感激的說。

阿鄔早幾天前便計畫到林道沿線走一走，只是孩子上班自己也不會使用交通工具，昨夜，這念頭讓她輾轉難眠，於是決定今晨上來走走。說起來也幸運，才出村子口恰巧遇見阿洛，便邀她一起到這條林道上走一走。

阿鄔今年八十一歲，身子硬朗，是大巴六九部落頭號女巫。在她幼時的記憶中，剛剛的平坦地原是一棟家屋，而現在所看到的廢棄家屋，則是後來漢人移民時所建蓋的漢式鐵皮屋頂平房。現在這一塊地仍是漢人所擁有，他們在這棟住屋下方建蓋新屋子以後，廢棄了這棟以竹片當骨架的黏土牆房子。爲了配合利家林道的觀光發展，特地保留作爲一個參觀點，其旁邊的空地是最初建蓋這棟屋子時，發現遺址地基而空出來的。

阿鄔曾與她母親在這塊山坡地上方不遠處一起開墾過一塊田，後來部落遷到新的社區，這塊田輾轉由其他人耕作，直到三十幾年前才又回到她手中。因爲年事高加上到這裡的距離也不算近，阿鄔也就幾乎不再到這個區域，偶爾最多由她在家的兒子替她來巡一巡，種植的梅樹這幾年就這麼地任其荒蕪。

阿鄔剛剛沒有對阿洛說起，在她幼年時，曾經親眼見過以她母親爲首的部落女巫，圍聚在剛剛「老蕃社遺址」的平坦地做過幾回巫術儀式。當時她年幼，對巫覡信仰並沒有太多的概念，所以也不確定那是一個常態性的儀式，還是因應突發事故而舉行的巫術儀式。而剛才，阿鄔感覺有一股騷動正在那一塊釋迦果樹園中醞釀，其騷動的中心點就在那一塊平坦空地上，阿鄔唸了唸咒，判定那是埋葬在那個地方的一群先人。她不確定騷動的原因是什麼引起的，但是非常肯定當時那一塊平坦地曾經建有住屋，住屋內施行「室內葬」的一群先人死魂受到某種騷擾。

「阿洛啊，妳多久沒來這個地方了？」阿鄔在車子裡，望著遠處的山稜線。

「我常來啊，就到那個上面走路，我的先生歐撒莫每一次回來就喜歡去那裡走路。」

「是這樣啊？」阿鄔還是遠望著山稜線，無雲霧的稜線與天際分隔得格外清楚。

「是啊，這裡的空氣眞是乾淨！稜線上面的樹木種類好像很多，光是走在林道就覺得很舒服。伊娜唷，妳們的身體很好，沒有感覺，像我們這樣子的住在外面的都市，身體變髒變虛弱，回到部落，來到這個地方就感覺很有元氣。」阿烙夾雜著日語說話。

阿洛年輕時嫁給了一位在台北開公司的日本人，到了退休年齡，阿洛選擇回到部落，開闢了一塊田園種植咖啡，她的日本先生歐撒莫，將公司業務交給兒子之後，另外開了個小店，一方面就近協助兒子的公司業務，一方面爲了兼顧台北的生意只在週末期間回來。阿洛自己兼任部落婦女會，也努力學烹調與植物的辨識與培植。

「這裡以前不是這樣的……」阿鄔說著。她注意到稜線上方的天空，淡藍色的平面有幾道像水紋一般的痕絡，才定睛一看又忽然不見了。

「這裡原來也都是一整片的樹林。我們放火燒一塊，種個一年讓它荒廢，然後在旁邊燒出一塊，一年後再荒廢，再燒出一塊耕種，第四年又回到第一塊地耕種。地用得不大，樹也都保留住，不像現在，妳應該還有一點印象吧？」阿鄔這一回，撇頭看了一眼阿洛。

「記得啊！還沒嫁人以前，我也來這裡幫過一些忙，不過那個時候，這裡的山已經開墾了一大片，種了梧桐、香茅。現在更不一樣了，滿山的檳榔，這些白浪那麼厲害啊！」阿洛開著車眼睛盯著產業道路路面說。

「是啊！這一條路剛開的時候……」阿鄔接著說，但眼睛彷彿見到山稜線後方，由西方的天空擠進了什麼東西似的，細碎、零散地，彷若流星雨或飛濺而來的水滴珠兒，朝較高的山稜線劃去，隨即又恢復平靜，凝睇細瞧，稜線上方的天空卻又仍是淡淡水藍色。

「那個時候，卡車每天載運著木頭下山。這個地方也的確到處都是樹木，除了開墾出來的幾塊地整個山都是樹，其中還有不少棵幾個人合抱的樹木，颱風來的時候，枝葉波動俯仰，沙沙的聲音簡直就像那海邊的大浪。對！就像海邊的大浪，我在海邊經歷過那些浪湧。後來，我們搬到現在的村子，這裡變成了政府的地，後來又變成了白浪的地，開了這條林道，樹木都砍掉種植果樹還有妳剛說的那些植物來賣。哎呀，我都不知道這究竟怎麼回事了。」阿鄔說著，心裡頭有一些莫名的不安，眼睛卻不著痕跡的注意著山頭的變化。

「這條林道應該很裡面吧？我跟歐撒莫沒有進到很裡面去，路上有崩坍。」

「的確很裡面，都到那個鬼湖附近去了，我跟我先生年輕的時候還在林班做過活，砍樹。」

「鬼湖？」

「是啊，那裡幾座山外有兩個大小湖泊，妳不知道嗎？那個有關於一個女生嫁給一條大蛇的故事。歷來我們都只稱『達那達鬧』，沒有國語的名字，我兒子說那個叫鬼湖，一大一小。」阿鄔說起「達那達鬧」忽然打了個冷顫，她心裡輕聲的「啐」了一聲去除晦氣。

「那麼深入山裡面啊？」阿洛自然知道達那達鬧這個傳說以及地名，只是沒有連結「鬼湖」這個現代的稱謂。

「其實，也沒那麼深入，只能說是外圍了，那已經是『巒鸞』的地方了！我們是在中途的林場工作過，那些樹木眞是高大呀。」阿鄔補充說。

阿鄔說的巒鸞是此地稱呼布農族的稱謂，日治時期的日本行政文書，兩地曾有相互馘首的紀錄。利家林道從過了大巴六九山十九公里處，北面下切是鹿野溪，林道沿著稜線左轉切入盆盆山的稜線，向西向北蜿蜒轉折逐漸攀升深入約三十二公里，沿線屬於延平鄉的行政區域，舊稱內本鹿地區。約在十九世紀末期，布農族郡社群擴張時期進入這個區域。日治時期因爲看中這裡林相的豐富，開闢了伐木採林道路，國民政府來了以後，繼續擴建與深入。

車行到了稜線，兩人只做幾分鐘的停留。阿鄔背山面海瞻望，被眼前由山頂往下延伸的檳榔樹所震撼，平常由下往上看不覺得，由山頂向山腳下望，目光所及連接到因山洪、土石流掩埋的舊部落家園，心裡不由得一陣驚懼。

「走吧！我們可不可以再往上看看，妳還有時間嗎？阿洛？」

「可以啊！伊娜，您不要客氣啦！我也想來看一看啊，聽歐撒莫說上次他跟朋友自己來，看到很多羽毛漂亮的鳥，我一直忙著咖啡樹的整理，也沒想到找機會來，我看今天正好是個機會啊，就讓我陪著您走一趟吧！」

阿鄔怕耽誤阿洛而覺得不安，可又想順著林道翻越稜線，進入大巴六九山頂以後的區域看看，這幾天她有太多的不安與衝動。阿鄔的不安在於，近日她常常陷入失神的感覺，似乎有人召喚她的生魂，而每當她處於失神狀態時，恍惚中她感覺自己正朝著某個方向移動，而視界所及，陸續有好幾位不同服飾的女巫先人出現在四周。

剛開始阿鄔只當自己年紀大，身體出現了警訊，但是就醫檢查沒發現病痛時，她警覺到有人施巫法召喚神靈，那個施法的人顯然也把阿鄔當成是重要的巫力來源而召喚她。會是誰？阿鄔百思不得其解。一日阿鄔心血來潮由她家頂樓往山區觀看，她發覺順著後面突出的山脊，向後延伸到大巴六九山頂再延伸至馬里山山頂，整個稜線兩側搭附著奇怪的雲朵。稜線的西側、北側似乎暗湧著一股股的力量，交織著、拉扯著，彼此壓抑又洶湧浮沉，她看見極細的光影流動，那種只有高明巫師才看得見的細微流動。她警覺到這個區域一定有什麼不尋常的事正在發生或者即將要發生，因而惶惶不安。

「我們停這裡好了！」阿鄔望著林道十九公里處豎立的「雙鬼湖自然保護區」的大型水泥告示牌說。

「小心！」阿洛看著阿鄔下了車，踉蹌的踩了幾步才站穩，驚呼地叫。

「呸啦！」阿鄔輕咒了一聲，手中忽然彈出了一顆陶珠。見阿洛下了車關門，阿鄔鎮定的，若無其事的指著林道向左蜿蜒的方向說：

「那裡就是往深山裡面幾個伐木場的方向了，那幾年，部落的人大部分都受僱去砍伐林木賺工錢養家呀。」

阿鄔表面平靜，但心裡卻是驚駭莫名。剛剛她的踉蹌可不是一腳踩空了或者石頭絆了腳，而是被一層力量排擠。阿鄔心裡直覺到有人設置巫術閘口，一種類似漢人民間信仰所稱的「結界」。她本能的彈出已經在手上的另一顆陶珠輕聲下咒，算是切開一個小空間，讓她跟阿洛有個可站立的位置。

讓阿鄔驚駭的是，這個巫術閘口所形成的巫力屏障，所涵蓋的範圍幾乎包覆住了林道往盆盆山蜿蜒而入的區域，而且力量充沛扎實。這不像是一個巫師單一的力量所能建立的結界範圍。而設立這個結界的力量，似乎是要阻止任何巫術或者法術的力量進入這個區域。阿鄔了解能夠阻止巫師進入的力量，也將會迫使生人進入後找不出離開的出口而最終喪命於此。想到此，阿鄔原先因爲疑惑而微微感到的畏懼，已逐漸轉變成一種具腐蝕性的懼慄。

那會是什麼？我得做些事啊。阿鄔心裡大喊著。

接著她請阿洛把車稍稍退向來時的路上，空出的位置阿鄔即刻蹲下清理了一小塊約五十公分見方的小空地，擺起了幾顆檳榔、陶珠配合著咒詞，建立另一個巫術閘口，讓意圖進入這個區域的所有人，不自覺產生回頭的念頭。阿鄔打算在弄清楚這些東西到底是什麼之前，封鎖這個地方，不准閒人進入這個區域。

行畢，阿鄔面向西北側，望著向下切割的溪谷，只見遠處鹿野溪溪床，礫石磊磊，溪水黑綠淙淙，而整個上空密布著厚重的烏雲。由阿鄔站立處向右看，順著小徑往北迤迤而上到馬里山山頂，一樣連結著厚重的雲層，與左方盆盆山方向的鉛灰沉鬱的雲霧一樣，密實而凝滯。

「怎麼這裡跟剛剛進來的天空不一樣，雲層那麼厚，咦？好像要起霧了！」阿洛說。

阿洛疑惑卻直覺的語氣令阿鄔警覺到，這可能不是普通的雲霧，而是「巫術雲霧」，一種以巫術力量形成的霧氣或雲層。阿鄔本能的以食拇指相互捏捏搓揉，乾燥的感覺讓她非常肯定這不是濕凝的自然雲霧，但爲了更進一步確認，她默唸著禱詞，一股深層的寒顫自體內陡然升起，令她打了個哆嗦。「反靈觸反應」[2]精準的回應阿鄔剛剛的詢問：這的確不是自然的雲霧。

「我們回頭吧！阿洛！」阿鄔說完近乎慌張的走向車子。

「怎麼了？伊娜？」

2 大巴六九部落巫術操作手法，巫師需要問事時，唸過祭詞後在內心不斷詢問相關的神靈，當問出相符的答案時，立即產生靈觸反應，謂之。

「看起來要下大雨了！走慢了！我們要困在這裡了啊！」阿鄔慌亂的編了個理由。

車子駛出了稜線，天空變得無雲清朗，自然也沒要下大雨這一回事。阿鄔陷入自己一連串的疑問中，緊皺著眉頭沉在座位上，不語。阿洛覺得事有蹊蹺，又想到咖啡園的農務，見阿鄔悶著不語，她也無心追問，專注地開著轎車迂迴轉折在整個山坡檳榔園的產業道路上。

山稜線後方存在著一股力量，阿鄔是知曉的，在部落的巫覡信仰中，管理山川、森林的神祇依照需求，會主動或被動展現靈力也是巫師們認知的事情；若再加上樹精（魂）與過去在山區喪命的人附身在動物身上成爲「山魈」，森林的確存在凡人以外的精靈力量。但剛剛阿鄔所看到的情況看來，那整個山區呈現的力量，已經遠遠大於上述所言的力量總和，龐大到足以和地震、颱風、雷擊等大自然力量相抗衡，而這些，已經遠遠超出了阿鄔的母執輩那些被部落人傳頌的傳奇女巫所教習的知識，爲此，阿鄔一直悶悶不樂又百思不得其解。

回到家，中餐過後，下午三點多，阿鄔難得的，主動爬上兒子所住的四樓頂，向西北方向的山稜線眺望。只見那裡仍然維持上午離開時的濃重積雲，那鉛灰與厚實，令大巴六九山至馬里山方向的山脊線感到窒息與塌陷，連帶呈現生物死寂的灰藍色調。

「那裡到底發生什麼事了？或者那裡到底要發生什麼事了？」阿鄔感到挫折，連帶語氣也激不起一絲的生氣。

上午回程時，阿鄔試著占卜，試著祝禱問她所屬的神靈系統，想藉著「反靈觸反應」那種直接由問話取得神靈回應的方法，但是怎麼也都問不出個所以然，沒有任何神靈回應她的問話。阿鄔以爲自己哪個環節出了岔，曾試著問其他事，卻精準的得到反應，唯獨問到後山的力量時，眾神皆無反應。似乎在這一件事上，諸神鬼精靈是有所顧忌或者採取中立態度。這讓阿鄔感到徬徨、生氣與恐懼。一個上午。她都沒有找其他的女巫夥伴來一起商量，因爲她意識到，這一件事只有她自己感應到不尋常，怕說了眾人恐慌，更加混淆了自己的思慮判斷。

「這應該不至於造成部落的大傷害吧？」阿鄔說著，腦海卻忽然想起過去幾個月來，祖先群似乎意有所圖的幾次出現在她的夢中。

「莫非跟祖先有關？」阿鄔嘀咕著，身體卻意外的打起了哆嗦，一股寒意爬向頸背。

「如果是這樣，那麼在高雄那些圍繞梅婉的祖先群，又跟這個連得上什麼關係？」

啐！阿鄔撇過頭，朝左後方輕吐了一口氣，除晦氣。才抬頭，忽然警覺到天空出現異樣。

天空，日頭小角度的斜照著，無遮蔽的地方陽光還顯得刺辣，天空湛藍無雲，彷若一張無波紋的水藍鏡面倒扣在地表、那平原、那山巒之上，連那沉鬱的西方山區雲霧上層也水藍一片。阿鄔見到的異樣是：天空平靜的鏡面水藍居然產生了漣漪，漣漪的波紋比水藍稍稍淡藍，以山區那個範圍爲中心，輕震，然後緩慢的速度向外擴散，那緩慢的速度像極了羽絨，被流動的空氣吹拂向外而後慢慢飄落的姿態，那般的優雅與等候飄落的舒緩。

阿鄔瞪大著眼注視著這一切。

「怪事啊！」阿鄔忍不住的咕噥。

天空持續出現了改變，幾條爪痕似的不均勻線條，先後由各個方向集中抓向大巴六九山區後方那個詭異之地。最初是一道兩道的零星劃過，後來越來越密集，越來越快。最後，一顆巨大的、帶有尾帚的透明模糊的水球狀體，由更西邊的天空撲來，在阿鄔還沒來得及失聲驚叫前，掉落那山區後方。頓時，整個鬱積在山嶺間的雲霧，像是一碗灰白的奶漿向上向外擴起環形碗狀的噴濺。

「嗚！」阿鄔在極度驚恐的情況下終於叫出了一聲，她隱約感覺整個地表輕微得搖晃震動，一股力量由那個掉落的地方越過稜線順著整個山坡往山腳直撲，蓋過部落周邊的果園、旱作田，經阿鄔所在的位置，衝過整個台東平原往太平洋鋪展。遠遠望向田園，只看見幾個人零星抬起頭，各自隨性擦拭汗水，幾乎沒有人察覺這樣的變化。

「呸啦！」阿鄔輕聲咒罵一句。

她為她的驚慌失措感到屈辱，正想下樓正式作一場巫法，腦海卻突然浮起梅婉的身影。

「梅婉！」她失聲的叫到，旋即愣了一下，回頭望向山脊線後方。只見那雲霧更濃厚、更灰更沉。

「這跟梅婉有什麼關係？」阿鄔嘀咕著，心裡感覺出從未有過的不安，一種接近恐懼又不願服輸的不安。

8 穿越旅行

最近的一個月，梅婉在讀書考試之餘，總是忍不住地想著如何找出乙古勒身世之謎，她思索著幾個方法，從刺激乙古勒記憶，以及賴著教務處的阿姨們找尋過往學生資料，到市立圖書館找簡報縮影都沒有結果，最後又回到以巫術解決的途徑。但問題來了，哈巫先生的研究沒有任何關於以巫術力量穿越時間空間旅行的研究。哈巫先生也堅持那是目前科學沒有辦法解決的事，即使是宗教信仰這類玄學，應該也無法超越時間空間對實體物質的規範。

「那麼，爲什麼祖先會來找繼承人？如果時間、空間無法穿越，女巫繼承這一件事根本就不可能，而且，那些神靈更不可能顯神威了。」一日，梅婉直接挑戰她父親的見解。

「那不一樣啊！祖先或者神靈的出現，並不是實質的物體，而是靈魂，或者說是一股感覺，或者影像。」哈巫先生辯解著。

「老爹啊！儘管那是靈魂、影像、感覺，可是還是擁有力量啊，而且那樣強大到令人畏懼的力量，是不是實體又有什麼差別呢？況且只要能去到自己想去的空間與時間，去了解一些事，這些影像、感覺就綽綽有餘啦！」梅婉也不知道哪來的勁兒，思路異常清晰流暢。

「唉唷，妳怎麼想到這個啊，妳都不讀書準備考試喔？」哈巫先生白了梅婉一眼，心想也有點道理，祖先都跨過幾個世代，跑到現代的這一世來找人了，這個所謂的影像、感覺似乎不受時間與空間的束縛。

「妳說的也有點道理，不過，我不知道怎麼做，部落女巫只有傳說中有這樣的來來去去，卻也沒見到有誰知道這個方法，起碼我的研究資料中，是沒有跡象顯示這個可能啊！」

「唉唷，也許老爹你的研究不透徹吧！」

「耶？揶揄我？好，妳加把勁啊，等找出了途徑，妳告訴我啊！」哈巫先生語氣感覺有些受傷。

「老爹，你生氣啦？」

「沒有！」

「有！」

「沒有，只是有一點受傷！」

「好啦，老爹，你是第一名的巫術研究者，只是，目前我遇到的問題，是巫術已經失傳的知識，你自然也不可能有資料啊，我故意氣你的啦！」

「妳說的也沒錯啦，我的研究確實不夠說明這些現象，這也是我這麼熱中巫術研究的原因啊。祖先神靈能來來去去的，我想時空的穿越旅行應該不是問題，重點是在形式怎麼進行，也許就像夢境一樣吧。」

「夢境？」梅婉不確定自己了解什麼，卻又覺得頓悟了一點什麼。

「是啊！不論現代以什麼學門的概念去探討解釋夢境這一回事，夢的形成與夢的進行，基本上還是自成一個世界在運作，其中的喜悅、哀傷、恐懼、歡欣的情緒都與現實無異，既影響現實又遠離現實。就像兩個並存的空間，這個之間的連結點，是透過清醒與寤寐作爲轉換。所以時空的轉移、穿越，或者神靈的來去與佇留，應該也是那樣，有個運行的規則，只不過沒人找出來罷了。我承認，老爹我這方面的確不足，日後，就看妳了！」哈巫先生忽然露出笑臉。

「我？好，我一定找出方法，告訴你其中的道理。不過呢，你的表情也太怪異了吧？要推我進火坑，也不要這麼得意啊！」梅婉說。

儘管梅婉語氣有些失落，但哈巫先生的話還是給了她一些想法。

夢境的界線在清醒與寤寐之間，凡人一個不小心便跌入夢境或清醒。假如祖先所存在的空間是在另一個並行的空間，當巫術儀式進行時，那靈俗之間的界線便開始混淆形成一個神聖空間，供巫師與神靈接觸傳遞意念，或者供一般凡俗接觸神靈。

「所以呢……」梅婉想起哈巫先生的研究報告，「儀式現場就是一個連接點，或者斷裂點，藉由咒語祝禱詞，召喚神靈進入儀式所形成的空間裡相互介入彼此的世界。」

「對！妳說的很有道理，妳眞的是我的女兒嗎？我懷疑妳太投入研究我的書，根本沒有用心在準備升學考試這一方面。」哈巫先生似笑非笑的注視著梅婉，心裡覺得驕傲。

「唉唷，幫你做結論，你還挑毛病，我是你女兒耶，沒說一點鼓勵的。」梅婉沒好氣的說。

「好好好，妳做得很好！但這個召喚與展現巫術力量的過程，理論上，的確是穿越時空的過程與結果，但這只是我們召喚了他們，讓神靈進入我們這個時空，但沒有例子可以說明，我們可以進入其他的空間。」哈巫先生說。

「嗯，我懂了！」梅婉點點頭說，然後結束對話。

其實梅婉的懂了，含有其他自以爲懂了的猜測。她這幾個月實際執行巫術力量的經驗，她知道巫師身分與咒語，本身就有連結或打破空間的功能。至於，活在現代的人能不能進入別的空間，她隱約覺得可以，因爲她曾經經歷過奶奶阿郞的收驚安魂儀式，知道自己的生魂的確跨過水域山脈被召喚而回，那路途的艱險與惡劣天候，她切身的體驗過；她甚至在過去一個月的時間練習招魂時，召喚過她那巫力高強的奶奶的生魂作爲力量。所以，現代人若以生魂作爲進出某些特定時空的形態，應是可行的辦法，關鍵點就在於自己能否藉著咒語與儀式道具掌握自己的生魂，並持續保有與實體相當的意志與力量，就像那些召喚而來的祖先，仍保有強大的神通。這個部分哈巫先生沒有經驗，梅婉也不準備在還沒有實際的成功案例的這個時候告訴他，以免徒增困擾。

第二天開始，梅婉一得空便編寫咒詞，然後在乙古勒的協助看顧身體下，每日練習如何驅使自己的生魂帶著意識離開身體。直到有一天週末傍晚在家，梅婉假藉著疲倦上床睡一下，瞞著家人離開軀體，瞬間抵達學校那廢棄廁所時，乙古勒忽然嚇得躲進她最初鑽進鑽出的排便孔不肯出來。

「怎麼了？乙古勒。」梅婉問。

「妳嚇著我了！」乙古勒的聲音在排便坑內產生了回音。

「我怎麼嚇著妳了？」

「妳現在就像過去跟著妳身邊的那些神靈一樣，身上伴隨著一股令人打冷顫的氣息。」乙古勒的聲音出現一點顫抖，她補充說：「妳不是梅婉！」

「我不是梅婉？那我是鬼啊？我要眞是鬼，也是漂亮的鬼，有什麼好怕的？妳出來看看，看看我是不是梅婉？」梅婉停了一下，彎著腰低頭探向排便孔，「我不會傷害妳的。」

梅婉才說完，排便孔突然探出乙古勒那顆拳頭大小的臉孔，望著梅婉說：「妳這句話我認得，可是，妳怎麼會變成這樣子？」

「什麼樣子？」梅婉瞪了一眼問。

「像個神靈、鬼魅啊？妳不是平常那個梅婉啦！」

「當然啊！平常那個我正在家裡睡覺，妳看到的我，是我的生魂所形成的軀體。看起來應該是一樣的吧？」

「生魂？可是……妳找到控制自己穿越空間的方法啦？」乙古勒還是有幾分懷疑。

「不確定呢，不過我已經在這裡啦，如果妳現在感覺我是神靈鬼魅是正確的，就表示我以生魂的形式穿越空間的方法奏效了！」梅婉微笑望著乙古勒，表情是興奮的。

「眞的啊？」乙古勒語氣冷淡，表情出現一點懼色。

「妳不相信啊？還是因爲我是生魂的形式讓妳不舒服？唉唷，之前妳就是這個樣子啊，所以不讓妳亂跑怕傷害人，妳現在明白了吧？」

「這……」乙古勒一時語塞，悻悻然的笑了。

「妳不相信，來，跟我到我家，以後妳就住我家吧！」

「這怎麼成？妳家有妳奶奶的巫術閘口防護，我哪去得成？」

「咦？妳偷偷來過我家？」

「是啊！學校拆除圍牆的第一天，我就去過妳家，只不過在靠近妳家圍牆一公尺，立刻被一股力量擋了下來，那就像是股強勁的電流一般，那可比設在學校的巫術力量還要強上好幾倍，我差點暈了過去，好久才恢復力氣回到學校。」

「什麼？」梅婉伸長脖子瞪大了眼睛問。

傍晚的一點夕陽餘暉穿過窗口在她眼眸折映，使得她的臉部表情充滿怪異，讓乙古勒覺得著急，怕梅婉不相信，趕忙補充：「我說眞的，我沒有騙妳，回來之後，全身痛得沒力氣走動，一直到過了三天，我才恢復，眞是太可怕了。」

「妳是說……妳早就有能力四處移動了？」

「妳不是早知道了嗎？」

「可是，魂魄、鬼魅都有地域性，除非巫師或法師召喚，藉巫術或符咒之力量瞬間到達。岡山到高雄二十幾公里，妳瞬間就可以移動抵達？像我現在一樣？」梅婉幾乎是加大音量說話。

「是啊，我一直是這個樣子啊！自從妳的奶奶把圍牆封印後，我便沒有嘗試過了。我告訴妳喔，我跟其他在校園或者四處遊蕩的鬼魅不同，我不知道怎麼辦到的，不過那是眞的。」

「那既然是這樣，哎呀，妳怎麼不早說，妳就可以直接回到妳出事的時間，去看看妳的家人到底是誰，妳有個好去處啊！」

「我……哎呀，我沒想過這些，因爲妳的出現，找親人這些念頭我就更淡了，就算我找到我的家人，又能如何？更何況，我漸漸發現，我並不是一個鬼魂，也不是什麼精靈之類的東西。妳不是也這麼想的嗎？」乙古勒幽幽地望著梅婉說。

「是啊！我也不知道妳究竟是什麼了，乙古勒！但是最近我一直想搞懂妳究竟是什麼。我單純的以爲回到過去就能知道一些妳的事，幫助妳回到親人那裡，所以我才這麼積極的研究『穿越旅行』這一件事啊！」

「眞是謝謝妳，也對不起妳了！梅婉！」

「別對不起了，還好有妳，我意外找到失傳已久的一種巫術力量，也許將來有其他的作用呢！也許很快可以弄清楚妳究竟是什麼了。好了，妳現在就跟我回家，在沒有弄清楚這些以前，就住在我家吧，跟我一起活動！別忘了妳叫乙古勒，跟前跟後的小尾巴！」

「我可以嗎？妳家的巫術鬧口，我怎麼進出啊！」

「唉唷，妳忘了，妳不是鬼魂，而我已經除掉妳身上周邊那些鬼魂的陰氣，除非妳有惡意，否則那些設置的巫術力量根本不會傷害妳的。」

「是這樣嗎？」

「是這樣！」梅婉話還沒說完，形體忽然向後收縮遁進背後空無的空間，像遁入空氣一樣，手還不忘抓著乙古勒的手一起消失。

「喔！」乙古勒只來得及發出喔的一聲，卻發覺已經在梅婉床上，而梅婉正仰躺著睜開眼睛看著她。

「看吧！沒騙妳吧？」梅婉起身說。見乙古勒愣著沒吭氣，梅婉指著衣櫥旁的一個低矮開放櫃說：「那裡應該適合妳，妳覺得呢？」

「呼，小女巫，妳眞厲害，我想妳的安排應該是好的，我得好好想通這些環節的。」乙古勒邊說著，邊爬向那個小櫃，表情極爲困惑。

「好啦，乙古勒，有些事情我也沒完全弄清楚，不過這個力量太好玩了，我得好好再研究研究。放心，一定有什麼方法可以解決妳的問題的。妳休息，或者四處走走，我陪爸媽吃晚飯了。」

望著梅婉走出房間，乙古勒忽然有一股淡淡的不安，她不知道巫術力量的界線，但她感覺到自己的身世問題將來一定會併著一件大事件同時解決，而現在，眼前這個小女巫梅婉正在朝著這個大事件的發生儲備力量。梅婉不自知，乙古勒自然更不知那是什麼，所以她感到淡淡的不安，卻又有一點興奮，畢竟，她離開了四、五十年的廢棄廁所生活，又有機會看看一個眞正的女巫施展關於穿越時空的巫術，說不定可以跟著開開眼界。

梅婉忽然又推開門進來，輕聲的說：「明天，我們去一趟眞正的穿越旅行。」

當晚梅婉夢境中，出現了過去一段時間來來去去的祖先神靈，連她奶奶也出現在其中。起初梅婉以爲是自己近日思索練習巫術時召喚得太頻繁，以至於出現滯留的現象。但是，那些祖先神靈是朝著一座向北向西連峰的大山移動，那大山中還不時湧現一些她叫不出的生物與奇幻身影，在樹木枝葉與下沉雲霧間移動推擠。

梅婉並沒有太在意夢境，在天亮後，按照她週日準備功課的進度待在書房，甚至在用過中餐後還異常用功的待在書房，直至下午三點，她伸個懶腰，向母親說去睡一會兒，便回到房間。乙古勒正坐在她的矮櫃上，垂著雙腿抬起眼皮注視著梅婉拿著筆記走進房間。

「哈，乙古勒，我編寫好了一段咒詞，我們做時空的穿越旅行吧！」梅婉微笑的說。

「這樣好嗎？看妳這麼的自信。」

「試試吧！昨天我不是來去自如嗎？」

「昨天？喔，是的，可是，現在我們去哪兒啊？」乙古勒一臉疑惑。

「喂！別那麼沒信心啦，妳不是這個空間的人，還有什麼好顧忌的呢？進來吧！進被子裡，抓著我的手臂啊，我們一起出去！」梅婉說著，動作卻沒停止，她換上牛仔褲，上身著一件長袖稍厚的棉質套頭衫，手提著她裝有一些巫術儀式常用器具的袋子，另外從櫃子取出一件外套，穿好布鞋後，躺上床蓋上一條夏季用涼被。

「妳沒說去哪兒啊？」乙古勒一下子鑽進被子裡說。

「昨夜夢見我的祖先神靈那些巫師們，朝著一座大山移動，我們去那座森林吧！」

「那裡有什麼？妳會不會遇到熟人啊？」

梅婉沒回答乙古勒的問題，逕自唸起了今天一整天在筆記上重編再重編的咒詞。

空間開始混濁、扭曲，聲音一絲一絲的被抽離，光線一小點一小點被消蝕掉。梅婉的身體感覺一股澎湃的力量來回衝撞，越來越充盈，她覺得身體似乎開始騰空又同時下沉，朝上下兩個方向擴張拉扯。

到哪個森林？似乎是乙古勒的聲音劃破一道空間的皺褶傳進了梅婉耳朵。

梅婉神智異常清楚，意識的某些邊緣又似乎模糊，她只覺得一股龐大的牽引力，正在導引她移動，速度逐漸明顯又越來越快。

到哪個時間啊？又是乙古勒的聲音，隱隱約約地穿越過龐大的寂靜，直搗梅婉的耳鼓。

啊！梅婉想張口回應，卻發不出聲音來，腦海直浮起書房一本攤開的小說，一組數字清楚的浮現出四百的阿拉伯數字。霎時，空間像是炸開似的向四周噴濺，滿視界的綠意忽然暈渲開來，梅婉感覺腳已經踏上結實的地面，而無數樹木濕黑的莖幹，在霧靄中，粗細大小不一地逐漸向旁向後展開、浮現。

9 巨樹林

「乙古勒，這裡是哪裡啊？」梅婉才張開眼四周張望，臉上出現了一絲驚懼，瞠著眼，呼吸隨著紊亂心跳而時長時短忽重忽輕。

「我怎麼會知道啊！這麼多樹，森壓壓的黑濛！」

「森壓壓的黑濛？乙古勒，這不是作文課，妳就別賣弄了詞藻了！我們到底在哪裡啊？」梅婉的聲音有些因爲畏懼不安而顫抖。

「我眞的不知道啊，這裡是哪裡，妳應該比我更清楚才對啊！這裡的樹木這麼茂密，黑壓壓的一片，我哪裡是賣弄了！」

「這……」梅婉似乎也警覺自己的失態，「好啦！我想我們成功了！」

「妳是說……哎呀，妳看我光抱怨這裡視線不好，忘了我們正在試著做穿越……妳說的時空穿越。」乙古勒因爲興奮，聲音夾雜著葉片拍擊空氣的啪啦聲。

「是啊，妳嫌這裡黑暗看不清，我看，這哪有妳在廁所裡黑啊？」梅婉表情多了一些笑意，「不過，我眞的不知道這裡是哪裡了。」梅婉語調輕揚了起來，她環視四周，因爲興奮而心跳加速與不規律，她幾乎要停止了呼吸。

「妳待著啊，我先去繞繞、看看吧！」乙古勒說完直接滑溜離去，像一隻松鼠，快速地、毫無凝滯感地朝最近一棵大樹頂攀爬。

「這究竟是什麼地方？我怎麼會跑到這裡了？」梅婉喃喃自語，眼神四處打量。

想起剛剛離去的乙古勒，她抬頭望向直挺墨綠色枝葉的大樹樹梢，卻不見乙古勒的身影，連一點動靜也沒。她低過頭才平過視線，隱約看見前方有個巨大的身影稍微移動了幾吋。梅婉吃了一驚，還沒來得及驚叫，乙古勒已經從從樹頂滑落並攀附在樹幹上盯著她看。

「這裡是一大片的森林，我剛剛爬上去看了看周圍，竟然看不到周邊。梅婉啊，妳帶我來的這裡是什麼地方啊？」

「我也不知道啊，我腦海裡浮現座廣袤森林，四周又有一股力量包圍著拖著我來，所以我們就來到這裡了。」

「所以，妳也不知道這是什麼地方？而且是被綁架了過來！」乙古勒表情突然出現恐懼之色，聲音顯得顫抖。說到綁架，喚起了她生前被霸凌欺負的經驗記憶，立刻自樹幹滑下貼在梅婉身邊。

「也不是綁架，而是被引導過來的。對了，我們是被一股力量導引過來這個方向的。」

「那，妳看我們要不要現在回頭啊？我總覺得這裡不太對勁。」乙古勒緊抓著梅婉的手臂問。

「不，乙古勒，一個巫師不會平白無故遇見與巫有關的事物，假如沒有特別危險的事，我想我們應該留下一點時間看看，我們不會沒有理由地被引導到這裡的。」梅婉安慰著說。

「妳不怕呀？」

「不怕！」梅婉說得堅決，可是想起剛剛看到的巨大身影，心理又有幾分憂懼。「別怕，我是個女巫耶，妳忘了？我們應該有能力保護我們自己的。」

「但願是這樣的，梅婉啊！」乙古勒眼神瞥向四周，聲音更細小。

「別擔心，我先來作個巫法，跟這裡的一切打招呼吧！」梅婉撫了撫乙古勒細小的肩頭安慰著說。

爲了安慰因爲陌生環境而驚魂未定的乙古勒，也因爲巫師到陌生環境的禮節，梅婉環視了一下周遭的情況，隨即從袋子中取出陶珠串，唸起了些祝禱詞，敬告這裡的管理神靈。梅婉意外的發現，管理大山森林的神靈，並沒有讓她出現第一次接觸的違和感，她猜想這一座山林應該是她熟悉的地方。敬禱完畢，梅婉直起身子穿上外套，牽著乙古勒的手站在剛剛她攀爬的大樹下。

這大樹有著淺褐色且直挺的樹幹，約兩人合抱粗，在三公尺處開始第一枝枝幹，葉片大小長約十公分，寬約三個指幅、深綠近墨，樹底下散布著白色乾圓果子，疏密不一。梅婉覺得熟悉卻不十分肯定，她撿拾起圓果子觀看，發覺那是由兩個半球併合而成，外部包覆著極薄乾膜的果子核。

「妳在看什麼？梅婉？」

「楠樹子，我記得這是楠樹，五、六月份果子成熟的兩三個月的時間，動物會輪批到這棵樹吃果子，樹上有獼猴、飛鼠，樹下有山豬、山羌、山羊，連螃蟹也會來吃，吃剩的果子核就是妳看到的這些乾圓果子。這一段時間的動物吃了楠樹子果肉，肉質也會變得肥嫩多汁充滿香氣。」梅婉說著，眼角注意到乙古勒瞠著大眼看著她。

「妳幹嘛這樣看我？這是部落的基本常識呀，我常聽我父親以及叔叔們提這事，所以我當然知道啊！」梅婉解釋著，「唉唷，我不是跟妳上烹調課講解肉品常識，然後要妳去吃這些動物啦。我是要說，這種樹的周邊一定有許多動物的痕跡，說不定已經走出來幾條獸徑。我們注意一下，找出一條路徑，我們往森林裡頭看看。」

「還要進去喔？」

「都已經來了，現在回去，妳不覺得奇怪嗎？況且天還這麼亮。我們走一走，天一黑我們就離開。」梅婉順勢抬頭看了看說。

「一定喔！」

「唉唷，看妳喔，每天都在暗黑黑的廁所生活，現在居然害怕這裡光線不好。」梅婉笑著說。

楠樹旁果然有一條寬窄不等又斷斷續續成線狀的獸徑，兩旁生長的灌木遮覆掩來，往前看去，一下子浮現一下子消失。梅婉讓乙古勒站上她的肩頭，輕輕的撥去灌木枝葉，小心的往前走。

下午三點多的森林，看不見陽光，雲霧漫瀰下呈現不均勻的微弱光線，使得十公尺外的能見度受到影響，而一個人高度以上的樹枝葉梢已經沒入濃霧中。梅婉注意到前方約兩公尺一棵高大喬木下，兩隻藍腹鷴正由一叢灌木旁的落葉一前一後走過，絲毫沒注意到梅婉與乙古勒的接近，而一隻白鷴卻忽然由右前方拍撲著翅膀飛來。視野所見的樹幹間，因爲潮濕多霧，長了不少的蕨類植物與苔蘚植物。對此，梅婉雖然無法精準說出散布其間的崖薑蕨、腳邊的小毛蕨、腎蕨，還有一半身影在霧中的筆筒樹，以及底下的冷清草與蛇根草等等的名稱，卻不感到陌生，只是因爲不確定所處的位置，以及一時之間不適應起霧的森林所帶來的壓迫感，因而愣著四處張望。

「這裡究竟是哪裡啊？」梅婉注意到小徑右側陡起了一道牆似的連綿山壁，喃喃的說。

「是啊！這裡怎麼這麼奇怪？」乙古勒也夢囈似的囁囁說著。

小徑右側山壁展延的距離不長，那陡起的地勢，實際是土石與幾株錐果櫟樹樹根糾結盤紮所形成的土壁。幾隻獼猴在枝葉間鑽行嬉戲，稍遠處傳來嗚……嗚……嗚的雄猴嗥叫聲；左側枝伸著粗大的樹枝幹，正有一些不知名的動物快速的移動著。

「乙古勒，這些動物好像並沒有發覺我們，妳注意到了嗎？」

「這還用說啊！我們都不是這個空間的實體，就像我在學校那樣，一般人看不見我。」

「對喔，我忘了，我是以魂魄的形式來的，眞要讓牠們看見，變成牠們眼裡的『鬼』，恐怕引起驚慌了。不過，這樣眞好玩，妳看見了嗎，那隻啃草的動物。」梅婉伸出右手指著在一棵長在樹幹的山蘇底下，一隻低頭啃食灌木嫩莖的短角動物。

「那是山羌，機敏又膽小，平常根本不可能這麼接近觀察。」梅婉說。

「牠是朝我們這個方向看吧？這麼近，不到兩公尺的距離，牠長得眞醜啊！」乙古勒說。

醜？這個字眼居然從乙古勒口裡說出？梅婉心裡直想笑，沒理會肩上的乙古勒頭已經卡進大樹旁生長的灌木叢枝葉。她停下腳步，低頭看著這一隻專注啃食的山羌。

這山羌有一對約十五公分長的短角，角根部接近頭顱的地方約兩公分有些皺褶，向外凸出了短短角狀物，眼眸明亮，短鼻濕黑，有一張看起來跟書上水鹿圖片一樣的小臉；比一般米格魯成犬稍微袖珍的體型，搭在袖珍粗細勻稱的腿上，移動間有幾分的優雅。

眞漂亮啦！梅婉心裡不自覺讚嘆，她從沒有看過活著的山羌，更別說這麼近距離的看一隻活生生的山羌在進食。
梅婉感到開心滿足，抬起頭，感覺前方以及左側有些影子晃動，心裡一凜。
「怎麼了？」乙古勒感覺梅婉不對勁。
「好像有什麼東西在附近活動。」
「啊，妳別嚇我啊！我們回去了吧！」乙古勒聲音幾乎是尖叫著的，而遠方恰巧傳來幾聲竹雞的彼此叫換聲。
「哎呀，妳怎麼這麼膽小，我們……」梅婉霎時住嘴，因爲周邊忽然明亮了起來。
小徑才穿過崖壁，霧氣流動中逐漸變薄而擴展出一大塊的清朗，而空中雲層也跟著開裂，下午近四點的陽光灌了進來。整座森林像是斜照進帶有溫黃色澤的燈光，透過枝葉的篩漏，呈現電影院內投射在煙霧的光線效果，視線既明亮又晦暗，才看清楚森林內植物競相爭長的生機綠意，樹蔭與底層的落葉便清楚的暗沉了下來。顯然陽光的照進，並沒有提供更大的照明，但雲霧的散淡所開展的清亮視野，還是讓梅婉倆忍不住「哇！」了一聲讚嘆。
原來她們兩個沿著小徑朝西南的方向緩坡攀爬，已經進入一個較爲平坦的區域，區域中心有四棵十數人合抱粗的大樹，分別在四個方向矗立著，中間所圍出的空地，約略有二十公尺平方的長方形，由西南向東北傾斜起伏著。空地稀疏生長著低矮的植物，土被因爲落葉腐朽形成的暗沉顏色，倒像是爲了襯托這四棵巨樹褐色的枝幹與綠葉，安分的四下鋪展任蟲蟻各自覓食築巢與爭鬥。

「噁心！」乙古勒忽然緊抱著梅婉的肩背皺起眉頭說。

「怎麼了？」梅婉扳過頭問。

「妳看！」乙古勒指著空地靠中央的一個小土丘，一隻穿山甲，正穿出一個小洞口，唇上還沾了幾隻螞蟻，另外一隻骨碌骨碌地朝著另一棵倒在一旁的腐朽樹幹走去。

「應該是穿山甲吧！肉質很好吃！」梅婉不假思索的說。

「耶，妳很噁心呢？什麼動物都可以牽扯到吃！」乙古勒臉上皺著眉，忽然露出嫌惡的表情，伸過身子向前看著梅婉。

「什麼呀，靠山吃山，也不能說錯了，這是我們民族的生活方式啊！況且，這也是一種生態調整啊！」梅婉停了一下，「生態調整，生態平衡，妳知道吧？」

「那是什麼？以前學校沒教這個呀！」

「就像……就像那些螞蟻，」梅婉指著螞蟻築巢所形成的蟻丘，繼續說：「假如沒有這些螞蟻以及看不到的黴菌，也許那些落葉還有小動物的屍體，就不會經過分解處理的程序，也不會變成養分供植物再吸收利用，整座森林循環會變得很慢，說不定就逐漸萎縮死亡。但假如螞蟻太多，森林又可能整個被螞蟻吃掉，所以除了螞蟻本身的平衡機制，外界的獵殺可能就是達成平衡的手段。剛剛妳看到的穿山甲，以螞蟻果腹就適度的控管了螞蟻的數量。又假如穿山甲的數量太多，造成螞蟻的嚴重不足，就會影響養分供需的循環。這樣了解嗎？」

「可是……」

「再舉一個例子。」梅婉似乎打算一口氣說完，不讓乙古勒插話，「這裡肯定有許多飛鼠，飛鼠喜歡吃樹梢的嫩芽，牠們的活躍，適時的抑制了喬木的生長，喬木不快速的往上往旁生長，就會留有多些空隙，讓樹底層的灌木有機會生長提供動物必要的食物以及遮蔽。但飛鼠太多，樹木也有可能無法適時的生長到，足以開花結果延續生命所需要的成熟度，而造成森林的失衡，所以，除了飛鼠本身生態內部的調節，就必須有其他動物的獵殺來抑止，那些老鷹、冠鷲，或者獵人便是飛鼠的獵殺者、數量的平衡者。關於這些，妳的時代應該沒有機會多接觸，我聽說過去沒有這麼多關於生態或者野生動植物的課外書。不像現代，幾乎每一家都會有一些這類的書籍。媽凡事緊張，買了一堆這類的書籍，我還沒念完小學，幾乎就讀完一整套的入門書呢。」

「妳說的這些事聽起來很簡單，但是我不懂，我也不想懂。總之，妳不要每一回都扯到吃這件事啦！」乙古勒爬下梅婉的肩頭站到地面，繼續說：「動物總是要廝殺，妳看這些植物，多安靜多祥和啊！」

「是啊！」

梅婉似乎也不想繼續在這話題上打轉，因爲，她注意到，這四棵巨樹的外圍，包括剛才小徑來的方向，都還有爲數不少的巨大樹木，以枝幹伸展開的間隔各自挺立著。根據光線射入的方向判斷，梅婉從所站立的位置透過枝葉縫隙向東方望去，大致可以看到雲霧下一整片的綠海中，一棵棵高大喬木的樹冠層所形成的一球球綠色疙瘩。極遠處，墨綠色邊緣線連接著藍黑的彎弧海平線，令梅婉感到驚訝。

「那是海平面，東部太平洋的海平面，乙古勒，我們已經在台東的森林了，極可能是大巴六九部落後山的森林，我想我們來對了！」梅婉的聲調上揚，語氣顯得興奮。

「妳確定嗎？」

「我……我也不是那麼確定！」梅婉忽然猶豫起來，因爲她並沒有看到她奶奶所居住的部落後方，那環抱著部落的兩個高大極易辨識的山脊線。

「可能是角度的關係吧！我看不到任何熟悉的地形。」梅婉說，「不過，妳說的對，這些植物眞的很平和、安靜。」

梅婉收回剛剛以爲來到了熟悉地域的喜悅與心思，附和著乙古勒的話並專注的觀察周遭的環境。

這四棵巨木所在的淨空地，是南北縱向山脈的一處鞍部或稜線缺口，向西向東延伸了幾座山脊線，形成幾個水系的分水嶺或發源地。這四棵樹靠西靠北邊地勢較高的，是兩棵直挺薄皮細葉的紅檜，細葉片略略扎手，皮層細細的紋路一層層疊覆，北邊的那棵稍高，但兩棵都很粗大，需要十八個成年大漢合圍，枝葉都鑽上了整個森林樹冠層之上。除了寄生的植物，上頭還有兩三巢大冠鷲。靠南靠東是皮層較濕潤黃褐色葉片較寬的兩棵牛樟樹，南面那棵看似兩棵合併生長的向旁橫長，高度雖然不如檜木，但與東面那棵粗壯直挺的牛樟樹並列，氣勢一點也不弱於那紅檜。

梅婉分辨不出樟樹有本樟、芳樟、陰陽樟、油樟、栳樟、冇樟、牛樟的名稱分類與各自的特色，但認得出一般樟樹呈黑褐色小塊裂狀的樹皮，也認得出木樟那看似茄冬樹皮偏向褐色的薄裂塊樹皮；她不清楚扁柏與檜木有什麼不同，但知道圖鑑上檜木的樣子，更在國小時期與父親在南橫路上親撫過檜木樹幹，所以，不至於陌生。

梅婉回頭看著剛才來的小徑，她注意到稜線似乎是在剛剛進來時的山壁之後，向西向北逐漸攀升延伸，而這兩種樹種便是隔著稜線取出足夠的間隔對立而生，這令她感到興趣。她輕輕吸了口氣，空氣中瀰漫著香樟、芳樟散發的一股股淡淡的帶有甜味的香氣，她熟悉極了這個與她家裡家具相同的氣味。

梅婉好奇的四處瞻望，發覺這兩種樹種似乎各自占據了一大塊區域圈地生長，只在兩個樹種接觸的區域間雜著相互共生，我生個五、六棵，你長個七、八叢誰也不吃虧，連檜木那清麗的特有香氣，也細細的、隱隱的夾在樟樹的氣息之中四處飄漫。這些大樹少則五、六人合抱，大則十數人合抱的粗細，彼此之間枝椏伸展的距離，除了小株同種的數目之外，還容納其他樹種生長。此地常見的紅楠、白雞油、山黃麻、大葉楠、青楓、長尾尖櫧、台灣櫸、台灣烏心石、台灣檫樹和零星的松樹，便依其生長特性雜生其間。另外還有些不知名的幾種喬木，似乎也努力爭取一些空間吸收陽光。

除了這些梅婉叫不出的樹種，她還注意到這些大樹上多半附生著許多巢蕨、瓦葦、石葦、木賊等等叫也叫不出名稱的附生蕨類，景象雖然不至於太陌生，但是那生長的密度與種類繁茂，還是讓她目光貪婪地四下張望。

這裡是一大群的巨木林。梅婉心裡做了一個小結論。

「喂，梅婉啊！」乙古勒扯了扯梅婉的手說。

「又怎麼了？」

「我說的就是這個樣子！」乙古勒伸出細細手臂，乾癟癟的食拇指向前指了指，似乎也有與梅婉相同的感受。又補充說：「妳看，倒在那裡的那棵巨木旁又長了幾棵樹，而那些藤蔓已經快爬滿那一棵的樹頂了！這樣多好啊！陽光下大家各自爭長，誰也別想妨害誰，動物太喜歡相互殺戮了！」

「呵呵……妳想得太美好了！生物之間必然存在著競爭與合作，動物是這樣，植物也是這樣，不過呢，我同意妳說的，下午陽光斜照的現在，這裡看起來還真是祥和靜謐啊，沒有太多令人不悅的聲音擾亂。安靜極了！」乙古勒說急了，醃菜乾似的舌頭啪啦啪啦的夾雜著風切聲。

「除了我們的交談聲！」

「不，還有那暮蟬令人傷感的鳴叫聲，以及山羌找尋夥伴的嘓嘓聲，同時還有那幾隻烏鴉、老鷹收翅回巢最後幾聲鷹嘯。還有……還有……妳聽，那是獮猴，嗚嗚嗚的亂叫。」

「眞是有趣啊，梅婉！」乙古勒說，「我從來沒有想過，我會有機會來到這種地方跟妳這樣談話。我甚至從來也沒這麼舒服的說話。」

「也許這就是森林的魔力吧，我的父母親常常帶我回台東老家，每一回都要沿著林道上來走一走，說是先要清清肺。」

「清清肺？到森林清清肺？好特別啊！我好像從來沒有產生過這種念頭，除了學校那幾棵樹，我的記憶裡也不存在任何跟森林有關的事。每天躲在那間廁所的孔道中，我也不知道我應該擁有什麼想法了。」乙古勒的語氣出現了一點哀傷。

「哎呀，別想這麼多了！妳現在就有啦！想想看，這麼大的森林，眼前的巨大樹木少說也幾百棵，我們趁天黑離開以前，好好的逛逛看一看，增長些經驗，吸一吸這裡的空氣清清肺吧！這裡的芬多精可是充沛著的呢。」梅婉說完立刻深呼吸的做樣子，引導乙古勒一起做。

「哇！我的肺部要吸炸了！好清冽喔！」乙古勒漲紅了臉說。

「呵……妳的樣子好可愛唷！」梅婉笑著注視乙古勒說，但瞬間凝凍住了笑臉，她清楚看見那四棵巨樹後方有兩三個巨大的影子稍稍地移動，那影像似乎是與側方那棵圓鼓而皮層緊密的樟樹相同，但定睛一看，沒有風吹，也沒有草動，除了原有的動物嗥叫聲持續響徹與回音。

「怎麼了？梅婉，又有什麼東西在附近活動，是吧？妳別嚇我啊，我才剛要喜歡這個地方呢。」乙古勒話還沒說完就已經爬上梅婉的肩頭，緊張的四下瞻望。

「不知道是什麼東西，不過我確定應該有什麼東西在活動，感覺起來還沒有什麼敵意！或者還沒發現我們，不把我們當是一回事。」

「那我們該回去了吧？」乙古勒說話聲音出現了一點顫抖，似乎開始感到害怕。

「現在嗎？」梅婉猶豫著左看右看。

原本開裂的雲霧已經悄悄起了變化，空氣流動中，一層層又一片片的由外遮掩而來，原先斜射進來的陽光已不復見，整個區域又回復到先前那種無華的通透亮度。在沒有固定的光線來源之下，以那四棵巨樹爲中心，向外輻射出一個相當大半徑範圍的光明現象，半徑內浮現一種奇異的明亮現象，既不刺眼明亮，也無任何樹幹叢草的陰影形成，昏晦的卻可以清楚的看見所有範圍內的景物。

梅婉忽然打了個寒顫，而乙古勒透過一群樹幹枝葉的空隙，注視著遠方，嘴角忽然起了一窩笑意。

「妳待在這裡一會兒，我去去就來！」聲音還沒收停，乙古勒已經離開。

「喂！」梅婉才出口試圖呼喊制止，已不見乙古勒的身影，速度之快令梅婉詫異。「眞是的，剛剛還害怕吵著回去，現在怎麼跟一隻松鼠一樣忽然消失。」

「眞是的！」梅婉望著乙古勒消失的方向又說。

10 樹魂會議

森林起了變化。

不說陽光已然遮蔽在西邊與更西邊的高大山稜線，遮罩在雲霧的森林並未出現應有的昏暗，連原先的蟬鳴與森林一切該有聲音似乎被某種裝置或力量一點一點的吸蝕掉，越來越稀薄。一股帶有荒涼漠然的死寂漸漸鋪展開來，令梅婉耳鼓隱隱作痛。沒風，空氣也顯得凝滯的狀態下，眼前所見的樹幹枝葉，居然輕輕地搖晃亂顫，沒有一致的律動方向，各自紛亂中卻又有各自的規律。

「呸啦！」梅婉覺得眼花，本能的呸了一聲。

她以為自己遇見了傳說中在森林活動的精靈，正搖動著枝葉或製造聲響捉弄晚歸或單獨在山區活動的人。這一呸，眼前景物果然都停了下來，這個靜止，居然像漣漪一樣擴散向稍遠距離的傳遞，一下子，騷動都靜止了下來！

「現在幾點鐘了？我不會是餓得頭昏眼花吧！」梅婉想起吃飯時間，摸了摸幾個口袋，發覺忘了帶手錶，肚子也不覺得餓，她注視著眼前的景物，又覺得剛剛是自己的幻覺。

「不對！」梅婉覺得不安輕輕的脫口說，並四下找尋乙古勒的影子，「人呢？這個時候會跑到哪裡去呢？」

梅婉的不安感覺，是在眼前景物靜止之後，忽然出現一些輕微卻綿密不停湧來的寒意令她雞皮疙瘩直冒，一股冷寒自身體內部竄起。

她意識到這股寒顫是一種非陽間事物的接近所致，加上這之前一再出現幻影、寒顫反應以及剛才聲音消失的過程和現在異常寂靜的狀態，她警覺的從巫器袋裡取出以麻線穿紮的陶珠串，取了一顆陶珠「啐」的一聲，開始唸禱。

祝禱詞中她說明自己的身分，同時要求管理這一區塊的土地神靈以及管理這裡幾座山的神靈注意到她所在的位置，並盡可能協助理解所有的狀況。她拋去了手中的陶珠，然後又取了一顆在手中，加上咒語，限定所有與自己頻率不同，可能造成自己不舒服的山魈、鬼魅暫時迴避。拋出陶珠後，最後她蹲了下來，以巫器袋的小刀在地上劃了一個短橫線，然後在橫線上下各擺上一顆切開成爿爿的檳榔，成爲一個四則運算中「除」的符號。隨著梅婉的祝禱與咒詞的唸誦，周遭環境又逐漸的變幻。

一直到她站起來時，眼前景物已經全然改變。在她設置完畢唸了一句「吧啦合閉忒」後，瞬間打通與幽冥間的連接，整座森林展開了陽光世界以外的另一個世界與空間，而四周響起了一陣陣「碰……碰……」的走動聲與枝葉輕擦碰觸的沙沙聲，地面微微又持續的震動不停。梅婉注意到那四棵巨木所形成的空地，已經變成有十倍大的平台，那四棵樹已經各自拉開距離挺立四角。梅婉所站立的位置，已經不在原先那空地的一角，而是更外圍的區域，先前穿山甲覓食的蟻丘還明顯的位在她的右前方五公尺處。

乙古勒呢？梅婉心念才動，便看到乙古勒拉長著身體跑來。

「梅婉！我告訴妳！」乙古勒一下子急停在梅婉面前，仰著頭說：「這整個區域的樹，正朝著這個方向走來！」

「走來？妳沒有弄錯吧！樹走路，根部得要離地，那樣他們沒死這些山也要垮了！」梅婉低下頭不解的問。

「啊！不是！是他們的魂魄，是……是那些樹的精魂幻了形走來！」乙古勒想精準的說明，「我在學校看過幾棵老樹，就是那樣的幻作人形四處游動，不過學校那些樹的力量，根本不能跟這裡的樹相比擬。」

「我不懂，乙古勒，妳能說得更清楚嗎？」

「唉唷！」乙古勒喘口氣，說：「剛才妳不是一直出現奇怪的反應嗎？我其實也注意到遠處有一些不尋常的移動，我擔心死了，怕是什麼傷人的東西出現，後來我注意到，那是一些樹的幻形，所以決定四處看看，我發覺，這一整個地區的樹魂都在移動，往這裡移動。」乙古勒臉上有一絲的得意。

「如果是這樣，那……他們是往這個地方移動了？妳的意思是這樣嗎？這裡有什麼特別的事嗎？」

「不知道呢，不過他們移動的方式太特別了，樣子也千奇百怪，沒親眼見過，還眞是難以想像啊！」乙古勒看梅婉聽得出神，便問：「妳不想去看看啊？」

「這一趟下來，會不會太遠啊？」

「不會遠啊，我們都能穿越到這裡來了，這一點範圍還算遠？」

「不，乙古勒，我注意到妳能輕易的在不同的空間與時間中轉換移動位置，但我們女巫不能，我們以鬼魂的形態做穿越旅行，可以在不同於鬼魅世界的陽間做快速的轉移。但是在神靈鬼魅的這個空間，作爲一個巫師鬼魂，我們擁有同樣的巫術力量，卻只能遵循著這個空間的規則移動。一個人走路多快，我們便走得多快，不可能做超乎常理的瞬間移動，就像我在我自己的世界，我得靠兩隻腿慢慢的移動啊。我剛才已經作了巫法，現在已經離開太陽的世界，正式進入這些妳說的樹魂的領域，我雖然可以施巫法，但我不可能瞬間移動改變位置。」梅婉表情稍稍嚴肅的望著乙古勒。

「那我爲什麼可以？」

「我不知道，乙古勒，我不是說過嗎？我不知道妳是誰，或者妳究竟是什麼，這也是我們學習怎麼做穿越旅行的原因不是嗎？我們正在想辦法找出原因的，妳忘啦？」
「唉！那這樣子，妳無法親眼看到那一大群的樹魂移動，豈不太可惜了？我跟妳說，他們……」
「等等！我們不需要移動到那麼遠的距離，妳看！」梅婉直視著前方打斷乙古勒繼續說。
只見前方，不，四周逐漸有了騷動。東面斜坡上正走來三個粗具人形的「樹」，各有著一粗一細的雙腿，正勾肩搭背一瘸一瘸的爬上坡來。從外型看來，方形的面譜，頭上頂著三兩枝葉，那互生的葉片葉緣略作波狀，表面深綠而背面粉白帶有明顯的光澤，那正是樟樹枝葉的特性。那三「樹」一邊走，還一邊伸出帶有木質的「手臂」梳理頭上的枝葉，顯然那些枝葉被當成他們的毛髮令他們感到驕傲；三人粗壯圓筒形的身軀有著黑褐色的皮層，顯示他們還算是年輕的樟樹。
梅婉看得有趣。她聽說過樹木或是其他巨石，在一定的歲月與能量之後會有幻形的能力，幻形的目的在於移動。於是樹木就會出現兩隻腿、四隻腿或者更多腿的形態，能力更高的還能幻出一對翅膀或更多對的翅膀。至於多少的歲月，或多少的能量可以幻作怎樣的形體，並沒有一定的規則，但幻形的外觀，朝著俊美、敏捷則是一個的大方向。眼前這三個樹魂，理應有多少年的歲數？他們又修煉得多少年的道行？對梅婉而言還無法形成清楚的概念。但梅婉並沒把這個當回事，因爲從四面八方陸續又出現不同形態的樹魂走過來，有幻成四條腿的，或像馬陸等千足蟲那般爬了過來。

「喂！前面的讓一讓！」一個低沉粗啞略帶有回音的聲音響起。

梅婉倆回頭一看，趕緊移向一旁。原來是一個頭上帶有細小青果子枝葉的樟樹，擁有四隻腳，右前肢最粗，左後肢次之，其他兩肢稍細，每隻腿都帶有鬚根，隨著他挺著胸直接穿過灌木叢前進，碰著其他的植物枝葉而發出颯颯聲音。東邊剛才走來三個樹魂的方向再往前延伸，一棵原來生長在較低海拔的榕樹，正在邊走邊收起他一根根的氣根，才喘著氣爬過一道石壁，又因為一個粗大氣根絆倒另一棵榕樹，因而糾纏而差一點將他往後拉扯滾落山底。這榕樹被稱為「會走路的樹」，便是因為他的氣根會隨著伸展觸地，慢慢變粗成為一根樹幹，移動擴展的時間久了，就像極了一棵移動的樹。他這一回似乎也受了什麼召引，正吃力的爬上山頂。

梅婉倆幾乎是呆立著看著眼前的狀況。因為除了小徑西半部還平靜，其他的地方都開始出現了一些騷動，一種緩慢的，細微又巨大的動態。像綠色液體摻雜著黑色線條的波浪，湧起又沉落，颯颯的聲音像浪花一道又一道的這裡起那裡落。整個東半部的森林動了，先前沉沉的咚咚聲，由地層底樹根間連結傳遞。不知道經過了多少時間，樟樹先後到達，其他樹木也陸續進入這塊空地站立著、蹲坐著、仰躺著、俯臥著。只見相熟的幾個樹魂相互碰觸枝椏打招呼，整個場地一直迴盪著樹魂低聲竊語所形成的一股悶雷似的輕微響聲。

「他們要幹什麼？」乙古勒輕聲問。

「看起來應該是要開會！」梅婉頭也沒撇過，眼光直直注視著原本寬敞的空地，周邊已經塞滿了四周湧進的樹魂。

「開會？這樹……這些樹幻形然後四處遊蕩就已經夠新鮮了，還要開會？開什麼會啊？」乙古勒覺得新奇而瞪大著眼睛問。

「妳是什麼生物啊！」一個清脆又平調的聲音忽然響起傳來，那是接近一個字三秒的速度，緩聲問道。而這一問，會場聲音戛然靜落。

「我說的是妳！」聲音又再響了一次，而同時，刷的一連聲響，所有的樹魂都轉過「頭」望向梅婉。

那聲音似乎是一種樹枝樹幹敲擊出來的單調音律所組合變化的語言，每幾個音節合成一個完整意義的句子，那個組合語意不清，傳遞的速度也極為緩慢，但進入梅婉的耳裡卻自然形成有意義的傳達，雖然音韻陌生卻不影響了解樹魂所要表達的意思。

「我……」梅婉警覺這問話的對象是指自己，但她不確定是誰在問話。

「我是動物，是人類。」梅婉說，說完又覺得問題問得奇怪，自己回答得也突兀。

才說完，整個場地「嘩」的響起了雄渾的聲音，像是所有的樹同時感覺驚訝的讚嘆聲。

「動物？動物有人類這一種嗎？」那聲音又響起。

因為疑問聲調拉高，減低了那聲波頻率令心跳產生共鳴的不舒服感覺。梅婉注意到那是位在東南邊那一棵合併生長的巨大樟樹，此時他以幻形坐在那位置上，形似一頭帶有棕褐色皮毛的黑熊，不過頭頂還斜頂著一巢瓦葦蕨，樣子像是頂著一頂帽子參加宴會的貴婦，不過神態上頗具威嚴。

「應該是猴子吧！」一個臉上有一個透空窟窿的樹魂說。

「不是吧！哪有這種猴子，沒有毛，沒有尾巴，身上還裹著什麼東西，站得直挺挺像棵矮樹，我看應該是矮樹猴吧。」一個身上纏繞著幾圈水藤的樹魂，稍稍撥開嘴邊的粗藤搶著說，而他的話引起大家的笑聲，哄……的四下連結。

「喔！那是居住在稜線以東的動物，他們在那裡建有幾個村落，歷代以來，那些經過我腳邊或是停歇在我枝幹上的鳥兒告訴我的，說這些生物會砍樹，會起火燒山，也會種植一些作物，更重要的是他們會製作一些工具，用在戰爭！所有接觸過他們的生物都會受到傷害，甚至滅亡！」說話的似乎是剛才忙著收氣根的榕樹。說話時，一條氣根垂了下來，碰巧敲擊到一個來湊熱鬧的九芎樹，使得原本已經斑彩的樹幹，多了一條瘀痕。九芎樹還沒來得及抗議，眾樹魂「喔」的一聲，隨即都靜了下來！

那靜默的時間，足夠一百公尺遠的山黃麻樹下，一隻飛鼠由樹根爬上近三十公尺高的樹梢，摘食完兩撮嫩芽後，躍起滑翔到另一棵樹所需要的時間。

「這麼可怕的生物怎麼會來這裡？既然是生物，太陽底下的動物，又怎麼可能進入這個地方看到我們集合在這裡？莫非？妳是巫師？」一個看來非常老耄，有著垂鬚而攤坐在那棵合併的樟樹後方的老樹魂說。

「呵呵……你都活過三千個冬天夏天了！沒聽過人類這種生物，還眞是新鮮事啊！再說，巫師應該不是這個長相吧？你看她像個剛出生的小孩。聽說巫師是個很有力量的生物，所以，應該也很有歲數了吧！」另一頭的東邊響起了粗沉的聲音，語氣摻雜著濃濃的不屑意味兒，那是一個具有水鹿形體的樟樹魂。

兩段聲音，以及緩慢流動的姿態與速率述說著，中間間雜響起其他樹魂的應和。

「是的，我是巫師！」梅婉大方的承認，而她的話又引起眾樹魂「嘩」的驚聲，向其他山脊山谷連結響動。

梅婉注意到，這些樹魂始終只是問她，似乎沒看到乙古勒。她若無其事的低下頭看了一眼，而乙古勒正好也抬頭，抿著嘴皺著眉看著梅婉表示不解。

「如果是巫師，那就請靠近來吧！我們都聽說了一個古老的傳說。說有一天我們將面臨關鍵性的戰爭，屆時將有一個女巫出現擔任仲裁，我們不知道傳說的巫師是不是妳，也不知道妳的立場是什麼，既然妳能進入這個區域，那就請靠近來吧，我們願意把妳當成仲裁者，聽聽我們的想法。」那幻形爲黑熊的大樟樹魂說話了，顯然他是這一區域眾樹魂的領袖。

梅婉沒接話，點過頭，便帶著快速爬上她肩頸的乙古勒進入會議廣場，眾樹魂注視著梅婉緩步進入。

近日，整個山區森林常常出現強大又凌亂的力量，驚擾著森林深處這些巨大樹木的靈魂安寧，那些力量似乎刻意要孤立這個區域，因而形成一個隔離的力量；另外，今天上午，在山稜線後不知爲何又形成一個有別於先前的巫術力量的阻隔。到下午太陽偏斜以後，又由西邊不停的投射來一股股更強烈的力量，讓這些樹魂以爲多年對峙的西邊樹種將要發動攻擊，於是召開了這一場會議。梅婉的到來，似乎驗證了傳說，因此格外令這些樹魂們憂心與注目，期盼這個在他們眼裡的人類小孩，是一個有判決能力的女巫。

當然，梅婉並不知道這裡發生的任何事，她臉上保持著笑容，四下點頭示意，順便看看四周情況。她發覺所有進入這個區域的樹木，都已經幻化成爲一些可移動的形體，即便有的仍然保持樹木的原形，也縮小到大約一個成人高度的大小。

梅婉走到那棵東面樟樹幻化成的大水鹿旁坐了下來，乙古勒早已不耐煩，沒等梅婉坐下便下了肩頭，朝那個聳立的西邊檜木跑去，一攀上樹幹就往樹梢爬去。

「各位！今天召集大家來談談話，主要是因爲，這幾天我們都感受到了不尋常的力量干擾。」那雙併的大樟樹化身的黑熊說話了。他做了開場白繼續說：「這麼長的時間裡，我們與西面的檜木群爭搶著這個區域，幾百個冬天夏天的時間裡，我們幾乎均分了這個區塊。但是這個從來沒有停止的鬥爭，現在應該又是一個面臨攤牌的時候了。今天召集大家來，一方面是想確認近日那些奇怪的力量有沒有造成大家的傷害，另外，大家想一想，該怎麼樣打倒那些西邊來的樹種，或者把他們趕回去。」大黑熊樟樹說話的聲響沉厚緩慢，像一股空氣在流動，悠遠又密實，一聲一聲的傳散開來。

梅婉心頭一驚，沒想到印象中溫婉祥和的植物巨木，居然會有「打倒」、「驅趕」的暴戾式語彙。她眼神掃過那西、北兩面兩棵仍直挺挺的站立兩個方位的巨大檜木，像是這會議場上的兩個巨大擺飾，沒有幻形，對於樟樹的說詞也沒任何反應。她偷偷地默唸咒詞查詢，發現他們的樹魂根本不在，像是刻意要迴避樟樹群開會似的遠離。

「是啊！再怎麼說，我們樟樹總是這個地方最大宗、最大棵、最長壽又最有在地感的樹種，這些紅檜仗著從西邊高地的優勢，一路往東侵擾，未免也太霸道了吧！要不是我們那些長輩們挺立在這山稜線，我們還不知道要退守到哪裡去呢！」一個還具有樹形的樟樹語氣憤怒地說。

「雖然這個地形高度與氣候，讓他們一時越不過這一道稜線，但是我們一些同胞堅持扎根，堅定與他們鬥爭的意志，的確也是確立了我們的領地。大家要記得，這裡是我們的地盤，我們不容許其他的樹種侵犯。」一個樟樹魂說。

這個樹魂提到的高度大致是指他們現在所在的位置，海拔一千八百到二千二百公尺上下，這的確是樟樹與檜木交疊的地區，而這個地區因為地形特殊，自遠古以來聚集的樟樹遠比其他地區的樟樹來得密集與高大。上千年的樹不在少數，而低於五百年的樹，根本還排不上名，更遑論其他活不上個幾百年的雜樹，連幻形參加會議的能力也沒有。但他的話還是引起了一些反應，特別是那些零星的、長得也有些歲數的其他雜樹種如松樹、紅豆杉、榕樹、肖楠等，開始嗡嗡的連結成一片。

「大家靜一靜，這個區域需要大家一起來維護，大家想一想，這些檜木眞要越過現在的界線，大家還能怎麼生存啊？說不定我們都要重新配種，變成檜木的一個亞種？今天招集大家，除了讓大家彼此相互看一看，問個好，也是提醒大家，請堅守各自的位置，不惜犧牲生命的抵抗檜木繼續往東往下生長，爲創造我們樟樹美好的將來做最大的努力。」黑熊樹魂說。

一旁靜靜觀察的梅婉，聽著聽著忽然感到驚心。她所來自的世界是二〇一一年十一月，而現在這個與外界完全隔離的不知哪個年代的世界，居然存在著一種熟悉的物種，以她不曾看過、聽過、經歷過的方式，說著一些在她現實經驗裡常聽到的、令人討厭的語言形式。梅婉腦海沒來由浮起了一些政治人物的表演與語言，感到極不眞實。

「各位！」一棵榕樹，甩動一條氣根引起大家的注意，也打斷梅婉的思緒。

「各位高貴的樟樹種朋友，請容我說幾句。」榕樹環視了一圈，繼續說：「平常大家雜處在這裡，玩玩風，逗逗雲的，也挺有樂趣的，誰的枝葉遮了一點陽光，或者誰的根非要插進別人家的根鬚裡，也不是什麼大不了的事。今天我們都活到了一定的歲月，有能力幻形移動到這裡群聚，煞有介事的談怎麼打倒那些檜木，我們是不是也該想一想，在自己的區域內，該怎麼留一些空間，給那些沒有能力幻形到這裡聚會的那些樹種或灌木群啊？」

榕樹的話引起一些非樟樹的樹種發聲贊成，除了剛才被榕樹氣根打中的九芎樹嗯嗯的發聲，只見一棵身形嬌小的紅櫸木也直點頭贊成，發出嘩啦的抖動聲，近二十年來她已經被一棵已經相當粗大的樟樹擠壓，有一些根鬚伸出了崖壁，拉著身子不得不向外伸展。

「各位高貴的樟樹，你們的生殖力強，根扎得深，散播得也快，那些在這裡原生的植物以及後來移住進來扎根的弱小種族，對於土地與水資源的利用都搶不過各位，你們不讓一點，要他們怎麼生存？想想，萬一這個地區都只剩下你們樟樹，那還有什麼意思？物種少了，食物少了，動物受了影響，生活都單調了，連空氣都只剩各位放的屁味，那還有什麼意思呢？」老榕樹說。

「哈哈哈，種族的競爭本來就是這樣，誰有能耐誰就生存啊！你們，或者其他那些羸弱的小族群想要生存就得自己想辦法演化，或者打敗我們，把土地都要去。今天找你們來談談，讓你們聽聽我們老大怎麼說，不過是給各位面子，尊重你們是住在這裡的住民！別想太多。眞要不高興，嫌這裡沒有你們的天地，你可以離開啊！你不是天天想著怎麼移動生長嗎？」北邊那棵牛樟樹幻形的大水鹿不客氣的說。

「是啊！這整塊山區的陽光、泥土，水分，都分了你們一些，你們不感謝就算了，說這些幹什麼？要不是我們樟樹在這裡扎根，你們早就被那些檜木群搶去了地盤，說不定你們這些雜亂沒價值的樹種全都要因爲土地沒養分而夭折。」一棵年輕的樟樹幻形成一頭山羊，因爲道行功力不足，身體還留有一半的木質，臉部貼滿了黑褐色長條塊狀皮層惡狠狠的瞪著老榕樹。

那幻形成山羊樹魂的話傳進梅婉耳裡，有一種熟悉卻又覺得有些似懂非懂的疑惑，沒來由的產生一些厭惡。

「不是我囉嗦，各位！」老榕樹似乎沒動氣，「我的族群各自生長，盡可能張開著枝葉生長，爲的不僅是吸收陽光雨水，而是希望多多的結果生子，讓那些鳥雀多些食物的選擇，也讓那些候鳥南北往來有個可以停歇進食的休息處。所以這麼多個冬天夏天，我才有機會聽到不少關於越過海洋以北、以西那些我們永遠到不了的遙遠地方的消息。鳥兒們說這個山脈西邊，一連串山脈起伏的西邊，是一塊平原，那平原跟東邊的平原一樣，有許多的動物，包括一些使用簡單工具的人類，這些人類會燒墾一些山種植糧食，砍一些樹建造房子，數量雖然不多，但三、五個冬天夏天就要砍一些，北邊來的鳥也這麼說。所以，對我們來說，將來我們生存眞正的威脅，不是西邊的這些檜木，而是人類！」榕樹說，他的話引起了一些樹魂的出聲回應，部分樹魂還撇頭望著梅婉。

「你說的這些人類，我看過，我位在稜線的下方的樹體附近就有一個他們的村落，不過，他們砍的只是十幾個冬天夏天長成的木頭蓋房子或者耕田，主要對象還是數量不多而且是密集在一起的樹木，他們的砍伐只有好處，不會造成我們這些粗大的樟樹多大的傷害。這位榕樹兄弟，你說這個的意思，到底是想表達什麼？」一棵縮小體型的香樟開口說話，說話間香氣四逸，讓眾樹魂忍不住多吸兩口。

「我說的也就是這個，他們現有的工具無法造成各位粗大樟樹的傷害，我們這些接近人類的樹種最容易受到傷害，如果各位高貴的樟樹們，不肯在其他適合生長的地方稍稍讓一讓，提供我們其他樹種繁衍，也許我們很快就會絕種。與其這樣，我們乾脆就讓檜木林越過稜線，也許我們還有生存的空間！」榕樹說。

「你在威脅我們？」幻形爲大水鹿的樹魂沉聲的說。

樹魂聲音呈現低沉的共鳴，使得周遭產生了些音壓，令梅婉耳膜難受，她下意識的掏了掏耳朵。

「不，我不是威脅，我是陳述一個事實。你們是優勢族群，幾百個冬天夏天以來，我們與你們在同樣的生存空間，一起面臨天候與地理上的災變，也一起度過病變與昆蟲的肆虐。在許多因素下，我們犧牲了一些生存空間與同胞，容許你們的種籽、新苗著地生長，造就你們成爲優勢的族群，最後讓所有的資源優先掌握在你們的手上。即使有怨言，多數的樹種還是以和諧爲前提，忍了再忍。現在，你們提出了要與檜木決戰的意圖與決心，要我們不顧生命一起參與，共同面對新的挑戰，卻不肯稍微讓出一點空間，讓我們其他弱勢種族的家族好好生根存活，這樣子並不合理啊。」

「放肆！」幾個樟樹魂嘩啦的站起來吼著。聲音特有的低頻共鳴聲，沉向山谷又引起一陣陣連綿回聲與共振。

樹魂齊吼的低頻律令梅婉受不了，耳鳴不止，不自覺輕聲脫口說出了安靜的咒語：「嘎啦蹦安！」霎時，現場所有聲音瞬間被收了回去！連一片葉子翻轉的聲音也消失掉，那幾個樹魂一時沒反應過來，無聲音的張口相視，都露出了驚恐之色，卻在瞬間都恢復了聲音，只聽到聲音被收回以前還沒脫口說出的聲音和氣息形成「呵」的奇怪氣聲。但，沒有樹魂注意到這現象與梅婉究竟有何關連。

「年輕的榕樹魂！」幻形為大黑熊樟樹魂站立了起來，「算一算，你大概也有三百個冬天夏天了吧！以你的歲月，你憑什麼認為可以在這裡大放厥詞？」

「哈哈哈……」大榕樹整個枝葉顫動著，「我的確年輕，但是我總是站在風來的方向，聽著來自四面八方的訊息，我總是安靜的聽著棲息在我身上的鳥兒們所述說的無數故事。所以，我懂了必須關心這裡的同類，我了解了生存定然存在一定的悲憫，我理解到了你們活了幾千個冬天夏天也不了解的事。你們不節制，其他的樹種、植物都不會有好下場，所以我必須挺身來說這件事！這是道德！如果你們執意自私的只顧自己，不如就讓西邊那些檜木跨過稜線把這裡占領，反正狀況再壞也不過如此，說不定還有一線生機呢！」榕樹的話引起了其他雜樹的支持與同感，一棵烏心石樹忍不住咳了幾聲。

「呵呵……自大的榕樹啊！」大黑熊樹魂身後那個癱坐著的老樟木樹魂開口說：「聽起來，你的確跟我們這些樹種不同啊，我們只知道陽光足、水氣旺就張開枝葉開心生長；要站穩，就努力向下扎根。一輩子想的就是跟天候、蟲害還有其他樹種對抗爭搶地盤。所以放眼望去你可以看得見高出森林樹冠層的一球球、一團團樹冠，正是我們這些少說也有五百個冬天夏天的老樟樹。我活過了將近三千個冬天夏天，遠比你枯萎死去再重生七、八次的時間還要長。你說的那些悲憫、道德，像是從月亮來的語言，聽起來美麗與迷幻，可是，我懷疑，你眞的有這麼慈悲、講道義嗎？」老樟樹魂停了一下喘口氣，又說：

「從你開始長出第一條氣根時，我就遠遠的注意到你，到現在你已經有三十幾條粗大的氣根，所占據的面積已經足以容納十幾棵我們那些活了五百個冬天夏天的年輕樟樹所需要的生存空間。請問，年輕的榕樹，你能不能告訴我，你樹蔭底下究竟有什麼樹木長得令你感到驕傲？」

老樹魂的話才落幕，整個會議空間又開始「嗡」的響起低沉議論聲。

梅婉忽然有股作嘔的感覺。榕樹與這大樟樹的話，讓她想起幾年來關於環境議題的爭議，想起那些反對族人恢復狩獵文化的議論，想起那些在核廢料、在阿塱壹古道存廢的所有美麗口號與說詞，想起那些假借在地議題的環境生態保育人士，那些過著與議題理想悖道的生活方式的僞道者。

榕樹說的沒有錯，每個物種需要存在的空間，在權益必須是屬於全體所共享的理念下，即使在爭取過程中犧牲一點個人的權益甚至性命也是不足爲惜的。但這些的爭取與付出甚至犧牲，理應由那些被犧牲者甘心情願，參與者不分彼此，行動一致地由裡到外貫徹信念與理想。至於那些言行不一，徒呼口號者，除了叫人作嘔，根本沒有資格代爲發言。

梅婉的不舒服即在於她對於擁有數個氣根的榕樹的生長狀況有相當的概念。她知道榕樹密實的枝葉以及由氣根所連結遮蔽的樹蔭下，根本不可能長出任何一棵樹木，連草禾性的植物也不容易生長。假定榕樹眞如老樟樹魂所說的已有三百年，那麼他底下絕大部分的土地根本就是一塊絕地，這三百年沒長出過像樣的植物來。這個與榕樹嘴裡口口聲聲，希望每個樹種都能有個生長空間，讓地區多樣化的理想，根本就相違背。

虛僞啊！假道學啊！梅婉心裡咕噥著。相對於樟樹對生長環境的霸道，梅婉實在好奇榕樹這樣子提議，要樟樹讓空間的根本理由是什麼。

「呵呵……」老榕樹氣定神閒，好像早就知道樟樹會有這樣的想法，「我的身子底下的確沒有什麼值得驕傲的植物生長，但這是我的樹種們的生長習性所造成！我們隨著那些鳥雀飛到哪兒就在哪兒著陸扎根生長，離開那些肥沃的地區，在那些崖壁，那些一般樹種生長不來的地方，我們各自成爲一個個體，好讓那些沒有我們這樣能耐的根淺樹種有足夠生長的空間。各位，我們是不是應該讓些空間，供他們短短的幾年命中好好生長開來？活著的時候提供其他動物食物與我們所需要的其他養分，將來他們倒下來，腐朽了，土壤肥沃了，讓更多的動物植物生長，我們未來才有足夠的養分啊！」

老榕樹這麼一說，又令梅婉有股被敲擊腦袋的警醒感覺。都說植物和平綠意，沒想到，地盤之爭還有存活資源的算計一樣也沒少，冠冕堂皇與赤裸裸的言語一樣表達著這個殘酷本質。

梅婉抬頭注視了一下其他雜樹木，她注意到這些可能包含著珍貴樹種的雜樹們，顯然對榕樹這種幾乎是把他們當成一種養分供給者的態度沒有特別的異議，有的嘩嘩抖著枝葉形成的頭髮點點頭，有的輕輕發出聲音贊同。梅婉覺得有趣了，她回憶起她跟著家人到部落後山的林道經驗，有些地方仍維持雜亂樹林的區域，那些較為矮種或者非所謂「高價值」的樹種，的確是生機盎然，那些攀爬在樹上的藤蔓植物四處連結，就算現在這麼高大樹木密度這麼高的會議場周邊，仍有幾棵樹身上被緊緊纏繞著某些粗大的藤。

「是啊！」一個聲音從稍後方傳了上來，吸引眾樹回頭看。只見那棵樹身體上下緊縛著一根粗大健康的藤，頭頂與枝葉還掛著另一根水藤，粗黑的豆莢看起來像是頭髮編花與耳墜子，煞是好看。他並沒有幻形成其他樣子，仍維持著闊葉樹的形狀，只有根部離了地當腿部使用而移動。

「這榕樹說的沒錯，不管你們心裡面究竟把我們當什麼，既然口口聲聲說要把我們當一家人，在我們活到自己死去以前的時間裡，各位的確應該考量我們生存能力不足以跟各位抗衡，讓出一些空間使我們繼續繁衍下去吧。」那樹停了一下，又說：「這幾個冬天夏天，我聽了不少各位強橫的言語，完全不考慮我們這些樹種的特色與價值，也不提我們豐富了這個區域，使各位的存在顯得高貴與優勢。各位，先不說你們的話有沒有道理，請看看纏在我身上的這個活不了幾個冬天夏天的藤蔓，沒有我們這些雜樹，他們就會纏上你們，如果那樣，你們有機會活到這麼高大、粗壯嗎？如果真覺得我們這些樹種髒汙了你們，你們何不大方的把那些不怎麼樣的貧瘠土地讓給我們獨立生存！」

嘩……這闊葉樹的話引起了回響，更後面的雜樹躁動著。

既然嫌我們麻煩累贅，就還我們原本的土地嘛，讓我們獨立成為一個國度，自己過自己要的生活方式……

你們沒帶來土地、養分，卻一直說這是你們的土地，你們掌握了所有資源，卻忘了在這土地最開始的擁有者，連分享都吝嗇……

如果是這樣，與其讓你們樟樹這樣霸道的占去所有土地，不如就讓檜木越過界來……

雜樹的嘟嘟囔囔持續著擴散嗡鬧，似乎持續著榕樹說話的內容與忿意，樟樹群也惱羞成怒的反擊：

你們這些雜樹，也不過是好幾個冬天夏天以來一些樹種的雜交所生，談什麼原生種……

誰有本事誰活下去，適應不了就統統淘汰，活該你們這些囉嗦……

該知足了，沒全部收去所有地方，就該偷笑了，講哪麼多幹嘛……

搞清楚啊，這裡到底誰當老大管理啊？再囉嗦，直接要你們去死……

那低沉吽吽的聲響，又開始形成共振共鳴，令梅婉的耳鼓嗡嗡一陣響，整個五臟六腑撲撲的震動著幾乎要離了位。

「嘎啦蹦安！」梅婉脫口說了一句噤聲咒語，一棵陶珠輕悄悄的彈了出去，整個會議場忽然都安靜下來，一陣冰風掩過似的，眾樹魂火氣忽然都消了。幾個察覺到是梅婉施了巫法的樹魂忍不住都望向梅婉坐著的位置，面露恐懼。

「巫師……」大黑熊樹魂望著梅婉欲言又止。

眾樹魂們，或者稱眾樹精們，不盡然知道「巫師」這種身分的能耐，但越老的樹魂，越了解森林超自然現象的樹魂，越知道靈異空間存在著的某些力量。例如，樹魂們因為吸收日月精華，因而逐漸意識到自己作為一種生物，與其他物種有外觀或生命進化本質上的不同。隨著歲月增長逐漸有了幻形移動的念頭與能力，年齡越長，幻形越來越簡潔，移動也就越來越敏捷，方便樹魂離開自己樹體而四處游移走動，去拜訪兩三個山頭外的其他弟兄姊妹，或其他奇奇怪怪與自己不同的植物、動物。但也僅止於如此，無法加害任何生物或者改變什麼。相隔一段時間聚會開會，談生存鬥爭，也不過是大家聚會談談目前生存環境中受到其他植物或樹種的威脅，彼此叮嚀必要時加強某個方向的根部或枝葉的生長速率，以爭取有利的生存位置。這種力量與傳說中的巫術毀滅力量根本不能相提並論。幻形成大黑熊的老樟樹魂自然知道這個差異，他經歷過那場災難。剛才梅婉一句咒語就極輕易控制整個場面的力量，說明了他的經歷是事實，不是夢境；證實巫術的眞實，甚至比傳說的更加令人懼慄。他收起了剛開始倨傲，帶著三分疑懼望著梅婉。梅婉卻沒有警覺，心想著乙古勒那傢伙跑哪兒去了！

「巫師……」大黑熊樹魂又輕喚了一聲，而現場安靜得只有幾片葉子翻動的聲音，連光線也停滯了，不增亮也不減弱。

「怎麼了？」梅婉回過神！

「妳剛剛……」

「喔，我只是因爲被你們的爭吵聲震得耳膜發疼，要你們安靜一下，對不起啊，我打斷了你們，請繼續！」梅婉似乎沒意識到她的噤聲咒語，所造成樹魂的驚恐有多嚴重，輕描淡寫的說。

「既然這樣子……那……妳的意思呢？」大黑熊樹魂囁囁的說。

大黑熊樹魂的態度引起那棵幻形成大水鹿的樹魂不耐，他剛剛並沒有注意到梅婉施巫法瞬間的那一幕，他也從不認爲巫師能有什麼能耐，他在這裡也有一千三百年了，聽過關於巫師近乎神蹟的傳說，但沒看過巫師，即使他幻形四處游移時也沒見過任何一個。就算那山稜線下有人類居住，也沒聽過哪個巫師有什麼厲害之處，眼前這一隻看起來白淨穿著奇怪衣裳的人類，應該也跟猴子一樣吧？他這麼想著。他看了大黑熊一眼，語氣不屑的說：

「老大，你問她幹什麼，這裡的事由我們負責，就算她是傳說中的巫師，又怎樣？我在這裡已經活了一千多個冬天夏天，我看不出巫師能幹什麼？」

「是啊！別問我，我只是不小心出現在這裡，你們的事還是由你們商量出個結果吧！」梅婉看了一眼大水鹿樹魂，又轉向看著大黑熊樹魂說，沒有任何表情的說。

梅婉又忽然想起什麼似的，撇過頭看著大水鹿樹魂背後的遠景，覺得山稜線有點熟悉，像是大巴六九溪北側由馬里山延伸而下的稜線，心裡愣了一下，而輕皺了眉。而此舉讓大水鹿樹魂感到不悅，灰黑的毛色忽然浮現起幾道樟樹特有的長條塊龜裂條紋，轉身面對眾雜樹魂厲聲的說：

「你們說這麼多幹什麼？這裡就是我們樟樹群的王國，百千個冬天夏天，我們辛苦的占據位置驅趕其他的樹種，爲的就是要繁衍後代，各位不努力生育，這是你們自己的責任，占據不到好的位置也是你們活該。你們最好乖乖的安分的守住你們自己的區域，我們樟樹不可能再多給你們其他的土地，這是我們的！這是我的意見，就算老大不同意，我也會堅持這個態度。我再說一遍，這是我們樟樹的土地！」

嘩……又一陣樹魂的議論，而乙古勒忽然從西側那一棵高大的檜木爬了下來，快速爬上梅婉的肩頭。

「梅婉，檜木的樹魂往這裡移動了！」

「乙古勒，妳終於回來了！妳說什麼檜木樹魂啊？」梅婉說，她發覺這個會議的空間，沒有任何一個樹魂注意到乙古勒，應該說沒有任何樹魂看得見乙古勒，這讓梅婉覺得驚訝與不解。

乙古勒並沒有注意到梅婉表情的變化，趕緊接著說：「就跟這些樟樹魂一樣啊，從四面八方幾個山頭，開始往這裡移動。速度遠比先前這些樟樹集結時還快得多，我看要不了多久就會到達這裡。」

「我看我得警告這些樟樹，採取措施，免得他們在這裡打了起來，那就糟了。」梅婉說。

大水鹿樹魂注意到梅婉朝著她自己的右肩膀嘀嘀咕咕，他決定挑戰這個被稱爲巫師的人類究竟有什麼能耐：「妳在那裡低聲說話是跟誰講話？妳想幹什麼？」

大水鹿樹魂幾乎是高聲吼著，聲音洪亮得駭人，讓梅婉嚇了一跳，魂魄幾乎離了位，心臟激烈的咚咚亂跳，而所有樹魂瞬間安靜下來，驚訝的注視著那棵牛樟所幻形的大水鹿樹魂與梅婉。

「你太無禮了！」梅婉被那牛樟大水鹿樹魂搞火了，深吸了一口氣輕聲怒叱。

梅婉說話的同時右手一個翻轉，向那個樹魂疾射出一顆陶珠，嘴裡迸出幾個字：「愛哇巴那啦！」只見那陶珠接近樹魂時忽然幻化成幾條黃藤實編的框，罩住大水鹿，往東方那棵巨大牛樟飛去，然後融進、消失到樟樹樹幹體內，那樟樹只嘩啦的抖動了一整個樹冠層的枝葉。頓時，現場驚嚇得都說不出話來，眾樹魂個個面目慘白的看著梅婉。

「你太無禮了！就生命的展度看來，你有一千幾百年的高齡，我無論如何都得尊敬你，但是幻化成樹魂，在這個靈異空間裡，你不過是一個微不足道的小小精靈，竟然就如此的狂妄，不讓你吃點苦頭你不會知道怎麼尊重其他生物。」梅婉氣呼呼的說。

因爲梅婉的盛怒發言，會議現場又陷入一股恐懼所壓抑形成的死寂。

「梅婉，妳把他們嚇死了，妳得跟他們說說檜木的事了！要不然就來不及了。」乙古勒在梅婉肩頭低聲提醒。

「你們都聽著，我不該干涉你們做任何決定，我也不準備改變你們什麼。但是這個樹魂的傲慢狂妄以及蠻橫必須受到懲罰，現在我將他的樹魂關進樹體，不准再出來。至於你們其他樹魂，如果可以，請現在就先離開這裡，西方、北方的檜木樹魂已經朝這裡快速的接近了！」梅婉語氣稍稍降低了火氣。

嘩……沒等梅婉話語完全落下，樹魂們已經紛紛起身離開，一個比一個急。除了擔心即將到來的檜木樹魂，剛剛梅婉隨手展現的巫術力量，也著實嚇著了這些努力了百千年才有能力幻形移動的精靈，沒有一個樹魂願意在巫師盛怒下被收回這個能力，即使這只是精靈世界裡最低階的靈力。

「我們……得先離開了，這是跟檜木的約定……一次只能有一邊的樹魂在此集會，我們用的時間也夠久了，我想我們該暫時讓出這個地方來了！巫師啊……」大黑熊樹魂已經完全失去先前掌握全場的氣勢，支吾著看著那棵樟樹，欲言又止卻又沒急著離去。

梅婉知道大黑熊樹魂的意思，又覺得好笑地微笑看著他說：「你是說他呀，日後再說吧！現在讓他出來，恐怕會困擾你！快走吧！」

「這……也好吧！等這裡結束，我再回過頭找妳吧！」幻形成大黑熊的雙併樟樹樹魂說完，立刻與身後更老的樟樹魂離開，移動的速度相當快。

整個原先占滿樹魂的會議空間，呈現漣漪擴散的效應，向東半邊輻射一種騷動波，波紋一直向外拓展、延伸到森林東半部的邊緣，波紋經過的後方立刻形成原先森林的景象，棵棵巨樹安分的佇立伸展枝葉向天，而風吹掠而過，幾片橢圓葉片翻動著。樹群底下雜生的灌木與成材的雜木們，恢復了先前生猛爭取生存空間的景象，糾結著、纏繞著、攀附著鄰近的其他植物。

11 寧靜戰爭

森林深處的會議空間裡，兩棵樟樹安靜沉穩挺立，幾隻棲息在上頭的不知名小動物，吱吱的隨興移動與叫嚷，而另外兩棵自始就沉默站立的檜木，忽然輕輕搖晃了起來，而此時一陣陣悶雷似的滾動聲，由西半部逐漸向東湧來。明顯的地動與撼搖讓梅婉覺得不安，乙古勒本能的緊抓著梅婉的肩頭，令梅婉覺得疼痛，正待發出聲音制止，卻發現剛剛那巨大的檜木的位置，正端坐著一個雙臂圍胸巨人般的俊美男子，微笑似的注視著她，眼神有一些友善的感覺，梅婉愣住了！

「妳就是傳說中，那個將會出現來仲裁這一次戰爭的女巫？」那檜木魂說，聲音明顯緩沉、卻又不失溫和。

那是一連串疊複詞所構成的句子，結合樹魂說話特有的沉重鼻息聲與風切聲，使得這檜木樹魂說完一長句，便用去了不少的時間。那聲調與腔韻令梅婉感到親切與孺慕，那像極了古老巫術咒語所運用的字詞排列方式。例如「傳說」，檜木魂使用 awaḏan、vadiyian 兩個以 an 爲尾音的字；「仲裁」則使用 badezeḻ、bagumaw 兩個以 ba 爲開頭的詞；而「女巫」一詞用 maiḻavat、maiḻawit 兩個以 mai 開頭的字。梅婉並不了解這個聲音所傳達個別字詞的意思，但是押韻似的聲音緩緩進入耳朵，在腦海形成的意思，卻清晰的傳達了檜木樹魂所要表達的意思。

梅婉不覺得意外，因爲剛才樟樹魂也是透過這個方式與她溝通，梅婉猜想，這應該是精靈世界中溝通的方式，任何形式的語言透過某個無法解釋的介質，在進入個別的意識中自然形成相通的理解。猜想歸猜想，梅婉並沒有立即回答檜樹魂的問題。因爲她正沉浸在檜木魂剛才說話的餘韻中，直覺眼前這個檜木應該遠比那些樟樹還要老邁長壽。

「妳應該是了，我們從來沒有見過任何像妳這樣的生物進入這個區域，除了兩千個冬天夏天以前，出現過的那個巫師以外。」檜木樹魂說，而他的話令梅婉暗暗吃驚。

剛剛檜木話語中，似乎並沒有看見梅婉右肩上的乙古勒。乙古勒究竟是什麼的疑慮又浮上梅婉心頭；而二千年前的女巫究竟又是怎樣的一個女巫，跟這整件事又有什麼關連？這讓梅婉大爲疑惑，抬頭環視周遭情況時順勢看了乙古勒一眼，只見乙古勒心裡有底似的篤定表情，這又讓梅婉更加疑慮乙古勒究竟搞什麼把戲。

「我的確是個女巫，可是我不知道我是不是要來仲裁什麼，我無意間來這裡，不清楚你說的巫師，也不想介入你們之間的任何紛爭，如果你要我們現在離開，我們就立刻離開！」

「你們？」檜木樹魂忽然左右瞻望，擺動間，以樹枝樹葉為頭髮的樹冠層，嘩啦啦響起一些擦撞聲，連帶響起了幾隻蛇鵰的呼嘯聲。

「喔，我是說，我。」梅婉趕忙解釋，而乙古勒忍不住掩著嘴竊笑。

「這可不必啊！妳不必急著走啊！傳說一定有它的道理的。」

「我不懂！」梅婉說著，向前延伸視線，看見整個會議空間已經擠滿了由檜木群幻形而成的各式樹魂，多數的樹魂幾乎是以人形為模子，差別在於相似的程度，這跟先前樟樹群各隨自己的意思幻形的樣子大相逕庭。整排整列的檜樹魂幾乎是站著的，以眼前這個巨大男子形體的檜木魂為中心，直挺挺的像是成列的軍隊等候發號施令。

「呵呵……我來跟妳說個故事吧！」幻形為巨大男子的檜木樹魂說。他微笑著看著梅婉，然後撇過頭，看了會議空間另一棵高大的檜木一眼，只見那檜木意興闌珊的晃了一下，幻形成一個具有女體形狀的高大樹魂靠了過來。

「老頭啊！大家聚集而來，你就別浪費時間了，快快決定怎麼進行下一個步驟吧！跟這麼一個生物說那麼多幹什麼？」那女體形狀的檜木，顯然並不想在不移動時幻形，對於梅婉是什麼生物、來幹什麼也沒多大興趣。

「呵呵……剛好藉這個機會，把過去一些事情跟我們的後代子孫們說一說，也讓眼前這一位巫師了解我們的情形，說不定當年那個女巫的預示，指的就是這個時候。」巨大男人樹魂說，緩沉的說話間，因為急著解釋，原本薄皮的臉，呈現了一些紅暈，看似剝離的皮層，還因為呼吸間搧合著。

「好，你說，不過你小心說話，別惹麻煩了！我一次就受夠了！」那女體樹魂眼神不自然的掃過梅婉說。

梅婉也盡量不造成她的不自在，只在女體樹魂眼神掃過撇頭之後，輕輕瞥過那女體樹魂一眼，梅婉感覺得出這樹魂對她有著深深恐懼與厭惡。

「是這樣的！」巨大男人樹魂挪動了一下身體說：「我們跟樟樹之間的爭鬥，其實早在這裡成為眾多巨木群聚的森林以前就開始，他們沿著山麓而向西向上，我們則順著山脊向東向下擴散，我們各自發展的結果，的確把這一整塊區域變成巨木參天的深邃森林。」他停了一下，又說：「約在二千個冬天夏天以前那個時期，我們已經在這裡對峙了！當時這裡還是平緩的坡度，以現在我們群聚的位置為中心點南北對立著。緩坡下方的東邊是樟樹還有其他的闊葉雜樹，這上方則是以我們檜木為主，其他的松、杉也有不少數量。」檜木樹魂喘了一下，那緩沉的語調加上習慣性的疊複詞使用，開始讓梅婉產生窒息感，其他檜木樹魂卻聽得津津有味，等待著檜木樹魂的下文。

「為了掌握這一帶的控制權，我們早在開始對峙前的五十個冬天夏天遍撒種子，並技巧的讓出一些空間，讓那些藤蔓快速的往上生長，然後開始纏繞那些橫生枝節的樟木群，我們那些年幼的孩子，跟著找枝葉縫隙直直的往上抽長。最後我們掌握了這一整片的區域，而樟樹群也耐不住了，所以由他代表希望能好好協商談判。」檜木樹魂手指向先前那棵幻形爲大黑熊樹魂後方的那棵老樟樹。

順著巨大男人檜樹魂所指的方向，眾樹魂都發出了輕微的交談聲音，這些聲音聽起來似乎都摻雜著一些得意。

「當時，這裡只有我們這三棵巨大的樹木，那個大黑熊樟樹魂還只是個一百個冬天夏天的孩子，還沒什麼知覺。另外那棵毛躁小子根本還不知道在哪裡。」那女體樹魂說，手還指著那棵被梅婉鎖住樹魂的樟樹，這又引起眾樹魂譁然。

「我們還是認眞的談了七個夜晚，始終談不出個結果。大樟樹的要求，怎麼說也都不盡合理，就算我們答應了，那些已經布局了五十個冬天夏天的局勢，也不可能一下子改變得了，那些藤蔓已經都完全遮覆那些像你的腰身粗的那些樹。這個區域向下約二十棵大樹區域的樟樹，倒的倒，枯萎的枯萎，確實也沒幾棵還有生機的，我不可能要那些已經長成樹的檜木子孫們，全部讓出地盤啊！」

梅婉聽著檜木緩沉中又略顯激動的聲音，揪眼看了看那一棵老樟樹，想起剛剛他們集會時始終跌坐在後面，那個老邁的樣子，果然是經歷過一些事情，只是奇怪他對梅婉的眼神與態度。

「植物之間的鬥爭，本來就是需要非常長的時間才能產生決定性的影響，每天每夜，我們各個器官不停的向外探測、伸展，就是要多爭取一點陽光、水氣和土壤的養分，讓自己牢牢的生存下去，所有的植物都是這樣，我們檜木也是這樣過的。過去三千多個冬天夏天的歲月，這些時間裡，被我擊敗淘汰死亡，或者被迫改變習性而存活的植物多到無法計算，這是自然法則，這是不同於那些短命的動物之間暴烈殺戮的戰爭方式，這是寧靜戰爭。對，這是寧靜的戰爭，所有表面上欣欣向榮繁茂錦簇的底下，存在的就是死亡毀敗，這裡沒有誰對誰錯的問題，誰都不需要對誰的滅亡存有罪惡感。」巨大男人形態的檜木樹魂喘了一口氣，而眾種樹魂卻都安靜的聽講著。

梅婉覺得沉悶，畢竟聽一棵樹緩慢、沉重聲調下講長句並不是件輕鬆舒服的事。梅婉不著痕跡的撇頭看了一眼右肩上的乙古勒，發覺她闔上了一半的眼皮。

現在究竟是幾點鐘了？梅婉心裡嘀咕著，想起她忘了戴的腕錶，她抬頭看了看四周天色。森林內依舊是一開始的光亮無華狀態，那是一個沒有光源卻四周明亮不刺眼的照明狀態。

想起檜木樹魂提及的巫師，梅婉正想開口問道，一個年輕的樹魂忽然紅著臉氣喘吁吁的跑來，臉部薄薄的幾片樹皮，還微微的張合著。他跑進會議空間直接到那棵巨大男人樹魂旁低聲的說話，引起所有樹魂的注意。那年輕樹魂稱呼那巨大男人樹魂為老爺爺，並且表示北方幾棵爺爺們為了節省體力，不來參加今晚的集會了！梅婉清楚的聽到每個字句，同時被這個禮貌溫婉的言語感動，忽然心生好感。而原先呈現打盹狀態的乙古勒，聽見「北方的爺爺們」幾個字，好奇心大起，直接下了梅婉肩頭，往北方快速離去。

「這的確是個自然法則，不過後來又會發生了什麼事？談不出結果，那樟樹沒有別的請求嘛？又怎麼會出現女巫這一件事呢？」梅婉一見乙古勒離去，忽然有了精神，而她的問題吸引所有年輕的樹魂望向那巨大男人檜樹魂。

「後來的確發生了一件事，改變了一切。」巨大男人檜樹魂停了一下，看著女體樹魂說，「我看這一段你來說吧！我講太多話了！」

「後來，我們接著又談了幾個晚上，希望能有一個比較可行的辦法緩和樟樹群的死亡，就在過了三個太陽下山的時間之後，這整個區域出現了一些騷動。有許多奇怪的力量，一片片一絲絲的投入這個區域，雲霧開始不規則的下沉，陽光時有時無，就算照了進來，也失去往常的溫度。所有那些短命的動物反常的變得安分，沒有嗥叫，連平時在傍晚吵得要命的暮蟬也都安靜了。那些投射進來的力量最初是沒有一定的方向，像是隨意棄置的四處亂放，到了傍晚，開始有了固定的方向，也就是朝著這裡集中。」那女體樹魂開始說話，語調遠比那巨大男人樹魂來得輕快，而她的話吸引著眾樹魂瞠著眼注視，深怕漏掉一個字。

「一團霧就在我們眼前聚集然後淡開。」女體樹魂指著梅婉的位置，「就在妳現在的位置上，出現了一個生物，身上套著跟妳一樣的……」

「衣服！」

「衣服？」

「是的，我們稱這個叫衣服。」

「那是個黑色的衣服，跟夜晚一樣顏色的衣服，她身上還斜肩著一個好像是羊皮製作的袋子。一動也不動的蜷曲在妳現在的位置上，只有輕微得呼吸。」女體樹魂不自覺曲起了左手背撫了心口，「我們都沒見過這樣的生物，還擔心有什麼病毒寄生蟲什麼的。」

「是啊！當時我年輕，沒見過類似的動物出現在這個區域。即使我幻了形四處走動，也沒見過這樣的生物。但我得承認，當時我確實產生了一點畏懼感覺！」巨大男人樹魂停了一下看看四周所有樹魂，繼續說：

「當時我已經是一千多個冬天夏天歲月的檜木，我常幻形成一隻雲豹四處游移。我自豪的說，這個地區沒有任何一棵樹幻形的能力比我強，即使那棵與我年歲相當的老樟樹，行動也沒有我的俐落。但是那個蜷曲在我們之間的那個生物，顯然擁有更強大的力量。我們試圖接近她，卻被她身上發出的一股力量遠遠的隔絕、排拒在三棵樹的距離之外。那個力量就像繭一樣，把她包覆在中心。在將近七個白晝的時間，我們幻形後只能在這個會議空間的外圍走動與交談，就像……就像你們這些子孫現在站著的位置上。幸好隨著時間久了，這一股力量越來越向她的身體收縮，我們才有機會慢慢接近觀察。」

「是啊！那眞是可怕的力量，我們的幻形若是想粗暴的接近，就會被瞬間向外彈開。」

那女體樹魂又撫了撫心口。她的話自然又引起種樹魂「嘩」的幾番議論聲。

「當時，我沒意識到這個生物的出現究竟有什麼意義，對我們又將產生什麼影響。但是那個樟樹，卻每天準備了些果子、飲水、生肉，放在最靠近那生物的地方。每天準備，越放越近。我只是好奇她想幹什麼，既沒阻止也沒跟著做。」巨大男人樹魂嚥了嚥口水，「七個白晝後，那生物醒了過來，坐著吃了些果子、飲水。大地啊！我還眞沒看過那樣一張疲憊、疑惑與不甘心的臉啊，那皺紋就像我們的樹皮那樣，細細密密的鋪滿她那小小巧巧的臉，她那個眼神幾乎是渙散的、怨毒的往前望，現在想起來還眞叫人感到恐懼。」

「那棵樟樹，也不管那生物怎麼想，一開口就請求她仲裁我們之間的糾紛。」那女體樹魂說。

「起初，她不理會，後來還是回應了那個樟樹一些話，我忘不了她那個細細的、尖尖的聲音，說起話來眞像是我的祖先說話的樣子，一個意思總是用兩三個不同的字表達。」巨大男人樹魂說。

「是啊！她回答那個樟樹的話還眞有意思，她說：虧你們都活了上千個冬天夏天，植物間的鬥爭、崩塌、毀滅，本來就是天經地義的事，你們不各自努力扎根向下，不認眞張開枝葉吸收陽光，卻學著人類圍在這裡開會浪費時間。我問你們，那些已經活著的，已經長成大樹的，你們要怎麼收回？我自己的事都處理不完了！還忙你們這些？接著她忽然啐的一聲！嚇我一跳！」那女體樹魂說。

「是啊！這可是我第一次聽到『人類』這個詞。她說完，這棵樟樹還不死心，他靠近這個生物說：我也沒辦法可想了，我的子孫、同樹種們都面臨了巨大的災難，我不能袖手旁觀啊？妳是什麼，我不知道，妳怎麼會來這裡我也不清楚，但我知道妳擁有一股龐大的力量，也許可以幫助我們。那樟樹說得還真是誠懇呀！我心裡還覺得奇怪，樟樹平常大呼小叫的，這一回怎麼這麼低聲下氣啊？」那巨大男人樹魂停了一下，伸出一根樹枝，拭去剛剛掉在臉上的一坨新鮮鳥屎，繼續說：

「沒想到那樟樹的話引起了反應，那生物緩緩抬起頭看了樟樹一眼，我還清楚的記得那樟樹看到那生物眼神時，驚嚇得向後倒退一步，撞倒了站在他後面的一個小夥子樹魂。那生物說：我是一個人類，一個巫師，我們的確不會無緣無故遇見或遭逢特別的事，我相信我的出現必然是有原因的，不過我要問你們，你們願意接受我的處置嗎？」

「她說完，看看樟樹，又看看我，我當時太年輕了，只是好奇一個巫師究竟有什麼能力，去仲裁大自然規則下所形成的森林狀態。所以，連考慮也沒多想一秒鐘，我立刻就答應！」巨大男人樹魂不自覺舉了手臂搔搔頭。而他的話引來眾樹魂輕聲驚呼，哇……的好奇回應。

「說起這個，我就有氣，他也不問問那個巫師要怎麼處理，就胡亂答應。也不考慮那個巫師當時煩躁的一心想離開的情形，就好奇的想看人家搞什麼。」女體樹魂說。

「說起來，我當時是衝動了一些，不過現在想起來，又不怎麼後悔了，畢竟我親眼見識到了巫術的力量，知道這個大地還存在著一股巨大的力量，可以運用大自然的力量做些事情。」巨大男人樹魂忽然紅著臉說。

因爲樹魂提到巫術力量，梅婉的注意力完全回到了這個議會空間，一語不發的專注看著巨大男人檜木樹魂。

「對，他就像妳現在一樣，不，就像我們所有的樹一樣站了起來。她一邊從袋子裡取出一些東西，一邊說：這是你們自己選擇的，不順著大自然的規律，卻想要以外來干預的力量改變這一切。這不是不可以，只是，你們要先付出代價來。我現在也不管你們有沒有能力承擔或付出這個代價，我急著要離開，離開以前就讓你們好好見識這種改變所需要的代價。她說話的表情……」女體樹魂又撫著胸口不自覺的說：「喔，大地啊！她那個表情好可怕啊！」

「她蹲了下來，在妳現在這個位置上擺起了好多的青果子，然後唸了很多的古老語詞，那些一連串古老的語言，像是我的祖先們的樹魂受了召喚，伴隨著風雨、雷電而來，我受到了感動忍不住哭了！就在我哭花了臉的時候，那巫師又站了起來說：你們都活了這麼長的歲數，卻依舊沒有體悟到生命發展所存在的法則那些殘酷、血腥與暴力的本質，忽略了事情最初所做的決定與行動產生的後果之間的關聯。你們是植物，扎根在土地上，與時間在漫長的靜默中完成一切；不像短命的動物那樣，可以期待透過協商、或者激烈的爭鬥相互毀滅，來改變各自生長與聚集的區塊。你們都記住了，我現在將依照你們的願望，使這個區域重新歸零，仲裁結束後，請各自努力生長，二千年後，你們將再面臨相同的問題，自然會有一個巫師出現仲裁這一切。」巨大男人形體的樹魂眼神眺向森林遠處，引述女巫的話說。

「是啊！她說『年』的時候，我立刻會意她說的是一個冬天夏天的輪迴，當時我心裡產生極度的不安，總覺得我們會面臨一場從未遭遇過的災難，我渾身感到戰慄，一股股深層的寒顫從我最深的根部開始往上竄起。那巫師沒理會我的恐懼和那樟樹的期待，輕輕彈起了手上的一顆陶珠，嘴裡唸誦著一些古老的語言。大地啊！那眞是可怕的經驗呀，我感覺到一陣陣的地動從深層的地心裡傳來，起先由下往上，後來由四周開始向這裡湧來，視線所及，所有的山崖、樹木開始搖晃，眾樹魂們的低鳴驚叫聲連遍響起。那是我所遇見最激烈的地震前兆！可怕啊！」女體樹魂幾乎是雙臂護著胸，聲音稍稍顫抖著，而眾樹魂也忍不住地發出一陣陣「喔」的驚嘆聲！

「最可惡的還是那棵樟樹！」巨大男人形體的樹魂忽然沉聲的說，「他居然迎向那巫師，諂媚的笑著請那巫師不要停下來，儘管施咒改變這一切。我心裡直覺得不對勁正想阻止，巫師面前的土地忽然裂出了一條縫，一些地氣、塵土紛紛的向上噴發，而森林的雲霧整個罩了下來。我感覺土地整個向上襲起不斷的堆高，耳邊只有風刷刷的往下快速吹拂的聲音，什麼景色都看不清楚。不知經過了多久的時間，也許也沒用去多長的時間，地殼停止了震動，雲霧逐漸散去，我發覺我們所在的位置襲起相當的高度成了山脊線，我們的視野忽然都開朗起來，連東邊的海洋都看得一清二楚。我記得，除了倒塌，還有因爲地殼隆起被土堆埋葬的樹木之外，所有還存留的樹都發出了『嗚』的驚呼聲，那連遍不止的低鳴聲，嚇壞了所有在地震中驚魂未定的短命動物們，接著牠們四處亂竄悲鳴、嗥叫。那時，女巫不見了！」

「女巫不見了？」梅婉驚訝的說！

「是的，女巫在那一團團的塵霾或者雲霧之後不見了！地殼穩定下來之後，女巫不見了！」

「然後呢？」

「然後……故事當然還沒完！」

「唉唷，老爺爺，您就快一點說，別賣關子啦！急死我們這些樹了！」一個看起來年輕的檜木樹魂說。

梅婉注意到，那樹魂也有著一個男人形體，只是枝幹沒那麼粗大，表皮龜裂的程度也比較不那麼明顯。梅婉正猜想他的年歲時，剛剛往北離去的乙古勒忽然回來了，一骨碌的爬上了梅婉的右肩在她耳邊嘀咕。當然乙古勒的行動，眾樹魂是看不見的。

「我們大聲的吼叫，當然也有著慶祝地震停止，絕大多數的樹眾都安然存在的意思。不過我們高興沒有太久，我甚至還沒吼到聲音沙啞，遠處、近處忽然伴隨著巨響劈下了幾道火光，大火隨即同時從幾處燒起。我雖然年輕，但也有一千多個冬天夏天的年紀，森林大火我見識過幾回，焚風吹來的夏天這是難免的，但這一回的森林大火完全超過了我的想像，那是激烈、囂張毫無一點憐憫的鋪天蓋地而來，連風吹的方向也像是事先安排好的，哪裡的火勢弱了，風就吹向哪裡讓火燒得更旺更猛。火苗到處亂竄，一下子燒向腳邊，一下子又向旁舔舐。到處是哀叫奔逃的動物，我們現在這個空間堆滿了逃避火苗，又最後被煙嗆死燻死的動物屍體。森林上頭也好不到哪裡去，那些灰黑色的捲雲像陡起的山壁整個連結著插入天空，從北邊最高的那個山頭一直到南方山脊沒入雲層的山頭鋪展，遮蔽了太陽，也吞噬掉所有的星星月亮。然後，我失去了意識！」那幻形成巨大男人的檜木樹魂說。

現場一陣寂靜，不僅眾樹魂嚇壞了呆望著這老檜木樹魂！每個樹心中都升起了問號——動物都逃了，死了，那些樹呢？而梅婉自然知曉後面應該還有結局而等待樹魂後續的說明，同時仔細思索著剛剛乙古勒的訊息。

「我醒來時，正下起了雨，灰渣渣的雨時大時小，我勉強伸展枝背，發覺我多處灼傷，枝葉也都燒灼乾枯，我只看了一眼我身旁不遠的這一棵樹，我又暈了過去。」巨大男人樹魂繼續說，而眾樹魂又「嘩」的驚嘆看著那女體樹魂。

「我整個人醒過來了時，大概已經過了兩個滿月的時間吧，天空已經不再飄落細細的灰渣，地面也有了一些新抽芽的草植。我試著幻形，發覺居然可以行動，於是我回憶起巫師那種生物的形體，幻成她的形狀的樣子，我這是人類的形體吧？跟妳一樣的？」巨大男人樹魂看著梅婉問。

「嗯，不好意思，我是人類沒錯！」梅婉說。

「這個形體，後來也變成了我們檜樹群喜歡幻形的樣子，因爲傳說，也因爲後來我們再也沒見過人類這種生物，覺得這種幻形是一種力量與稀奇的象徵。」巨大男人檜樹魂微笑地看著梅婉，接著又環視其他的樹魂說：「幾個夜晚後，我這棵同伴和那棵樟樹也醒了，後來我們都幻了形一起四處走。才發覺沿著山脊線兩側各將近二十棵大樹距離寬的空間一遍焦黑，所有的植物都被燒死了，到處都是木炭、積灰，連動物的屍體也被更微小的生物分解啃食得大致只剩下骨頭。整個焦黑又抽著綠芽的世界，早已經生猛的形成一個新的生態系。我們大致走了十幾個夜晚，最後確定在這個燒焦的區域內，只剩下我們三棵巨樹還活著。」

「不，四棵！」女體樹魂打斷那男人樹魂的話，「那一棵當時只有一百個冬天夏天歲數的樟樹，就是現在幻形爲大黑熊樟樹魂的那個小孩也算。」

「喔，對！也許是因爲巫師刻意留下他存活在這個區域吧，還是因爲我們這三棵大樹的遮蔽，他意外的存活了。加上後來長出來的那棵幻形水鹿的樟樹魂，就形成現在這裡由我們四棵樹形成的空間，乍看之下，那棵老樟樹反倒成了他們背後的一棵巨樹。仔細想來，其實這個情形讓我感到害怕，這個區域是我們跟樟樹在地理高度上的重疊生長區域。我們不可能越過二十棵巨樹以外的距離向下擴展，樟樹也不可能越過這中心線以外二十棵巨樹的距離向西向上存活生長，這是生物本質上因應溫度、濕氣等等的限制所自然形成的法則。巫師居然能精準的毀掉這個重疊區域，並且要我們各憑本事重新展開競爭，占領這個空白區域。」檜木樹魂搖搖頭又點點頭，連帶影響其他樹魂嗡嗡的私下交談或交換情緒與恐懼。

梅婉只是聽著，沒有接話，對於那個傳說中的女巫神蹟，心裡覺得震撼，對於稍早那幻形為大黑熊的樟木態度上的忽然轉變，也有一定的理解。畢竟，那是樟木還沒有幻形能力的時候發生的事，那個還沒有能力幻形的樟樹，也許只能驚恐地祈禱火勢不要纏繞著他太久，在那樣一場天崩地裂天火炙灼的災難下，應該也有過無盡的恐懼記憶吧！只不過，巫師有如此強大了力量，應兩個樹種的懇求實施仲裁，不採取個別裁掉員額的方式，反而精準的以兩個樹種交雜生長的地帶為範圍，實施毀滅性卻又符合大自然的燒掠，讓一切歸零各自競長的作法，那要多大的智慧與多少年的修煉？那巫師又是誰？有一天自己擁有了那些力量，那將又是怎樣的局面？現在的自己應和著巫師最後的預示，莫名出現在這個地方，將重新仲裁兩方面的紛爭，自己又該採取什麼態度與作法呢？梅婉想著想著不自覺地臉色發白而全身顫抖著。畢竟她還只是個十五歲即將面臨基本學力測驗的國中生。

梅婉想著，才抬頭，卻瞥見原本白華無陰影的光亮，在往東的方向出現了一絲褶痕，像是一襲高磅數的紗質布面，被輕輕扯動形成一道不顯眼的波痕，瞬間又回復原狀，梅婉來不及多細瞧，她甚至懷疑是自己因為疲倦而眼花。

幾點了？她心裡盤起了這個疑問。

梅婉記憶起，最初穿越旅行而來的時間是下午三點多近四點的時間，穿越過一道高牆似的崖壁進入森林與乙古勒經過楠樹下，然後深入這一個會議空間時，已經是太陽即將隱入更西方山脊線的時間。再經過兩個樹種緩沉的會議發言到現在，梅婉有理由相信現在已經是凌晨甚至接近清晨的時間。只不過天色光影一直沒有什麼變化，梅婉甚至也沒有疲倦的感覺，這令梅婉感到困擾。她看看右肩上的乙古勒，想起剛剛她帶回來的訊息：北方在一條溪谷上方的崖壁上，聚集著一批檜樹魂，討論著明天陽光照曬過後的下午時間，要劈開他們附近的幾層岩石，然後連帶的將下方的幾棵巨大樟樹擊落到溪谷。梅婉意識到這個幻形成為巨大男人形體的檜木樹魂。在此之前，已經在進行一場關鍵性的布局，而這個布局的攤牌時間應該就在這一兩天，屆時，樟樹與檜木間跨越兩千年的自由競爭將出現一個決定性的結果。

梅婉警覺到現場都安靜了下來，耳膜反而感到一點點輕微得疼痛。她抬頭看看檜樹魂，發覺那巨大男人檜木樹魂正微笑看著她，而其他樹魂似乎也從剛剛的震撼中恢復理智，都安靜的看著眼前擁有巫師身分的梅婉，心裡開始連結著對那災難與巫師力量的恐懼，同時升起了「希望梅婉不是一個巫師」的期望，隨著靜默時間越長，越濃郁。

「後來我們各自努力的結果，就是妳現在看到的情形。這位女巫，妳覺得如何？」巨大男人檜木樹魂的聲調，經過一長串的說話以及沉默之後，明顯變得平聲冷淡，聽起來令梅婉感到不舒服。

「我不知道你說這話的意思，也許我不是你們說的巫師，也許你們不該再來詢問，或者請求巫師仲裁關於你們之間競爭的結果，不是嗎？」梅婉也刻意平淡著聲音一邊說，一邊繼續聽著乙古勒輕聲地補充說明她前後觀察南北兩邊的狀況。

「是啊！老頭子，我們都被那個巫師嚇著了，縱然她有通天的本領，但那是兩千個冬天夏天以前的事，她早已經不在了！就算她的預示是真的，可是，你看看，眼前這一位巫師與她的長相有如此大的差異，你怎麼知道她就是那巫師所說的有能力仲裁的一個巫師？」那女體樹魂說。

眾樹魂也忽然都發出了「嗯」的響應聲，似乎想藉此驅趕內心的恐懼不安。但這個情形卻引起了梅婉的極度屈辱感，她阻止乙古勒繼續說話，同時不著痕跡的伸過手從隨身袋取出幾顆陶珠。此舉顯然沒有引起那巨大男人樹魂的注意，他看了看梅婉，眼神忽然沒來由的露出了一絲極細微、難以察覺又一閃而逝的輕蔑，他沉聲的問：

「巫師啊！請問妳有多少的歲月啊？」

「你是問我多少的歲數，是吧？我十五歲，喔，是十五個冬天夏天！」梅婉警覺樹與人對年的計量單位不同，輕緩緩的更正說明。

「哇哈哈，十五個冬天夏天？我這一根小指頭就是用去了二十個冬天夏天長出來的，妳這樣的歲月就能擁有可怕的力量啊？」一個站在巨大男人樹魂身旁的檜木笑顫顫的說著，眾樹魂也跟個呵呵的應和。

梅婉正眼也沒瞧他一眼，手扣著陶珠，心裡編排著咒詞，然後嘴唇一啓一合的唸禱著。

「就算妳是個仲裁巫師，但是也沒必要介入吧！這麼多個冬天夏天，我們已經掌握了這個區域的控制權，這是依照自然法則的結果啊！更何況……妳應該也沒這個本事吧！哇哈哈……」那檜木尖酸的說，而他的話引起眾樹魂的咭咭亂笑，連帶著牽引枝葉嘩嘩的一陣亂響。

梅婉依舊沒理會，翕動的嘴唇仍然不停止，而森林四周的上空，出現了更多的皺褶或者波紋，一片一片的出現又消失，像稀疏雨水在淺淺積水的三五個漣漪一樣，持續出現、擴散而後消失。

「你們都住嘴！」巨大男人檜木樹魂制止了樹魂的挖苦，對著梅婉說：「我們沒有不恭敬的意思，別誤會了！我們不了解巫師的狀態，但是依照我們的生命經驗，歲月就是力量，妳的歲月才只有十五冬天夏天，也怪不得我們會多了一點心思。既然妳能從妳的世界到達這裡，我相信妳一定也擁有不同於我們的力量。說起仲裁，也許可以有更合理的作法。」

巨大男人檜木樹魂的語氣忽然轉爲溫煦，因爲他注意到梅婉並未隨著冷言冷語而有所反應，反而更專注的無聲唸禱著。這讓檜樹魂記憶起當年那個巫師啓動巫術前的情形，恐懼感油然而生。女體樹魂似乎也注意到了，因而突然升起恐懼，她那檜木薄皮的臉色開始漲紅，她看看巨大男人樹魂又看看梅婉的反應。

梅婉忽然睜大著眼，嘴裡「茲」的一聲揚手向南邊拋出手上的陶珠，接著又取出一顆陶珠貼近嘴唇「哈」氣，向北方拋出，然後回過頭在剛剛的位置上坐了下來繼續唸禱。

現場忽然都死寂了！不是梅婉的巫術起了什麼作用，而是眾樹魂都不知道梅婉做了什麼，見到老爺爺級的兩棵三千年老檜木樹魂露出驚恐之色，眾樹魂心裡也都產生了不安，所有樹魂都緊盯著梅婉喃喃自語的樣子，一股預期發生災難的心理也讓眾樹魂一下子都覺得空氣瞬間結凍的冷寒。

「乙古勒，妳坐了下來吧，妳一直在我的右肩上，口臭要熏死我了！」梅婉停止了唸禱，輕聲的說。

「妳做了什麼？妳看他們滿臉疑惑，該不會……妳要燒了他們吧？」

「才不是呢，我想把話趕快說完。我們也該回去了，弄得太晚，當心我爸媽把我叫醒來！」

「喔，我幾乎忘了我們不是這裡的人，才剛覺得好玩！」

「好玩？妳剛開始不是覺得可怕……」梅婉的話被周邊忽然爆起的低沉聲浪打斷。

就在梅婉與乙古勒細聲嘀嘀咕咕的當頭，整個會議空間悄悄起了變化。順著剛剛梅婉拋出陶珠的方向，凝結出了一道半透明的薄膜，以梅婉的位置爲中心圈出一個空間後，以南北爲方向軸線展延。這「薄膜」逐漸的加長、變遠、增厚、加高，顏色卻由雲霧的乳白色漸漸清澈透明如水。兩棵三千多歲的檜木樹魂受到驚嚇向後退了幾步。這一動，牽動了整個原先站在西半部的檜木樹魂群跟著直接向後移動；而原先站在東半邊的樹眾，見西半部的同胞向後移動，也不自覺的受吸引跟著向前移動。將東半邊的檜木眾樹魂都擠到了那「薄膜」所形成的透明牆西半邊，引起驚呼連連。

「這是怎麼回事？」那巨大男人樹魂問道，音調因為驚嚇而稍稍提高不少。

沒等梅婉回答，現場卻爆出更大的驚呼聲，吵雜而暴烈。

巨大男人檜木樹魂定眼一瞧，敵對的樟樹群，能幻行移動的，瞬間都出現在那透明厚牆的東半邊，隔著中央透明的牆，清晰的呈現他們剛停下來的不穩踉蹌，那棵老樟樹以及大黑熊樟樹魂也都跌坐在他們慣常的位置。那個情形就像一堆貨物被人裝籠然後運送、傾倒了出來一樣。不消說，那肯定是巫法瞬間召喚他們前來的。

巨大男人檜木樹魂看了梅婉一眼，想起剛才的冷言冷語，一股深層的恐懼自地心竄起，沿著他最末梢的鬚根瞬間往上擴散，當年的恐怖經驗立刻盤據他腦海，他直覺自己已經冰凍了，連呼吸都覺得寒冷。

打！把他們趕出去！

戰鬥吧！把這些爛樹連根拔起吧！

樟樹檜木雙方，忽然都各自爆起了喊打聲，東西兩邊所有的樹魂忽然都朝著對方衝了出去，準備扭打撕裂對方。沒想到，那透明清澈如水的厚牆，如眞實的牆面一般的阻隔了所有的樹魂。第一波撞上了牆面，眼臉貼著牆面，表情扭曲著掙扎；第二波沒等第一波倒下，已經擠了上來，揮動的大臂「碰碰」的撞擊在牆面與其他夥伴身上，哀嚎聲四處響起，但第三波已經又衝了上來。雙方樹魂暴怒著、猙獰著。只見檜木漲紅著臉，皮層縫隙都滲出了血紅色的漿液；而樟木群黑色的塊狀條理，逐漸開裂，皮層下黃白的肉質清晰可見。只見如同強化玻璃般的厚實透明牆兩側，持續飛濺起了破葉、斷枝與連連的哀嚎、咒罵。樹魂特有的低沉聲遠遠的傳送，引起遠方幾條山脊方向的不安與輕微震動，所有夜棲動物幾乎都醒來了，爭相嗥叫悲鳴。雙方的領導樹魂都失去了主意，怔怔的望著不停衝向透明牆，無法碰著對方卻傷到自己夥伴的樹魂們。

巫師梅婉閉著眼端坐在自己位置上，似乎也不急著調停或制止，只安靜的等待雙方都靜下來。深邃森林中的會議空間，此時在極暴力與極寧靜間，形成一個極爲不協調的畫面。

「住手！」巨大男人幻形的檜木樹魂總算恢復冷靜，大聲的吼叫，「都停下來，退回自己的位置！」

巨大男人檜木樹魂看著梅婉，撥開臉上因爲慌亂掉下的一片薄層檜木皮，說：「巫師啊！我們已經相信妳是那位仲裁者了，妳就說說吧，我們這些樹種之間該怎麼做才是？」

「我不準備介入你們之間的任何爭議！」梅婉環視了會議空間的眾樹魂，以明確肯定的口吻說。

嗯……眾樹魂忽然都發出了不解的聲音。

「因爲……」梅婉忽然感到一陣心悸，覺得自己的身體被拉扯了一下。他們在找我了嗎？爸媽發現我不對勁了嗎？梅婉心裡嘀咕著，隨即又被樹魂的聲音打斷。

「可是啊……年輕的巫師啊！」巨大男人檜木樹魂猶豫了一下，繼續說：「二千個冬天夏天以前，那個巫師是這麼說的！」

「哎呀，那個老巫師早就預知你們現在的狀況，你們自己不也是知道的嗎？你們一個想賭賭看會有什麼機會扳平，一個好奇想看看會有什麼新奇的結果，所以巫師順著你們的意思把這個地方毀掉重來，要你們重新來過，讓你們自己看看會產生什麼新局面。經過這麼多個冬天夏天，難道你們看不出來嗎？就算摧毀再重來，依照自然法則的結果還是不會有太大的改變啊！所有植物還是必須盡一切可能，找尋生長的機會，不是嗎？你們問我的意思，難道是希望我再摧毀一次，讓你們再重新競爭一次？」梅婉說。

「不不不了！一次就夠了！生命本來就很辛苦了！爲了好玩賠上去，總不是一個符合自然的方式！」巨大男人檜木樹魂說。

「你們呢？」梅婉轉向樟樹群。

只見那最老的樟樹閉著眼搖搖頭，而大黑熊樹魂輕聲的回答：「我只記得當時我是被推著一直往天空升去，然後火苗越來越大一直燒，把所有的東西都燒了！我當然不希望再發生這種事，能遵照自然法則生存下去，即使死亡也是很多個冬天夏天之後的事情。過程也許不是每一件都很光彩，但應該也是不知不覺地死去吧！」

大黑熊樟樹魂的話，引起所有樟樹魂的驚訝回應，畢竟稍早之前檜樹魂敘說的當年經歷，他們是沒有聽見過的，恐怕那一棵最老樟樹也沒有向他們說起過這一件事。

「那好！」梅婉說完，忽然伸出手又往回收，只見那道豎在兩個樹種之間的透明牆瞬間消失，好像不曾存在似的。引起那些剛剛拚命想穿過去毆打對方的眾樹魂，紛紛摔跌、碰撞而連連發出驚嘆地退回各自的陣營。

「你們都聽著！巫師有巫師要解決的問題，我們被賦予這個特別的身分、天賦與力量，也只是想要解決我們自己族群的問題。至於你們植物的爭鬥，你們應該比我更清楚了解的！」梅婉忽然想起自己做穿越旅行前腦海浮起四百的數字，直接聯想到現在的時間，她繼續說：

「我從四百年後的時間，不，四百個冬天夏天以後的時間來到這裡，其實是一個無意間的舉動。」梅婉停了一下，因為幾個樹魂發出了「喔」不可置信的聲音。

梅婉忽然拋出一顆陶珠向那棵樹魂被禁錮的樟樹，只見大水鹿樟樹魂踉蹌地跌了出來，在眾樹魂更大的驚呼聲下，表情畏縮恐懼的退回他習慣的位置上，眼神不敢望向梅婉。

「但是我看到了一些我不可能在我的世界中見到的景象——我遇見了你們。我遇見了傳說中的數千年的神木群，也見識到了表面看起來柔和、平靜的植物在生存鬥爭上，那種根本要滅絕對方似的凶殘與自然。」梅婉停了一下，因為又有一陣強烈的心悸陣陣湧起。而周遭看起來光華不刺眼的照明，忽然又起了許多皺褶，她警覺有其他的力量在拉扯與企圖介入。

「我不屬於這裡，但是離開之前，我還是要告訴你們一件事。依據我們的觀察，喔，我的觀察，到目前爲止，經過了二千個冬天夏天，你們的競爭呈現了一個平衡的狀態，誰也沒占上風。」梅婉差一點又說漏了嘴，道出乙古勒存在的事。

「可是……」剛剛在巨大檜木樹魂身旁，一個看起來較年輕的檜木脫口出聲表示不以爲然，而樟樹群中那頭大水鹿樹魂，也偏過頭差一點失聲叫嚷，因爲忌憚梅婉的巫術，他警覺的忍了下來。

「檜樹心裡想的是北方那座大山是嗎？樟樹心裡想的是南邊那條大溪床沿線是吧？」哇……眾樹魂幾乎同時的驚叫了起來，表情個個是驚駭莫名。眾樹魂想的是：梅婉自始至終都沒離開這個會議空間，她如何得知被兩個樹種各自視之爲機密的事情。

「你們都別驚訝，我說過我是四百個冬天夏天以後的世界來的。北方的大山我們叫做馬里山，現在你們檜木群在北方大山北側的鹿野溪幾個岩盤占據著扎根，準備明天日曬後趁著下雨快速冷卻的當頭，崩壞那一大山壁然後擊垮爭搶地盤的樟木。基本上，這是符合自然法則的，這個沒有任何力量會干預的。」梅婉看著檜木樹群說，然後又轉頭向樟樹群說：

「南方的大溪我們叫做利嘉溪或者大南溪，你們樟樹藉著沿河床上升坡度帶來的溫度讓檜木根本無法往下生長，爭取在肯杜爾山山頂以下生長的作法，精準的掌握到了植物分布的條件，這一方面你們的確各自贏得了勝利。」

梅婉課堂上學到的地理概念，讓她迅速的將乙古勒所提供的資訊做整合，而此舉讓眾樹魂佩服得無從回應，因而議論紛紛又表讚佩。連剛才意興闌珊、幾乎是躲在眾樹之後的老樟樹魂，也忍不住偷偷睜開眼注視著梅婉，心裡笑了！

南邊溪床沿坡地上升的溫度，是當年那場災難發生之前無意發現的現象，也是當年老樟樹魂請求巫師施法唯一的寄望，如今看來這個策略已經成功了，卻讓這年紀輕輕的女巫一眼識破，老樟樹魂忽然對梅婉產生了好感，接著又不自覺產生更深層的恐懼。

「換算我們人類的時間，現在我們聚集在這裡的時間應該是西元一六一一年。經過四百年後的二〇一一年北邊的地形全變了，那河床變得又寬又急，河床的坍塌地早就向山腰延伸，你們幾個檜樹魂現在正在密謀的所在位置，那些崖壁已經完全消失，也看不到任何檜木在那個地方存留生長。」梅婉接著說。但她的話引起檜木群的大聲鼓譟，不認同的、認為梅婉胡說的、覺得不要理會的聲音，全部「嗡嗡嗡」的攪在一起。

笑聲不知何時開始從樟樹群中蔓延。一個樟樹魂大聲的說，早就知道會有這種結局。幾個年紀較長的樟樹也在私底下發表意見與笑開懷，連剛剛被梅婉釋放的大水鹿樟樹魂，也挺起胸笑了起來。

「安靜！」那巨大男人檜木樹魂忽然吼了起來，低沉的聲浪，讓梅婉心悸得更凶，但梅婉沒有怪罪他，因爲她感覺到整個森林空間有一些擠壓現象，連光都扭曲了！她的心悸純粹是因爲有巫術力量直指著她。

「巫師！」檜木樹魂沒注意到梅婉的失神，他急著問：「妳的意思是，我們輸了？」

「不，我剛說過你們誰都沒有輸，在你們樹種間的競爭與合作關係，只有贏沒有輸，你們眞正的災難是在三百年後，當人類開始進入這個區域的時候開始！」梅婉說。

「什麼？妳是說，人類都像妳這樣的巫師，有能力摧毀這裡？」那女體檜木樹魂問。

「不，巫師是運用大自然間可能存在的種種力量來解決自己族群的問題，不是用來與大自然爲敵，或者用來摧毀大自然，這是巫師的守則，也是巫師力量的限制。先前那個巫師引來一場災難，只是運用大自然的法則，引用大自然的力量，讓這裡重新來過，你們也看到了，她並沒有造成這裡的徹底滅絕，也沒改變你們生物性的生長秩序。所以二千個冬天夏天以來，這裡生機盎然，所以你們能持續延長生命，那些原先的幼樹也可以照著造物者給予的能力自然成長壯大。」梅婉停了一下，看著眾樹魂繼續說：「你們的災難是因爲你們本身存有人類所需的價值。你們都是有能力幻形的巨大樹木，但是，你們的形體與材質先天就適合做爲人類的建築與家具。另外，你們本身帶著的氣味，廣泛地適合人類拿去製作香料，所以，這個山脊線以西的山坡，那些純林相的檜木林會全部砍伐清除，然後重新種植杉樹或者你們自己的幼苗！」

啊……檜木開始騷動，議論聲開始連結。

「在一九七六年，我的祖父帶著我父親到這裡的山區活動，發現只剩下七棵約有七百個冬天夏天歲數的檜木，其餘可以開道路的地區，所有的檜木全部都被砍伐殆盡！換句話說，現在能出席這個會議的你們，三百多個冬天夏天後，將全部都消失不存在。」

妳嚇唬我們……

這對妳有什麼好處？這樣亂說……

哈哈，這樣說來我們這個樟樹爺爺當初的決定是對的……

人類到底是什麼鬼東西啊，比我們所知道的病毒還要毒烈啊！

梅婉的話引起了激烈的反應，不論檜木或樟樹都有突如其來高分貝的呼喊聲，使得會議空間內樹聲鼎沸，火氣十足。

「樟樹群也不要高興得太早，因爲你們身上的香氣以及生長的高度，你們實際消失的速度更快，在這個地區，遠比檜木消失得更早，甚至到了我來自的二〇一一年那個年代，在這個山脊沿線只發現到幾株零星的樟樹，歲數也僅在兩三百個冬天夏天左右。不過還好，不管是檜木或樟樹，至少那些人類後來都想辦法補種了各位的後代。不過，人類的介入將永遠改變這裡的樣貌，除非人類消失，否則情形只會越來越嚴重。」梅婉說完，現場卻忽然都靜了下來。

眾樹魂靜默的時間剛好足夠梅婉把四周好好再觀察。

太不尋常了！梅婉看著遠處已經扭曲的空間，心裡直嚷。她看看眾樹魂，又覺不忍。

「各位，別喪氣，這不單單是你們的災難，連我的族群遇到了這些很不一樣的人類，我們也遭了殃。我們居住的環境已經根本改變，就像平原那些梅花鹿一樣，再過幾個冬天夏天就要面臨滅絕的狀態，我們正面臨相同滅族的危機。想想，他們真是一群特別的人類啊，居然可以想出那麼多的方法，利用所有資源。我的族群在這裡存活了兩三千年，不，應該說兩三千個冬天夏天，我們雖然也砍樹蓋房子，卻從來沒有造成各位生存上的問題。可是後來的這些人類，更聰明、更貪婪、工具更多更先進，也更沒有節制，他們會聲稱這裡的一切是他們的，然後開路、墾山把這裡全部變個樣。相信我，我來的時候，這裡已經不是現在這個樣子了，他們用了各種方式來改變這裡。哎呀，你們現在看起來是這麼的壯觀美麗，恐怕將是我這一生，對我的故鄉最值得紀念的景象記憶了。」

「巫師，照妳這麼說，難道連你們巫師也沒辦法阻止？那我們這麼認真的鬥爭搶生存地盤又有什麼用？」一個檜木樹魂喪氣的問。

「巫師的力量看起來可以左右許多事物，不過人類的文明破壞力更強更廣泛，也更不可預測。不過，你們根本不需要放棄什麼呀，生物的自然法則不是也清楚的說明了嗎？你倒了下來，必然有新的物種接替生長。到那個時候雖然已經不是現在的模樣，你們也不存在了，但是你們還有三百多年的時間可以好好享受生命賦與的頑強力量，那可是我三、四輩子都無法達到的歲數呢！你們現在就應該好好地把握機會，享受彼此間的鬥爭樂趣才是啊！這樣了解嗎？我不去介入你們之間的鬥爭的意思在這裡，因爲那是毫無意義的。再說，我來的時空裡，前山根本就沒有大樹了，這裡的山林也看不到各位的身影，但森林的藤蔓草叢與樹木一樣的茂密，雲霧下依舊綠意盎然啊！所以說，我們巫師的介入變得毫無意義啊，當初老巫師的仲裁也是要你們清楚這個事實啊！」梅婉說。

現場又是一陣靜默，而且持續著。

「梅婉，妳眞會說話呀！」乙古勒輕聲的在梅婉耳邊說。

「哇，我也是這麼覺得，我怎麼忽然這麼會說話呢？眞累啊，講這麼多話，我想我們應該可以回家了！」梅婉環視了一下陷入死寂無聲的眾樹魂輕聲的說。

「看來，未來，我們眞正對手是人類了！」

「是啊，大自然有自然的法則，但是人類可改變的範圍內，並不會完全遵照這個法則的；這些有意無意的改變，不只是你們，一般野生動物，甚至最後連天氣都要受到影響改變。」

「沒辦法阻止嗎？」巨大的檜木樹魂語氣出現了一點沮喪。

「除非人類文明遠離這裡！或者人類有足夠的覺悟！」

「妳不是人類嗎？妳這樣說你們自己？」

「唉！」梅婉忽然嘆了口氣，「沒錯，我是人類。但，我還是個小孩，在學校接受教育去了解環境與種種的問題，卻每天得面對人類文明最野蠻的部分，我也不知道該怎麼做才是最符合所有人的需要與利益。不過，我的生命頂多一百個冬天夏天，明天後天會是什麼都還不確定，我總得努力學習適應與接受種種挑戰啊！整體人類怎麼想、怎麼發展？根本不是現在的我可以想像的！」

「對啊！生命總有個盡頭，我們生存的目的難道不是為了確保明天繼續生存下去嗎？既然明天的太陽依然會升起，我們活著，就不能停止為今天明天的生存戰鬥！」巨大的檜木樹魂忽然振聲的說，「所有檜木樹魂聽著：巫師已經做了仲裁，要我們放手一搏，所以今晚到明天天亮以前，大家好好準備，明天我們一起崩塌北面的崖壁岩石，擊倒那個地區的樟樹。」

好啊……檜木群振臂歡呼著。

樟樹群也不甘示弱，群起叫囂鼓譟！引發一陣陣輕微得地動，其他的雜木，包括幻了形被梅婉巫術召喚的榕樹，卻忽然有一種生機重現的喜悅。

都說植物安靜，這個樣子叫安靜嗎？梅婉揉了揉耳鼓，心裡冷哼的說，眼睛卻沒有停止觀望四周光暈，與這些大樹樹魂之間出現的那些不自然的光影變化，她轉過頭看一眼乙古勒，發覺乙古勒正像隻土撥鼠挺起胸抬起頭，向前遠望，而後忽然轉頭與梅婉對望！

「妳聽見了嗎？」梅婉忽然開口說。

「什麼？」

「麻雀，或者白頭翁！一群一群。」
「嗯，這聲音很遙遠但又太真實了，看呀，連光線也改變了！」
「我想，他們在找我了！」
「什麼？」
「我想，我們穿越時空到這裡的事被發現了！也許我的家人或者我的奶奶已經啓動儀式的力量召喚巫師祖宗們來找我，妳沒感覺到啊，剛剛這個空間周圍出現很多奇怪的力量？」
「這……我哪看得出來啊！」
「不管了，天都要亮了，樹魂精靈能活動的時間也要過了，眞實的空間將要浮現，我們勢必得盡快離開這些樹魂存在的精靈世界，若繼續在這裡跟這些樹魂耗下去，等到這些樹魂都自然消失了，我們可要煩死的。」
「那怎麼辦？」
「關閉這個空間，我們回到正常的空間等著被發現！」梅婉說完，彈出了一顆陶珠。
陶珠落地，原本身影晃動不止、議論聲紛雜的眾樹魂，全都靜止了。四周整個無華通透的光亮照明，已經黯淡、缺陷，處處呈現暗影處處而終至熄滅，周遭空間只透過龐大數量的巨樹枝葉的遮蔽、篩漏來自東邊破曉的光影，使得四棵巨樹所形成的空地顯得暗黑，這情形令梅婉與乙古勒倒吸了一口氣，不自覺緊偎在一起。

「這裡……是哪裡啊？」

「應該還是部落後方的森林吧？怎麼這麼黑啊，天都快亮了！妳不是不怕黑嗎？」

「這裡很可怕呀，妳聽那些聲音，都是些什麼動物啊？發出那樣的叫聲？」乙古勒的聲音有些顫抖。

「我也不知道啊，關於森林的一切，我只聽大人提過，最多的經驗也只是白天沿著林道進到這裡面，我哪會知道這麼多啊！不管了，我們該回去了！」

「梅婉啊，記得這是什麼時間嗎？」

「如果出發時，腦海裡那個四百的數字印象是對的，那麼現在應該是一六一一年的眞實世界，妳看，聲音和清晨破曉的光亮都很眞實，我們剛剛一直在森林的靈異空間裡。」

「是啊，回到這個空間，連恐懼也變得很眞實。妳說的那些靈異空間我居然沒有絲毫恐懼，而且還很享受那樣的氣氛。不管了，我們回去吧！再不回去，我沒被野獸吃掉，也要被那些嗥叫聲給嚇破膽。」乙古勒說。

12

阿鄔的招魂儀式

清晨六點多，哈巫先生位在岡山眷村的家，熱鬧中，還有些怪異的氣氛。房間內，哈巫太太緊皺著眉憂心，看著昨天下午近四點的時候，一直昏睡到現在的梅婉，而院子外，哈巫先生架著幾樣機器專注地記錄院子角落，以他母親阿鄔爲核心的三個部落女巫進行著儀式。只見阿鄔在院子邊一塊一米見方的空地，擺置了幾組以三個爲一單位鑲著陶珠的檳榔切片，當成祝禱迎靈的巫器，喃喃祝禱中還不時皺眉偏過頭沉思。

這三個女巫除了阿鄔，還有一位身材較高左臉頰下有一顆米粒大黑痣，另一位身材矮小聲音沙啞。她們是大巴六九部落最活躍的三位巫師，應阿鄔的要求昨夜搭晚上八點的火車趕來的，只在哈巫先生家客房睡了幾小時，兩個小時以前的四點多醒來，便各自準備一些器具在院子做起了儀式。

照阿鄔的說法，梅婉昨天傍晚不明原因的召喚了她以及一些過世的女巫同業，進行了一場連阿鄔本人也無法確認其具體功能的儀式，因此，攪動了大巴六九山區整個力量的平衡。阿鄔做了一些巫術儀式，卻驚覺到由歷代女巫祖先所建構的巫術力量，現正處在一種調度頻繁的狀態，令阿鄔根本無法完整進行一個儀式。這令她感到極度不安，直覺這些一定跟梅婉有關，所以她們直接搭車前來，卻發覺梅婉正安穩的躺在床上睡覺，氣息安穩卻有幾分的詭異。

阿鄔又唸禱了幾句，拋出了手上的陶珠企圖啓動招魂儀式，卻在陶珠落地後，忽然皺著眉搖搖頭。

「怎麼了？」有著黑痣的女巫問。

「這眞是怪事了，梅婉這孩子的魂根本不在。」

「嗯？她的魂當然不在，所以妳才要招魂不是嗎？」

「嗯！從醒來的四點多開始，我唸咒語招了幾次，想確定她靈魂的位置，好進一步進行儀式，但是回應的訊息居然是從台東的方向來的。」阿鄔說。

「那應該是上次回去玩得太開心，忘記回來了！」聲音沙啞的女巫說。

「不，我剛剛唸咒問事，發覺這小孩的兩個魂都不在她身上了！」

「啊！」兩個女巫同聲驚叫，連哈巫先生也忍不住跟著叫了一聲。

依照部落巫覡信仰的神靈觀，認爲一個活著的人都有兩個靈魂，但是靈魂是種非常害羞、敏感、好奇的東西，突如其來的巨大聲響、刺激、驚嚇或新奇的景物，都容易使得靈魂出竅離開在外。一個靈魂外出或因爲驚嚇、眷戀、受限制而遲滯未歸，人便會生病，兩個靈魂同時不在人就會死亡。三個人驚呼的原因就在此。

「那……這樣……伊娜，這怎麼辦？」哈巫先生亂了聲調。

「不必慌，這個孩子的魂雖然不在這裡，她的身體也只是沉睡不醒，並沒有其他的異狀啊，我想應該是她自己在施行某種巫術！」阿郞說。

「她自己施巫術？她想做什麼？她怎麼會這些？」聲音沙啞的巫師瞠著眼一連串的說。

「不知道，她一向有天分，我已經數次限制她了！沒想到她自己會突破限制。」

「她到底施行了什麼巫術，她要做什麼？」有黑痣的巫師說。

「不知道，她的天分已經超出了我們認知的限制。」阿郞語氣平淡卻有幾分喜悅的說。

「伊娜們，她的確是自己做了儀式去了某個地方。」哈巫先生忽然取出了一張紙，上面塗寫了一些拼音字，然後順著拚音符號低聲朗誦。

唸罷，三個女巫同時「啊」的驚叫著、睜大著眼呆立著陷入沉思。

一直到哈巫太太從屋子走出來，問大家要不要吃早餐，阿郞才回過神的望著哈巫先生說：「她之前有做了什麼其他的動作或者儀式嗎？」

「不知道，昨天下午三點多，她說要睡一下，一直到我去接妳們以前都還沒醒來。我覺得奇怪，進了房間想看看，除了衣服一直沒換，輕輕的鼾聲中我沒發覺有什麼不對勁。我看見這一張筆記，沒多注意內容便收了起來。睡覺前我又看了看，只知道是進行儀式的咒語，直覺聯想到妳們突然來，可能跟這個有關吧。我剛才注意到這是穿越移動的咒語，難道伊娜您不知道這種巫術？」哈巫先生的表情居然出現了些得意之色，眉毛與嘴角上揚了起來。

「我們怎麼可能會知道？我只知道梅婉這孩子昨天下午召喚了我的力量，但我不知道她要做什麼儀式。更不可能知道她居然是在做這個失傳已久的巫術。」阿鄔說。

「那現在怎麼辦？她穿越這個時間空間，她是去哪裡了？都過了一個晚上有沒有危險啊？」哈巫太太越聽越急，聲音提高了不少的音量的說，聲調也尖得刺耳。

「我已經試著召喚了幾回，她現在應該是在台東部落後方的山區。」

「山區？她昨晚一直在山區？那多危險啊！會不會有問題啊？她一直沒有醒來呀。」哈巫太太的聲音更急了！

「這麼小的孩子居然自己就學會了操作巫術儀式？而且還是『穿越』這種向來只是傳說的巫術？這究竟是怎麼回事啊？」有黑痣的女巫說。

「不急著弄清楚這些，我們先把她找回來吧！」阿鄔說。

「平常的招魂儀式不能用嗎？」

「不，平常的儀式妳們是知道的，招回的只是一個魂魄，而且當事人必須是清醒著，現在這孩子的兩個魂都外出了，她除了睡，恐怕連夢都不存在了。妳們幫我把一些場地布置一下，我整理一下咒詞，我們試著把她召回來問個清楚。」阿鄔說完，也不管哈巫太太還想說什麼，從隨身袋中取出一本筆記，拉了一張板凳自己埋頭編寫咒詞。

另外兩個巫師也立刻忙碌，交代哈巫先生打開院子大門後，有黑痣的女巫燃起三枝線香在門口祝禱，針對梅婉的靈魂狀況、目前要做的事，以及希望神靈如何配合，作一個簡短綜合性的祝禱，然後將線香插在大門入口一側，同時唸起一種具有「交付任務」意味的「咒語」：

這是我清理的地區，這是我開闢的道路，
那個梅婉因為受牽絆而驚嚇，
呼喚她、讓她抵達該去的地方，
到達她的身體，她的形體！
哈……噓……您這位地方的守護靈……

聲音沙啞的女巫接著在插香的位置旁，放一粒中間夾著一顆陶珠的檳榔，準備當成梅婉靈魂啓程歸來入口的象徵。黑痣女巫接著取出另一顆陶珠親近口邊，發出「哈……啐……」的聲音，隨後丟棄祭珠，隨即再取出銅鈴搖數下，再將銅鈴交與左手，右手取另一顆陶珠，半舉在肩膀的高度，唸誦著：

哈……啐……

啊，請清理這個路徑、這個道路啊，祖宗們，

我將開始擺動招引、開始揮手舞動

請清理這個路徑、道路，

我現在就要揮手招引梅婉的靈魂

啊，祖宗啊，負責照料、回應的您，

當我開始吟誦、開始唸導時，

請讓她聽見我搖動銅鈴的叮叮聲、鈴鈴聲

能盡快的動身、盡快的抵達她的身軀、她的形體，

這可是叫人羞卻、令人慚愧的事，

在村里間、在親友間的嫌語間啊……

黑痣女巫的咒詞中說明這一顆放置檳榔是一個啓程入口，也是她開關的一條路，指示梅婉待會兒巫師開始召引時，能依照這個方向而來，不迷失、不逗留，唸完咒後，將陶珠拋向召喚魂來的方向去。

因爲擔心梅婉在回來的路上跌倒了，耽誤回來的時間；或怕路途遙遠，梅婉的靈魂會中途打消回來的念頭，或貪玩而逗留或不願回來。所以聲音沙啞的女巫又照程序來一次，再稍稍後退些，放了一粒夾著陶珠的檳榔，再由黑痣女巫唸咒語：

哈……啐……

啊，我規畫好了、造好了道路供梅婉作為歸來的路途
如果我開始擺動招引、開始揮手舞動
能很快的動身、抵達她的身軀、她的形體。
可不要迷失了、可不要走錯了路徑、道路
祖宗啊！我正在清理路徑、我已經鋪造了道路……

在咒語中說明巫師們已經在梅婉可能歸來的路上，貼心的鋪平了沿路的坑洞，畫好了道路，就是希望剛剛她們迎請的所有神靈能協助催促，不讓梅婉繼續遊蕩成爲村里的笑柄，並準確無誤的回到她的身體。

動作完成後，兩個巫師再稍稍後退些，再取出一顆檳榔，放置在地上，以相同的程序，取出陶珠親近口邊，發出「哈……啐」的聲音，隨後丟棄陶珠，隨即再取出銅鈴搖數下，再將銅鈴交與左手，右手取另一顆祭珠，半舉在肩膀的高度，開始唸咒：

哈……啐……

啊，我造了藤索、搭了橋，

如何解決、如何處理呢？

關於路徑上、道路上讓她驚恐的、害怕的，

這裡有我造的藤索、搭的橋，

如果她動身了、抵達了她的橋

她能免於驚恐、害怕，

盡快抵達她的形體、她的身軀……

唸禱說明巫師剛剛的檳榔其實是爲梅婉的魂搭設了一座方便她歸來的橋，不讓惡水、急湍、壕溝阻斷梅婉靈魂歸來的路。

做完了以上的動作以後，兩個巫師又依照程序搖鈴、唸咒、取陶珠、抛珠，並設置一顆檳榔，標示梅婉軀殼的位置，再唸了咒語：

哈……啐……

啊，這已經是梅婉的形體、身軀

我已經讓她們結合起來、讓她背負著
我將要作法、我將要做儀式
負責看顧、巫事的祖宗啊！
我將與梅婉一起盡力、相互照顧
她所驚恐的、她所害怕的……
哈……啐……

看著兩位巫師依照程序前後忙碌，哈巫先生簡直興奮得像是收到大禮物的小孩，嘴角誇張地向兩側揚起幾乎與眼角相連，還不時呵呵的傻笑出聲音來，看在哈巫太太眼裡，既生氣又覺得好笑，取了杯水又進屋子看看梅婉的狀況。

「阿郇啊，我們準備好了，妳可以開始了嗎？」黑痣女巫邊收起銅鈴邊說。

「好，妳們在門口右邊設個障礙，守在那裡，別讓那些不相干的東西跑進來了！」阿郇說完，走到院子門口第一組檳榔的位置。

她左手握著裝有陶珠及檳榔的小袋子，右手食拇指捏持著銅鈴，餘三個指頭自然舒張成虛握的拳，深吸了一口氣之後，開始唸起咒語召喚梅婉滯留在外的魂魄；同時右手臂由後往前送出收回擺動，由下送出向前至手臂伸展處，順勢收回開始搖動手中的銅鈴。由右側面看，阿郇的手臂剛好形成逆時針的橢圓輪形。阿郇右腿在前，左腿在後，右手臂每伸出，左腿便順勢規律的後退一步，右腿跟著收退一步。一退一收，一步一步向後面退，一句一句唸咒語，然後逐漸變急促高亢：

快來快來，快點快點啊……
我隱藏在妳身邊幾乎塞滿的人（靈）群裡
妳疑惑妳自己到底是誰了嗎
快告訴我妳將盡快到達這裡
趕快找到我為妳清理出來的道路啊！梅婉葧……

梅婉葧……快點快點，快來快來啊……
別被握著妳的人所羈絆
快點快點，快來快來啊……
梅婉葧……快來快來，快點快點啊……
為妳鋪好了路，為妳搭好了橋
快來快來，快點快點啊……
梅婉葧……快點快點，快來快來啊……
我這個掌握妳形體的初出道的巫師已經壯大了啊

快點快點奔跑……

我們一起盡力，我們一起努力

梅婉唷……快來快來，快點快點啊……

我已經驅使上面的……

阿郞召引魂的動作越來越大，右手單臂前後擺動的動作，已改成兩手臂同時畫出車輪的動作，大幅度的前送後拉的擺動；左手食拇指扣著原先就抓在左手掌的陶珠袋，餘三指像小鐽子一樣向前舒張；抖動銅鈴的右手，整個握成了拳頭，食指緊緊扣著銅鈴，兩手臂向前鐽動後向上向後收縮；一退一縮的步伐偶爾換成兩腿同時後跳。唸到最後，阿郞的語意已經混淆不清，難以辨識所使用之言語，語調變得高亢而混亂、急促，精神狀態亢奮；同時身體不自覺的顫抖、扭動，看似強忍著一種極大的不舒服感覺。

就在阿郞狀似行將崩潰時，大叫：「喔……快點快點……后……」同時雙手收合，右手銅鈴收握至左手，動作忽然停止，激烈的喘著氣。

「怎麼啦？」黑痣女巫問。

「收回來了嗎？」沙啞女巫問。

只見阿郞雙手維持著抱握的姿勢，眉頭蹙在一起，慢慢調過氣息，張口欲言又忽然閉上嘴巴！

「怎麼了？」黑痣女巫又問。

「沒有，沒有收回，我剛剛認眞的回想整個過程，發覺我只抓回來了一些『意念』，但靈魂卻沒有跟來，她在啓程的路口打轉又消失了！」

「妳說『意念』？」黑痣女巫疑惑著輕皺眉頭。

「是的，那是一種不受限制的意識，就像是一種想法、欲望或者想像，自由來去。」

「那有形體嗎？妳抓的是梅婉的意念嗎？」沙啞的女巫問。

「我不知道，照理說那是一個人的想法，能不能成爲一個形體，我倒是沒遇見過。通常招魂以前，我會要接受招魂的人告訴我他去過的地方，但是有些人意識其實很弱了，也記不得去過什麼地方遇過什麼事，如果是那樣，我會想盡辦法去捕捉他先前的意念，以便確認他所去過的地方。」阿鄔鬆開了雙手，只見剛剛抓握得太用力，以至於雙手泛白中還留有一些瘀痕。

「這個我就眞的不懂了，沒人教過我，我也沒想到要怎麼處理，怪不得每一次收驚安魂儀式下來，我都不知道究竟完成了沒？看來妳得找時間好好教我怎麼做這一套了！」黑痣女巫說。

「也別忘了我呀！」沙啞女巫難得清楚的咬字說。

「哎呀，妳們瞎起鬨什麼？這算什麼本事啊！趕快把梅婉這孩子找回來，問看看這個穿越巫術究竟是怎麼回事？這才是眞巫術啊！」

「對啊！這小孩究竟怎麼學來的呀？」沙啞女巫因爲認眞起來，後面的字聽起來幾乎只剩呵哈的氣聲。

「是啊！我們別把話給說岔了！阿鄔，妳看我們該怎麼做！」黑痣女巫說。

「還能怎麼做？我們重新安排儀式，請那些巫師祖宗們協助找她，她們現在同處在一個靈界，穿越時間空間找人可能比較有效率些。我看我們就從梅婉房間開始吧！」阿鄔說。

「看來也只好這樣了！」黑痣女巫說，而阿鄔已經轉進了屋子。

「她還好吧……」阿鄔才開口問哈巫太太卻忽然收口，眼睛盯著梅婉身旁正巧現身的乙古勒。

「啊！妳是個『意念』？」阿鄔本能的扣起陶珠揚起手喝聲。

「啊！巫師別傷害我！我是從梅婉……那裡回來的……我們遇到了麻煩……所以我先回來想辦法，巫師別傷害我！」乙古勒五官擠在一起，雙臂遮掩在頭上猛力的揮動，表情異常恐懼的望著阿鄔，聲音又急又慌亂的說，令三個女巫覺得好笑而直搖頭。

「伊娜呀，妳做什麼呀？別傷害梅婉啊！」一直在房間裡的哈巫太太，看不到聽不到乙古勒，只看見阿鄔急著揚起手對著梅婉的身體喝斥，以爲要對梅婉幹什麼，急得想阻止。

「沒事，屋子小，妳讓讓，到客廳去吧！」阿鄔垂下手，要哈巫太太離開。

「可是……」

「快一點，我們要把梅婉拉回來了！」阿鄔催促著哈巫太太離開。

13

伊達絲碎片

趁著天光開始明亮，樹魂群活動力開始變弱轉回原形時，梅婉順勢關閉了精靈世界與凡俗的空間連結，而回到現實狀況的森林，只見這四棵巨樹所形成的矩形空間，已然恢復昨天傍晚所見的樹幹枝影交雜疊層，矩形空間外鳥禽吱喳，感覺既祥和靜謐又有那麼點暗晦與詭異，她忽然極度想念起她的睡床。她正準備展開巫術儀式，回到四百年後她原先的世界，卻怎麼也想不起來昨天傍晚穿越旅行時，自己所編寫使用的咒詞。

「乙古勒，怎麼辦，我想不起來昨天穿越而來所使用的咒語。」

「重新再編寫不就行了?那不是妳自己編寫的嗎？」

「是啊，可是……我不會說卑南語，更不可能懂得那些咒語核心的卑南古語啊。」

「那妳之前是怎麼辦到的？我們幾乎毫無障礙地穿越時空到達這裡啊！」乙古勒表情異常驚訝。

「哎呀，我是以我父親的研究資料所寫的咒語原則，順著上面的註記以及資料裡其他關於咒語祝禱詞中，找到可以湊對的詞，一個字一個字的寫在草稿上拼音出來的，我也沒想到，效果這麼好！現在手上沒有那張草稿，我根本記不得那些咒語啊！」

「那妳的意思是，我們得困在這裡？」

「是，但是不行！我們不能困在這裡，這裡是一六一一年，距離我們來的年代，有四百年的差距，現在不回去，我就等於已經死了！我才念國中三年級，我可不想這麼早就死了啊！」

「那怎麼辦？我回去找妳父親還是找校長來幫忙？」

「妳回去？」梅婉突然豎起頭子。

「是啊！」乙古勒語氣十分肯定。

「哎呀，我忘了妳幾乎不受任何時空的限制，哎呀……妳究竟是什麼……」梅婉警覺說「東西」有些不恭敬，趕忙轉口：

「妳回去把我手上的那一張紙帶過來好了，如果帶不過來……等等，妳不是巫師，不會有那個力量帶東西穿越時空，我看，妳把上面的字背起來，回來後寫給我看！」

「這個應該行吧，我可是全校第三名的高材生呢，除了我的身世，其實我記憶力好得很呢！」

「好了，別吹牛了，如果不行，妳直接找校長，把這狀況轉告我父親，喔！啊……」

「怎麼啦？」乙古勒看見梅婉忽然挺胸，像是被人拉了一下，慌張的問。

「我們穿越的事應該被發現了！從剛才起已經有好幾次被召喚，一次比一次強，說不定，不需要我自己做儀式，我們就回得去了！不過，這樣子好難受啊！」

「妳忍一忍吧！我們得趕快想辦法解決現在的問題。妳說找校長，然後轉告妳父親？爲什麼不乾脆我直接找妳父親？」

「妳剛剛還吹牛記性好，妳忘了？一般人根本看不到妳，只有巫師、法師！」

「唉唷，不管啦！我先回去看看，看有什麼辦法！」乙古勒才說完就立刻消失。

「等等……」沒等梅婉喝止，乙古勒已經消失無蹤。

「眞是的，也不等我說完自己先走了，這樣的地方還眞嚇人啊！」梅婉自言自語的，眼睛還不時地向四周梭尋。

天色都已經明亮了，整座森林在各類鳥禽的叫鳴聲下，顯得喧囔熱鬧。夜裡下沉的雲霧已經蒸騰而上遠離樹冠層，枝葉上凝結著露水，在光線穿透葉片間的折映下，使得梅婉視界所及的葉梢枝幹處處點掛著晶亮透白的小晶球。梅婉無心多留意欣賞這些，她努力的想驅趕因爲孤單留滯森林的恐懼感，卻愈發感到孤單。

乙古勒的離去，讓梅婉開始擔心。她已經注意到原本就因爲有些力量持續投入而造成空間扭曲的狀況越來越嚴重，加上牽扯自己的那一股力量，越來越精準與增強，梅婉直覺這是衝著自己而來的。

那會是誰？奶奶嗎？梅婉胡亂猜測，自己卻又有幾分確定，只是，她的奶奶又如何在這麼短的時間得知這一件事？她又會在哪裡作巫術儀式召喚？爸媽知道了嗎？梅婉胡亂想，一點傷感又偷偷襲上心頭。一隻大冠鷲忽然飛回，棲停在那一棵稍早幻形爲巨大男子的檜木上，梅婉心裡忽然無奈的笑了。

就在今天，下午過後一場午後雷陣雨，陽光的照熱與雨水的冷卻所形成的熱脹冷縮，配合著檜木經年的見縫扎根，將迫使北邊鹿野溪上游的崖壁崩塌，並趁勢將崖壁下方的樟木群摧毀，以取得兩個樹種之間近兩千年對峙的某個回合的勝利。

這又如何？梅婉心裡問。明知道四百年後，它們將全部被人類消滅，這兩個樹種卻依舊開朗、振奮的，把握今天明天好好的享受鬥爭的每一時刻。

這或許就是生命的本質吧，梅婉想。就如同自己被揀選成爲一個家族的、部落的巫師，即便自己阻止不了正在發生的這一件事，或者自己恐怕也解決不了即將面對的升學考試或人際關係的種種問題，自己依舊是個巫師，一個具巫師身分的青少年，那是自己逃避不了也無法推卸的，伴隨身分而來的宿命或者責任義務吧，她想。或許唯一能做的，也許就只是好好弄懂祖先揀選自己成爲巫師的原因，好好的把所有可能學習到的巫師技藝學會，然後等待差遣。

也只有這樣了吧！她心裡有些主見，感到心安。她取了顆陶珠，想爲自己作一個簡單的淨除儀式，讓心情平復下來。她才舉起陶珠放在頭頂，卻看見乙古勒急喘喘的站在她面前。

「乙古勒？妳回來了！背誦起來了嗎？……啊……」梅婉才覺得驚訝乙古勒這麼快回來，卻被站在乙古勒背後幾個身影所驚嚇到。

那是四個高矮不一的老婦人，年齡似乎都非常的大了，都執著手杖，穿著以樹皮獸皮混合縫製的染成灰黑色的連身衣衫，頭髮盤紮在頭頂上，各以一根木短棍與羊皮繩固定。四人都斜揹著以羊皮製成的隨身袋。四個人安靜的站在乙古勒後方三米以外的距離，身子周邊包覆著一層極薄、透明的黃色光暈，四人面露微笑，無語安詳地看著梅婉。

梅婉直覺一股森寒的感覺自身體極深處升起，向四肢百骸迅速擴散，令梅婉頭皮發麻緊縮，一口氣憋在胸口，梅婉想出聲卻無法湊成任何聲音，濃稠的深層思念與夾雜著怨懟哀傷的喜悅交揉著圍繞著梅婉。梅婉忍不住地輕輕哭泣與猛流淚，她感到不解的看著受到驚嚇已經成僵硬狀態的乙古勒，又抬頭看著那四個微笑不語的老奶奶，梅婉一顆心被哀傷腐蝕掏空似的繼續哭泣與流淚。哭泣聲中，梅婉似乎聽見了一陣陌生卻熟悉、極柔軟極溫暖的聲音，和音似的、共鳴似的，輕輕卻異常清楚地在耳邊響起：

哈……噓……

是個機緣，是個安排
從極遠處，從邈遠地
那娃娃啊，這孩童呀
初出道者，初學者呀
思念如此，哀傷至此
憐憫為何？哀矜何由
是跟隨者，是遵從者
被揀選呀，被指定唷

是個寓意，是個指示
從遠古來，從根源來
那老耄者，這長齡者
歸祖靈者，從雲遊者
思念如此，哀傷至此
憐憫為何？哀矜何由
是傳續者，是導引者
慣指使者，傳授知者

如管續，如布織
垂掛物，裝物袋
使迎接，使到達
那姊妹，這同業
將如何，怎對待
替換者，接承者
說事理，接應和
結巫袋，成巫式
將鬆綁，將解除
那瘦疲，那僵麻

噫噓……
那遠祖，伊達絲

沒等唸誦完，梅婉早停止了哭泣，她注意到這一位在她們其中看起來較爲年輕的老者，嗡嗡掀動著唇，其餘三人卻安靜地、上揚著滿臉皺紋笑著注視她。她無法聽懂這些老人發出的聲音，那種夾雜著古老卑南語原始聲腔的意思，但覺得自己一股歡愉溫暖，不知何時從身體某處蔓延擴散，她一動也不動的看著眼前四位老者，忽然開咧著的笑臉。而乙古勒早已經不知道什麼時候，轉躲在梅婉身後偷偷望著四位老者，受到那些老者的唸禱聲感染，充滿著幸福感覺而淚流滿面。

「妳們……」梅婉聽完那老者唸誦完時哽咽地想說什麼，停了一下：「我的巫師祖宗們呀！這是什麼機緣呢？妳們跨越這麼遠的時間，在這裡爲我唸禱？」

「呵呵呵，是啊，小娃呀，妳看看妳呀，連我們這些老得不像話的老靈魂，都被召來了！」剛剛唸誦的老者站向前一步。

那老者的語言依舊是夾雜著古卑南語與現代卑南語的語言，而這兩種語言都不是梅婉能聽懂的，但是因爲同處在靈界，所以聲音聽進梅婉耳裡，她自然知曉那語言傳達的意思。同時梅婉也警覺到，她自己是以魂魄的形式，穿越時空到達四百年前的大巴六九後山森林，這幾位看起來應該是某個時代的巫師祖宗的靈力或魂魄，恰巧被現在某個正在執行儀式的巫師，所隨機揀選召喚而來的巫師。而她們來的年代，可能遠比最初出現在校園的，那幾個巫師祖先來得更遠古，力量更強大！但外貌的老耄程度也大出梅婉的想像。

「我不懂啊！老祖宗們！」

「也該讓妳知道這些事了，這是妳的運命，也是老祖宗的安排呀！」一位老者說，「我們都坐下來吧，先別理會阿鄔的召喚啊。」

「阿鄔？老祖宗呀，妳說的是我的奶奶阿鄔？」梅婉問。

「是呀！就是她！」乙古勒忽然插話回答。

「乙古勒！妳……」梅婉忽然瞪著大眼回過頭看著一直躲在自己背後的乙古勒，她難以置信，剛剛像是被追趕著急喘不停的乙古勒，口氣聽起來居然像是這些老祖宗一路的同夥。

「呵呵……是啊！妳的奶奶做了儀式，召喚妳不回，所以，又做了另一場不同的儀式，結果找到我們，要我們幾個人專程找妳回去！妳也眞行啊，自己一個人胡亂摸索，居然能在這些時間空間中四處亂晃，妳也不怕從此回不去啊！」

「這我也不懂啊老祖宗！還有，怎麼乙古勒怎麼會跟著妳們！」

「喔，不是她跟著我們，是我們跟著她來的！」

「這我又不懂了！」

「別急，這說來話長，我們一項一項跟妳說吧，來來，都坐下來吧！」那比較不那麼老邁的老者說。

另一個老婦人從羊皮袋子取出一個米粒般大小的小陶片，哈了口氣，唸禱，然後拋出，呈現一層碗狀的薄膜倒扣地罩住這幾個人，在巨樹圍出的議事空間中形成一個獨立的小空間。小空間形成的同時，有幾縷雲霧向西南方逸去。

「好了！這樣子，阿鄔知道我們找到她了，一時之間也不會立刻召喚她，而我們在這裡說話應該也不會有其他的力量干擾或召喚了！」一個看起來比剛剛那老者稍微老些的老者說。

「小娃兒！妳知道我手上這個是什麼嗎？」那四個之中比較不那麼老耄的巫師說。

「笛納日[1]！」梅婉看了一眼那巫師手上顏色暗沉的小碎塊，明確的說。

「沒錯！妳很清楚呀，所以它的作用妳應該也很了解，但是，『笛納日』的背後可有個長長的故事，我說給妳聽！」

那巫師微笑地看著梅婉又看看其他幾個幾乎已經是半閉著眼的老者，開始說一個不算短的故事：

那是個很久遠的故事與傳說，沒有人可以說得清楚那是多早以前的事，也許久遠到剛好所有人都沒有能力繼續精準地記憶下去。

據說在這個島東南方海域，有一塊古陸地，陸地上有不少的部族，經常相互征伐、搶掠。其中有個稱作「日卡爾」的村子，那裡居住著約有一百戶三千五百人。那村子西南邊有一座錐狀高聳的獨立山丘，喚做「日南山」。村子北邊有一條非常寬闊的河流由西北向東南流動，與另一條自北向南的大河在村子的東北側交會。合流後的江面寬廣、平靜，日夜不停地向南緩慢平穩的流動，穿越廣大蒼鬱的原始森林。

1 作為巫器的碎陶片。

「啊！」梅婉忽然發出驚嘆聲，打斷了那老者說故事。

「怎麼啦？」

「這……沒有，沒有！」梅碗忽然想起校長交予她父親的一份資料，上面正是敘說這一段故事，而老巫師的說法根本就和資料上所記載的完全相符，連結著前些時候的夢境，梅婉感到震撼、不可置信。

「別急啊，妳仔細聽完所有的事，有問題再來問看看啊！」老巫師似乎不喜歡被人打斷說話，但她仍然維持著笑容，望著梅婉繼續說著故事下文：

那兩條河交會處，是一處高起水面的岩盤。那岩盤，老高的，上頭樹林密雜，有幾棵古怪的大樹，沒有人叫得出那是什麼樹種，樹冠層高出了樹林的樹梢線許多，從遠處還清楚的看得見兩三層由枝葉形成的遮蓋；發達的氣根向外伸展擴張，圍出了好大一塊直徑約五十米的平坦地。在這平坦的空地較高處，在兩棵巨樹連結的氣根間，搭建了一座高腳屋。一位巫力高強的女巫「伊達絲」，便長年住在這裡。

女巫伊達絲從何而來？多大歲數？其神祕強大的巫力，又究竟是如何形成，遠古以來便是個謎，沒有一個村民或者流浪的巫者，甚至那些四處流動，以劫掠為生、殺人為樂事的剽悍蠻橫部族，也沒人說得出關於伊達絲老巫師身世的訊息。但因為伊達絲的坐鎮，使得兩條交會的大河從未氾濫；天氣依四時交替、風調雨順，也使得森林茂密、平原肥沃。就連日卡爾村落北面蒼鬱的卡威森林裡剽悍的獵頭繼族，和東面隔著河流的達倫平原上慣以屠村作為侵略手段的彪族，也從未發現在伊達絲強大巫力下遮罩的日卡爾村落。這使得日卡爾村落居民感激，甚至尊奉伊達絲為守護神。

村民平時不敢隨意進入這個區域，只有求醫問卦或者定期送補伊達絲日常所需時，才會划著大樹幹挖成的木舟，帶著食物、柴薪、獸皮等謝禮進入這裡求助或者供奉女巫伊達絲。

伊達絲的高腳屋右側地面，連接著一個寬約兩手臂伸展的不起眼的小屋子，小屋沒有特別的門，屋內有一張小座床，床邊有一個油亮的小木枕，木枕邊有一張獸皮包裹著一塊手掌大的陶鍋片；牆上有橫桿，上頭掛著一個羊皮袋、艾草與芙蓉，以及小塊獸骨串起的項環。這是女巫伊達絲的靈屋，平時放置行巫道具以及相關收集的藥材，也作為進行較大的巫術儀式期間睡寢的地方。

高腳屋左側，以棕櫚樹葉搭建一個棚子，棚下有一座以三顆石頭為基座搭起的灶子，灶子經常性的生著火，灶子上，置放著一口早已燻成黑赭紅看起來很舊的大陶鍋，伊達絲日常便是以這個陶鍋煮食物，必要時用來調製藥品。灶子邊緣還有一些以草稈串成的小陶珠，經燒紅、變硬後堆聚在灶石邊，作為伊達絲進行尋常儀式或啟動一般巫術力量時使用。

「陶鍋妳知道吧？」說故事的女巫，忽然停了下來，問梅婉。

「知道啊！學校裡教過，過去人類文明還沒有進化到使用金屬的時候，生活器具幾乎就是倚賴著陶器，烹煮的陶鍋也是其中一項，遠古的人使用的器皿中，陶器也占了相當大的比例。」

「遠古的人，呵呵……我們都是遠古的人啊！」說故事的女巫，笑了笑，看著其他女巫也都抿著嘴微笑不語，她又更笑得開懷。

「我們來的時代的確是這樣，有沒有人告訴過妳，製作烹煮的陶鍋需要用最好的陶土？」

「這我不知道了！」梅婉說著，臉上重現出她十五歲女孩原該有的清麗。

「陶鍋是以最好的陶土製坯燒成，因爲長年作爲烹調食物養活生命，陶鍋自然成爲最重要也最具生命力量的器皿。破損後，我們那些巫師祖先們便將陶鍋敲成細碎片，作爲巫術儀式中增強力量的象徵物，或者儀式開始啓動空間或者呈現力量的道具，我們稱爲『笛那日』。那些陶器製作過程剩下的陶土，一般我們會隨手拈成小圓球，以草稈爲串，燒製成小陶珠，稱爲『易納西』，作爲儀式用途，也有增強力量的象徵，但力量次於陶鍋片，有的時候缺陶片，就用這種陶珠替代。」

「啊！可是……」

「怎麼？」

「我看見奶奶使用鐵鍋，那是破掉的鑄鐵鍋敲碎成細小塊的鐵屑，就像陶片那樣！」梅婉說。

「喔，鐵器？那可不是我們那個時代使用的鍋子材料啊，我想，應該是一樣的意思吧！我們可是遠古來的巫師啊！」說故事的巫師又笑了！其他巫師還只是微笑著不語。

「是一樣的，只是奶奶她的時代就已經使用生鑄鐵鍋取代陶鍋，但是現代又已經不用鑄鐵鍋了，所以，碎鐵片也很少了！」梅婉想起了她父親哈巫先生的資料說明。

說故事女巫沒繼續剛才的話題，看了看其他巫師老婦，然後又看著梅婉繼續說故事：

有一天，伊達絲所住的地方發生了一些事。約在快中午時間，女巫伊達絲憂心的蹲坐在臨水的岩盤上注視著河道，這些天以來她心裡一直存在著不安。她清楚的聽到遠處一陣陣悶雷聲不規律的自地心持續加大、接近。她正想默禱占卜，想弄清楚究竟今天的狀況與昨天有何不同？現在到底是什麼狀況？卻忽然看見河水開始煮沸似的滾滾翻騰，大量的蒸氣往上空噴發。不等女巫伊達絲反應過來，地殼以她所居住的岩盤為中心開裂，地底岩漿大量湧出向天際噴發，岩盤上所有的建築、器具、樹木，甚至伊達絲本人，全部在噴發口的範圍，瞬間向天際噴湧而消失無蹤。兩條河流北側、東側的卡威森林、達倫草原整個往下陷落數百公尺，使得日卡爾村落和西側的日南山，整塊地向上隆起，像高聳在雲端的一塊陸地。

半天過後，天空布滿了火山灰與大量摻著泥塵的雲，遮蔽了太陽，令日卡爾村落的居民恐懼驚慌不知所措，大家望著伊達絲居住的岩盤，憂心伊達絲的安危。數天過後，地殼大致穩定，消失的岩盤處也不再繼續噴發岩漿，於是大家最後決定派遣部落青年，沿著沉落的懸崖找尋女巫伊達絲的蹤跡，但所有區域地形已然改變，搜尋了三天一無所獲，更恐怖的事情卻發生了。沉落數百公尺的森林與平原忽然灌進了海水，不到一天便填滿成為海面，而此時日南山，忽然噴發岩漿，激烈的震動震毀了日卡爾村落所有建築。另外，由數百公尺高掉落的熱岩塊與岩漿造成動植物的大量毀滅，森林大火四處燃燒，從未歷經災難的日卡爾村落，從此陷入恐怖的煉獄情境，倖存的人躲在崖壁山洞彼此擁抱打哆嗦。

將近一個月後，地殼變得穩定，古陸地只剩下日南山與日卡爾村落一部分，其餘都陷落成海面。日南山持續冒出火山煙灰塵雲，天空已經變得鉛灰厚重，望不盡邊緣的雲層使世界出現永夜的狀態。倖存的村人因為食物飲水的需求，以及考量日後生存，決定離開日卡爾找尋新天地，他們撿拾並處理了被燒死的動物屍體成為肉乾食糧，以倒塌的樹幹拼湊了木筏，向海外航行。他們相信巫力高強的伊達絲仍然活著，堅信只要找到她，生活秩序便能恢復正常。

「這……那這樣……伊達絲……」梅婉似乎陷在故事情境，說不出話來。

「小女娃，妳聽仔細了，以下的部分是關係到我們巫師體系最根本的問題。我們各自在我們自己的時代斷斷續續聽到一些片段故事，直到自己的身體崩塌了、折損了，變成神靈魂魄，我們才有機會聽到、經歷到更完整、更符合傳說的事。」

說故事女巫繼續說：

處在地殼裂縫，被岩漿噴發而去的伊達絲，她的肉身第一時間便被噴濺碎裂成無數片，同樣情形的還有三石灶上的大陶鍋。大陶鍋碎裂成無數的小碎片成為笛納日，噴上幾百公尺、甚至幾千公尺的高空。據說伊達絲的靈魂同時也被噴發至高空，她見到破碎、飄浮的身體細塊與無數細碎片，遂立刻祭起咒語，讓靈魂與隨伴的巫力也跟著碎裂成無數片，緊緊的吸附在每一片笛納日上面，就像是變成了無數碎片的伊達絲，後來的巫師姊妹們都以「伊達絲碎片」稱呼這些幾乎是伊達絲的身體、靈魂與巫力的結合體。伊達絲碎片隨著岩漿噴發的力量四向飛濺，有的飄浮在火山灰雲，隨氣流向極遠處散布。據說，那火山灰雲上碎裂的陶鍋、游離的魂魄、結合成為伊達絲碎片後產生的濛昧光芒，取代星星廣布在天空，夜晚來臨時粼粼閃閃的流動又浮沉。

大約又經過了一百年後，天空逐漸恢復清澈，火山雲塵都落地了，後來世界各地陸續出現了零星的巫師，據信，那是散落的伊達絲碎片與具有特殊體質與因緣的人，在出生時結合而成的。換句話說，透過伊達絲碎片的傳布，伊達絲的巫力與具有特殊體質的女嬰結合，使之成為部落的巫師候選人。伊達絲碎片越大，那候選人天生所具備的巫力便跟著越大。

伊達絲的巫力隨著碎片四散、重生，但她神祕巫力來源的灶子基石，卻在這次的事件中消失。根據最近一千年歷代苦心找尋巫力脈絡的巫師們的理解與猜測，這三塊被當成灶石的石頭，應該散布在當時那古陸地周邊區域。而其中的一顆，可能就落在台灣島嶼東部，精確的位置不清楚。歷代巫師的推測，認為這一顆石頭落地處有三個可能，一是卡日卡蘭[2]，因為卡日卡蘭人忽然在過去的幾百年之間，變得強而有力，控領平原與山丘成為東部地區霸主。另外一個可能掉落的地方是都蘭山，證據是都蘭山似乎有取之不竭的寶石，而依附都蘭山的彪馬族，目前氣勢正在興起，極有可能取代卡日卡蘭成為東部霸主。另外，灶石也可能在大巴六九山的某處，證據是，最近幾百年一股股奇異的力量，分別在不同的時空不停地湧向大巴六九山區那原始森林，而部落每隔一百年即出現一位巫力極高強的女巫。這個說法逐漸被採信，不僅是巫師群，連遊蕩在地界的遊魂、鬼魅，也深信找到那灶石，便能增強力量，改變個別的命運，故紛紛向大巴六九山區靠攏。

「有可能！」梅婉忽然插嘴道，「根據我父親的資料，歷代出現在大巴六九的高強女巫，分別有二十世紀初的『笛鸛』、十九世紀初的『撒米快』、十八世紀的『花莉』、

2 今之台東知本位在溫泉山崖的舊部落。

十七世紀中期的『絲布伊』、十六世紀初的『嘎哈密』，其他沒有列名提及的巫師們，也有許多膾炙人口的口傳事蹟。」

梅婉腦海迅速地回憶起她的父親哈巫先生資料上，所提及人類文明發展的幾千年來，在世界各地，特別是亞洲大陸的東南以及西南地區，陸續出現過許多不同形式的巫覡信仰，以及相對應形成的巫師與巫術文化。這的確有可能跟遠古傳說中，台灣島東南方古陸地發生地理上的大災變有關。假如「伊達絲碎片」噴發的可能性成眞，那麼因爲地球自轉與信風的形成，那些塵灰碎片的確有機會飄灑在台灣島以及西太平洋東南海域周邊的陸地，而那三灶石也可能落在大洋洲的群島上以及台灣地區。

「我就是嘎哈密！」說故事女巫說。

「啊！」梅婉愣住了，瞪著大眼。

「女娃呀！我不知道妳說的『世紀』是什麼，但是，我們的巫師體系，的確每隔一百年就出現特別傑出的巫師，我們深信那是伊達絲那一塊灶石影響的！我的肉體消失腐爛也不過是這幾十年的事。如果妳說的沒有錯誤，那個妳說的十七世紀，那個後輩絲布伊曾經數度召喚她們這三位巫師，在南方執行巫術力量，劈開海水，召喚風雨。」嘎哈密浮起笑意，指著其他三位巫師說。

「是啊！」一個更蒼老的聲音響起，只見一直沒說話只顧著嚼動下顎的老巫師，抬起頭看著梅婉，「那個絲布伊眞是個天才巫師，她能輕易的編組咒詞，巧妙的組合各種力量，運用的手法遠遠超過當年我們還在世的時候，所有巫師可以想像的辦法。我相信那一顆灶石應該就在這附近，而且逐漸地浮現，所以未來出世的『伊達絲碎片』也就越來越大片。也許因爲這樣，最近的幾百年間，出現的後輩女巫越來越強，累得我們疲於奔命啊！」

「但是，巫師也不會平白無故的這麼啓動力量召喚過世的巫師體系，除非正在發生什麼事，或者即將發生什麼事。」先前說故事的嘎哈密女巫說。

「您的意思是，即將發生什麼事？而且是大事？」梅婉疑惑的說。

「難道妳沒警覺到這事？」嘎哈密表情有些驚訝。

「有，當然有，只是我不知道究竟是怎麼回事啊？這大半年來我飽受困擾，已經嚴重影響我在學校的課業了，這也是爲什麼我要試圖穿越時空，爲的是找尋一些答案呀。」

「包括妳的夥伴：乙古勒！」

「是啊！老祖宗們，這些，妳們可得說個明白啊！」

「這當然啊，這也是我們來的目的呀。」嘎哈密停了一下，從羊皮袋中取出一個拳頭大的小羊皮袋，「我先喝個水，然後重新整理一下，好讓妳更清楚些！來來，姊妹們，妳們也喝一點吧！」嘎哈密喝了一口水說。

見沒人接手喝水，嘎哈密索性收起水壺，整理幾個原則想讓梅婉更清楚彼此間的關係。

一、所有巫師先天的巫術力量，都是根據伊達絲碎片大小決定。若能擁有傳說中的其中一顆灶石，巫師便有能力結合其他處於游移狀態，尚未與未來巫師結合的伊達絲碎片，使自己巫力更強大，即使無法擁有，越接近那灶石，越能增強本身所擁有的伊達絲碎片力量。

二、所有已出現的伊達絲碎片，不會因為與其結合的巫師過世而消失，她會繼續找尋後世子孫中具有適宜體質的女孩與之結合，並繼續傳承與發揮作用。伊達絲碎片短暫消失是因為一時沒找著接棒人。

三、當三顆灶石重新組合時，伊達絲碎片也將重新凝鑄成為一個完整的形體，巫師祖宗伊達絲將重新獲得原有的力量，並透過轉世以後代子孫的模樣重生。

四、並不是所有巫師都找得到適合的子孫作為繼承人，在陽世間執行她所擁有的力量。未找到繼承人使巫力轉世的巫師，在靈界仍保有其力量，靈魂與靈力有義務接受活在陽間的巫師召喚，以執行巫師儀式所欲達成的巫術目的。

五、現世的巫師有權力藉著儀式、巫器、助禱詞、咒詞，催動或召喚自己傳承體系內的所有巫師祖先，亦可隨巫力的漸增，召喚家族以外的巫師生魂、死靈。召喚驅動的先後順序以「體系內巫師祖先」、「優先召喚者先」為原則。

六、巫師只能召喚在世巫師的生魂與過世巫師死靈所具有的巫力，不能召喚未來巫師，未來巫師也只能藉著自己的巫力回到過去，以及過去與未來的界線，以召喚巫師所處的時空為界線。

「老祖宗啊！您這麼一說，我又弄糊塗了啦！」梅婉似乎懂了一些又大致弄不清楚這些話語的意涵。「我是說，跟我近半年出現的徵兆有關係嗎？」

「當然有關係啊！」嘎哈密說，「妳的年紀還小，按理說，妳的巫師祖先們還不至於急著要妳成為巫師，而讓妳太早出現這類的徵兆。但是，在我之後一百年的巫師，忽然做了一項巫術儀式，要召喚擁有強大力量的巫師，以實際力量進入那個時代，協助他們進行一場戰爭。」

「這可能嗎？」梅婉聲音不自覺稍稍提高些，她想起儀式的力量，還是得由當世巫師以儀式的進行來達成目的。

「如果召喚的是過世巫師的死靈，去執行當代的儀式目的，當然不可能啊！但如果未來巫師是以生魂的方式進入過去的時空，其效力等同於當世的巫師，當然可以施展必要的巫術啊，妳在這之前展現的力量，就是這個原則下所產生的效果啊！妳忘了？」嘎哈密忽然露出笑臉看著梅婉說。

這一說，倒讓梅婉想通了一些環節。剛剛以前，她的確在受到樹魂的羞辱情況下，當眾施展巫法修理了那個幻形為大水鹿的樟樹。甚至在召集樟樹、檜木雙方樹魂時，施展了令人炫目的巫術，的確證明了自己以生魂的姿態穿越時空而來，是可以施展具有實質改變現況與立即時效的巫術。但另一個問題浮上了梅婉的心頭：為什麼是我？

「對了，妳剛剛說的什麼世紀之後……嗯？在我後面那個巫師是誰？」嘎哈密問。

「絲布伊！十七世紀最有名的巫師是絲布伊。」

「絲布伊？對，就是絲布伊。據說這個後代巫師天分極高，本身所擁有的伊達絲碎片也大片，所以常有驚人之舉，因此巫師老祖宗們希望找一個力量與她相當的人去到那個時代，與她一起形成強而有力的『巫術鬧口』，打敗一群從沒出現過的可怕敵人。」嘎哈密抬頭看看周遭森林，又收回目光環視幾個老巫師，最後眼光又回到梅婉臉上說：「在那之前的所有已知的巫師，都沒有一個有足夠與絲布伊的力量相比擬。」

「連您也不行？」

「連我也不夠！」嘎哈密語氣相當肯定。

「那您的意思……」

「在離十七世紀最近的幾百年間，妳是力量最大的女巫！」另一個老巫師忽然插話說。

「我？這怎麼可能！」

「呵呵……我前面說的故事，關於伊達絲碎片，就是要說明這個可能性啊！所以巫師祖宗們才會託夢指示她們那個時代的部落巫師，要她們隨時做好迎接準備，另外由老祖宗們親自挑選妳前往。」嘎哈密說。

「這我又不懂了？我一個小孩子，沒人教我，我又如何能夠前往呢？我是說，巫師祖宗們做了什麼可以讓我進出時間與空間的隔離呢？」

「最初的確沒有人知道怎麼做啊！小女娃！」一個蒼老衰弱的聲音忽然響起，最老的巫師說話了：「我的身體是在九十四歲的時候崩壞的，之後的好幾百年常被後代巫師召喚，也沒遇見過這樣的事啊！要不是親眼見著了！我還眞懷疑傳說中可以穿越的巫術是編來安慰人的呢！」

「是啊！那些祖宗們也知道問題，大家商議的結果，決定先誘發妳身上隨伴著的伊達絲碎片發揮作用，然後藉著妳的奶奶的教導，讓妳熟悉祝禱與咒語，看看能不能由妳自己找到方法順利完成穿越旅行。所以，接連不斷的派出不同組合的巫師祖先來誘發妳的力量，甚至順著那個強烈好奇心的道士的力量，讓妳的力量甦醒。後來的事妳是知道的，妳的奶奶阿鄔千方百計的阻止了這些。」嘎哈密說。

「可是，妳終究還是做到了！」那個最老的聲音又響起，帶著幾分興奮。「要不是我的身體早已經倒塌了，生魂也成了死靈，我還眞想學一學呢！」

「好啦！伊娜，您來來去去這麼多回，沒有一次不是嘟囔著不想去，怎麼現在又想學一學呢！」另一個老巫師說。從她稱呼「伊娜」的輩分看來，她與嘎哈密顯然都是比較後代的巫師了！

「哎呀，總是想一想吧！難道妳們沒有一點妄想，以生魂的姿態在不同的時空裡直接使用力量介入，而不是像現在這樣，只能依照當世巫師的操作，提供我們的力量去對付神靈世界的東西？」

「說這沒有用啦！我們都已經不是當世的人了呀！」嘎哈密說著又轉頭向梅婉，「小娃兒啊！那是一場部落所面臨過最大的戰爭與傷害啊，妳的年代應該有這一類的傳說與記憶吧！」

「如果是這樣，我想十七世紀只有一六四二年那一場戰爭吧！那是距離我們現在談話的時間，之後的三十一年吧！詳細情形我必須回到我來的時間，去查看相關的資料才能更清楚。」

「資料？那是什麼？」三個老巫師幾乎是異口同聲。

「喔，那是以文字符號，就像這樣的符號……」梅婉邊說邊示範寫字，聲音顯得愉快與得意，繼續說：

「這樣的符號記載著的一些紀錄，說明過往曾經發生過什麼事，經過閱讀，我得知一些事，也了解了一些關於部落巫術的種種，包括祝禱詞與咒語的形式與編列原則，我就是那樣自己學習咒語的。」

「妳憑著文字符號，就可以學習到我們一輩子也可能遇不到的所有儀式與法術？妳的意思是這樣嗎？」嘎哈密輕皺著眉，語調平聲的問。

「是啊，當然這個事前也必須有人花時間紀錄與整理曾經舉行過的儀式，並從中找到相關的原則原理啊！還有，我的卑南語太糟糕，有些發音根本掌握不住，因為沒有人在旁指導，所以常常出問題啊！」梅婉咋舌，不好意思的說。

「卑南語太糟？我記得我的身體還可以四處活動時，我們並不用妳說的卑南語啊！那是什麼時候的事？妳們現在又用什麼語言？」嘎哈密顯然是太過驚訝，語調揚升，稍稍尖聲。

「什麼時候卑南語變成我們的通用語言我不知道，但是現在我們使用一些從很遠的大陸傳來的語言。」

「這個……」蒼老的聲音響起又猶豫，「這個是什麼時代啊？語言改變了，連學習也不用老巫師從旁指導，只要拿著妳說的資料就可以成為巫師。小娃兒，妳說的意思是這樣嗎？」

「老祖宗啊！我不知道是不是這樣，但是我的確是透過資料學習並掌握自己的力量。若眞要說什麼不對勁的話，應該還是語言的問題，不管是古語或者卑南語，因為有紀錄，有可以參考的符號可以學習，巫術就可能延續。怕的是沒人教、沒人學習啊，這語言斷了，咒語與祝禱詞也將失去作用了。不過我想，應該不完全是那樣的，這中間還是需要有人指導的！唉，我眞希望奶奶可以好好的協助我啊！」

「喔，越說越沉重了，我看，我們說的也夠久了，再不動身，阿鄔又要作巫法找另外一批人來找人啦！我想我們也應該協助妳，盡快隨著阿鄔設置的道路回到妳的時代！妳是帶著使命而來的，不管我們多羨慕妳，做為妳的巫師祖宗，還是要叮嚀妳回去以後好好熟練相關的儀式、手法，依照祖宗們的期望，穿越旅行到絲布伊的年代，看看能不能幫忙阻止什麼吧！」嘎哈密說。

「還有妳！」嘎哈密忽然指著一直像一尊標本一樣呆立著聽巫師們講話的乙古勒。

「別傷害我！」乙古勒忽然驚醒似的伸過手臂掩頭斜望著嘎哈密，渾身抖個不停，惹得梅婉忽然笑了。

「我不會傷害妳的，小東西！」嘎哈密帶著微笑注視著乙古勒，「妳知道妳是什麼吧？」

「我是個意念！」乙古勒囁囁的說。

「是的，妳只是個意念，一個軀體肉身死亡前後，妳想要釐清記憶與懸念所形成的意念，妳應該回到妳最初發出這個意念的地方，然後消散回歸自然，否則繼續滯留在陽間，妳會為自己招來災難！」嘎哈密看著乙古勒，表情極其和悅的說，「不過，我們有一個請求，希望這一段時間，妳繼續陪著梅婉，一直到她熟悉這些程序，陪著她進出那個世界，將來妳可以請她協助，讓妳安然的回到妳該去的地方。」

「是的，我會的！」乙古勒總算恢復了平時的聲音。

「老祖宗們啊！我知道了，我會盡快的熟悉這一切，把事情處理好的！」梅婉說。

「好，那就上路吧！」

14

再次穿越時空

十二月下旬，一場冬雨，一場陰晦天色中細綿綿毫無企圖的雨水紛落。

在苓苓國中的行政大樓後，小塊狹長綠地公園旁的廊道上，提早交卷離開教室考場的梅婉輕皺著眉頭，看著其他已經放學還沒走完的學生陸續朝著校門走去，心裡糾結著一些無奈與厭煩。

自從上個月穿越到那片巨樹林，仲裁了兩個樹種間為生存歷經二千年鬥爭的最後輸贏結果，梅婉整個人生觀有了巨大的變化，一種看透生命過程的必然或滄桑的感覺占滿了她的整個思緒。更嚴重是，因為穿越巫術帶來的後遺症，令她常常不自覺的在時間進行的序列中自然跳躍、穿越，使得記憶呈現流動、交錯的狀態。於是昨天與今天，過去與正在進行或未來式之間，常常交相混雜。她迷惑於：究竟她的記憶是自己的眞實經驗抑或者是夢境？而這個「經驗」與「夢境」究竟是過去式還是未來要發生的預示？這個現象反映在上學這一件事，她甚至覺得自己彷若一個有著豐富生命歷程的中年人，忽然被要求與自己孩子輩的國中青少年一起上課學習的荒謬與彆扭。特別是越到大考的這一段時間，學校模擬考的次數與要求越來越高的階段，梅婉感到厭煩與排斥。這樣的排斥不是因爲進度趕不上或者考不好，而是她已經感覺不到考試帶來的任何挑戰的樂趣，與意外得到高分所帶來的情緒。因爲，考卷一發下來，所有答案自然就浮現在答案卷上，她所要做的，不過就是拿出筆來，描黑塗色塡上答案，使看起來就是她自己考出來的結果。剛開始，她還覺得有趣，怕別人多心，她還刻意控制在班上原來的考試比序上，分數不敢拿高，到後來，她漸感厭惡，甚至故意不寫答案讓成績低落。

「這算什麼？」梅婉盯著細細雨幕中零星穿過走廊的學生，喃喃地說。

「妳說什麼呀？梅婉！」

「是妳呀？小孟，妳怎麼還沒回家？其他人呢？」梅婉被點名叫喚聲吸引，幾乎是第一時間回頭，卻發現是她的死黨之一的小孟。

「怎麼還沒回家？是妳太早離開教室的，妳忘了，我們都是在這個時間這裡碰頭然後一起離開學校啊？哎呀，我都忘了妳早就編入升學班，根本已經不再跟我們同進同出的，那是上學期以前的事了呀。」小孟淡淡輕輕的聲音說。

「是喔？我眞的忘記了這件事！」
「妳看妳，是怎樣？我看妳心事重重的，發生什麼事？不考試啦？」
「哎唷，妳平常不是這樣講話的，怎麼一下子這麼多問題問我？」梅婉感覺心事被人看穿的心虛，故意瞠眼問。
「不是啦，我是眞的覺得妳有事，妳連模擬考都這麼早離開，我看得出來妳並沒有很高興！是考爛了嗎？」
「考爛？才不是呢！喔，我沒事，眞的沒事！倒是妳，前些時候老看妳皺眉頭不說話，妳現在都解決啦？」
「唉，沒有，還是老問題！」小孟忽然長長地嘆一口氣，眉頭輕輕地皺在一起。
「妳是說，陳建東的事？」
「咦？妳怎麼知道？」小孟嚇了一跳，單眼皮的杏眼，忽然睜圓了起來。
「我怎麼會不知道，那很容易就看得出來的呀！」
「可是……」
「可是什麼？」
「哎呀，我是說，感覺上我們相互喜歡，但是我又覺得他那樣一個帥氣、鋒頭又健的男生，怎麼可能對我專情？」
「呵呵……都要大考了，妳不擔心考到什麼學校，卻去擔心這個。」梅婉腦海浮起那個長得不錯的男生，又覺得小孟應該關注課業，她故意輕鬆的說。

「那個，我也擔心啊！哎呀，這個時候怎麼煩惱事都擠在一塊了！」

「好了，別擔心啦，過幾天我請我奶奶爲妳做一個增加力量的御守護，讓妳兩件事都稱心，好吧？」梅婉本想正式的說些什麼，卻看見乙古勒從穿堂大剌剌的走過，跟她揮手打招呼，她趕緊搬出她奶奶阿鄔，想結束談話。

「御守護？哇，聽起來好和風喔，我最喜歡這類的小玩意兒啦！梅婉，妳奶奶眞的會做啊？」小孟說著說著眼睛都亮了。

「什麼話呀？我奶奶可是巫力高強的部落女巫耶，做個御守護比做壽司還要容易。其實，我們不叫『御守護』，而是叫『魯恩』，過幾天有空回台東老家，我請奶奶幫妳做一個。現在呢，妳好好讀書吧！陳建東的事以後再說啦！」梅婉眼神飄向剛剛乙古勒出現的位置，只見她仍站在穿堂邊。

「小孟，我得回教室了，這個鬼升學班就是這個樣子，就怕我們多休息一刻鐘，毫無人性的！幫我跟其他人問好呀，找個時間一起去逛逛唷！」梅婉說著，拍了拍小孟肩頭，撇過頭便離開。

走過穿堂，轉往教室樓梯，乙古勒跟了上來說：「妳奶奶來妳家了！」

「什麼？這一回，是爲了什麼事呢？」梅婉停下腳步疑惑的說。

「不知道！我怕她問我一些事，所以我偷偷跑來了！」

「應該是好事吧！我去收東西。妳要跟我一起坐我媽的車？還是自己回去？」

「我當然跟妳一起坐車回去呀。」

「好，校門口見！」梅婉說著，抬起腳步離開，她不經意地抬起頭望向校長室。

陰雨天，校長室窗台外濕漉，燈光從屋內向外透射，晶亮地照映著細雨直落，輕紗遮簾似的將校長室內景觀都朦朧糊化掉。

大平頭校長應該還在吧？梅婉心裡嘀咕著。想起過去幾個月，擁有道教紅頭法師身分的校長，因爲好奇與對法力的著迷，極盡一切手段對付奶奶阿鄔在校園設置的防護巫術，以便啓動梅婉的力量，使得梅婉本身在沒有心理準備得情況下，被迫遇見與接受許多超自然的現象與人物。梅婉想起這些事，忽然輕輕笑了起來。

我已經是個巫師了，親愛的大平頭校長！梅婉心裡這麼說著，又突然唸了唸幾句，隨手朝著校長室以手指比畫一二，讓校長室內掛著的字畫，浮現出「該下班了！」幾個字。動作完，梅婉不自覺輕揚起嘴角，笑容透發著幾分詭異。

梅婉的奶奶阿鄔，不預期的來訪並不爲別的事，而是爲梅婉「成巫」一事而來。

自從梅婉令所有巫師瞠目結舌的穿越旅行之後，阿鄔也不得不認眞的面對，她長久以來面對梅婉那暗湧不息的力量所存在的恐懼，以及長時期抗拒歷代巫師祖先，不時造訪�示關於協助釋放梅婉力量的壓力。跟著阿鄔來的包括部落幾位有單獨執行儀式能力的五名巫師，準備爲梅婉進行一場正式的成巫儀式，順便教導幾個不同目的的巫術儀式所要進行的程序與禱詞、咒語。

阿鄔的到來，令梅婉的父親哈巫先生開心得手舞足蹈，因爲有機會記錄自己女兒成巫過程；同時他好奇，如何爲一個已經實質具備巫師能力的人做成巫儀式。但，哈巫先生只高興了一天，因爲正式進行儀式時，成巫儀式幾乎只是形式上的進行，梅婉召喚神靈幾乎只是在眾女巫開口吟唱巫歌的第一段音律，而梅婉輕聲唸時，她的力量所承襲的系統中的過世巫師已經站在門口，不是一個，而是一群。除了阿鄔的母親嫵莉之外，竟然包括了先前提過的知名巫師：笛鸛、撒米快、花莉、嘎哈密等巫力高強的巫師的死靈，只見嘎哈密望著梅婉淺淺微笑著，而整個畚村四處吹起了狗螺聲，晚上九點中進行的成巫儀式，只花了十五分鐘便結束。

這令巫師們不解，按理說，巫師承襲的是自己血親的某代已過世巫師的力量，像梅婉這樣一連串往上連結的例子幾乎不存在。阿鄔與梅婉大致猜想，這是「伊達絲碎片」的原因，但哈巫先生與其他較爲資淺的巫師並不知道，所以，儀式才開始就結束，便產生兩種截然不同的反應：哈巫先生失望儀式不如預期的精采完整，其他女巫則慶幸不必熬夜進行。

令梅婉感到不解的是，幾個世紀的大巫師都出現了，證明梅婉的巫術力量將包括她們的力量總和，這代表什麼？還有獨獨缺席了的絲布伊，與自己究竟有著什麼樣的關係？另一個困擾是：古卑南語對梅婉所造成的發音障礙。還好，阿鄔多待了三天，不停反覆的唸禱講解幾個特殊發音，經由錄音與哈巫先生之前整理的資料，梅婉很快突破發音的限制。

正式成爲巫師，梅婉獲得了一只代表新進巫師的巫袋，還有一顆阿鄔的母親嫵莉生前執巫的銅鈴，代表她沿襲著嫵莉的正統嫡系。阿鄔也認眞的告訴梅婉，過去一段時間老祖宗積極要喚醒梅婉的力量，其實是爲了某個時期的巫師們要梅婉回到過去那個時期，協助當代的巫師解決一件事。阿鄔告訴梅婉，她不樂見這事情發生，因爲，誰都無法預期梅婉到了那個時空會發生什麼凶險，也不知道梅婉去了以後，對於後來的種種，會不會產生什麼影響。但是阿鄔尊重巫師基本的信條，深信巫師不會平白遇見與巫有關的事，所以，梅婉的穿越，必然有它既定的目的與意義。至於「穿越」這一件事，阿鄔儘管羨慕與期盼，但因爲無法理解與超出她自己的能力範圍，所以要梅婉自己斟酌，但也提醒梅婉，任何儀式進行必須專注與誠懇，否則將會發生其他難以控制的事故。

※

「乙古勒，我想，我們應該可以再穿越時間，回到巫師祖宗們要我去的時空了！」梅婉在奶奶阿鄔回去後的一週後，忽然對乙古勒這麼說。

「眞的呀？那太好了！又可以好好去玩一玩！」乙古勒幾乎是鼓起掌的兩手掌交互捶

舞。

「什麼呀？我們去是爲了辦一件大事，弄不好要出大事的，怎麼會是去玩呢？」梅婉白了乙古勒一眼說。

「哎呀，不管怎麼說，都是去一個我們不熟悉的地方，經歷一些我們從來沒想過的事，不是嗎？」

「妳看妳喔，上一回在森林還怕東怕西的，現在膽子大啦？」

「可是很好玩啊！」乙古勒瞪著眼睛，表情認眞的說。怕梅婉不相信，她又急著補充說：「妳不也是看到了那些巨大樹木的森林，妳還對他們說了那麼多話呢！」

「好啦！我承認某方面來說的確是好玩。但是，乙古勒，這一回我們是要去參加一場戰爭呢，打仗殺人那一種呢，一個不小心我們就回不來了！這樣哪裡好玩啊！」

「這……的確是！」乙古勒語氣忽然變得沉重。

穿越旅行固然好玩，但也的確存在極大的風險，乙古勒不具生物實體，不是生魂也不是死靈，她只是個意念，一種存在於虛渺無向度的某種人類情緒中的掛念或者殘念，可以隨時抽離或頑固的盤據在某個時空，具體存在或者消逝蕩然；但梅婉不同了，她是個活生生的人，固然可以藉由巫術力量，以「生魂」的形態遊走於不同時空施展巫術力量，但也因爲如此，一個不小心生魂便有可能留滯在那個時空，間接造成肉體的死亡而成爲死靈，日後只能接受往後歷代巫師的召喚提供必要的力量。這一點，梅婉與乙古勒幾乎是同時想起而無語對望片刻。

「我看，妳還是別去好了！太危險了！」乙古勒半垂著眼低聲說。

「不行，已經進入一月了，如果荷蘭人的紀錄是正確的，那場戰爭發生在一月二十四日，距離現在也沒幾天了。無論我要不要去，想不想去，我都有可能因爲什麼原因而被拉到那個時間點。不如我先及早準備點什麼，免得又跟上次一樣慌亂。」梅婉說。

「妳的父母同意嗎？馬上就要考試了呢！」

「這幾天跟他們商量，他們不同意，爸爸說，大考將近，這些事情會讓我分心，既然我可以自己選擇時間進入，所以等考完試再去都可以，不必急著在這個時間。」梅婉輕皺眉頭說。

「的確是這樣子！妳現在還是應該要把考試擺在第一位啊！」

「但是……我知道祖宗們不可能等到我考試完再進入那個時空啊。」

「怎麼了？」

梅婉看了乙古勒一眼，提起了近日她又開始了一些特殊的夢境或幻境。夢境是斷斷續續的出現槍砲的爆炸聲、不同方向的男人嘶吼聲、叫喚聲、哭泣聲一直交替或間雜的響著。另外，一些畫面並不刻意配合著聲音，有時只是幾秒幾個單幅的景象，有時又像一幕幕短片交替浮現一些景象，一下子直竄天際的濃濃黑煙，瞬間又呈現出漫瀰四周又不規則流散的灰煙與炭渣，還有被拋上空中又四處散落的斷枝殘葉，加上一群神情凝重的巫師，以及四處亂竄拉弓射箭又瞬間隱沒草叢的人影，以及彎折的竹叢與餘燼中的部落殘像，交互取代與浮現。

「那的確是在戰場的狀態了！」乙古勒說。

「是啊！奇怪的是，我居然沒有恐懼的感覺，彷彿我應該就處在那個狀態之中。」

「妳眞的不害怕嗎？那是戰爭耶，一個意外妳就回不來了！」

「不，一點也不，我剛剛說過，我應該在那裡的，而且就在激烈的交戰狀態中出現！我沒有感覺到害怕，只不過……」梅婉遲疑了一下，又說：「這些畫面與聲音之間，常常不預期出現一種味道，那個味道是一種帶有腥羶的熟悉。」

「那是什麼？」乙古勒不自覺蹙了蹙鼻翼問。

乙古勒朝天的大鼻孔一縮一緩，令梅婉想笑，但提起這個味道，她正色的說：「不知道，但我居然產生了恐懼感，最近這種莫名的害怕，越來越強烈。」

「那怎麼辦啊？要不要問一問妳奶奶啊？」

「我想不用吧！我認眞的想過，假如我非得要穿越時間，進入祖宗們要我進入的空間，與其慌張的被動進入，不如，我自己調整出時間，找個我自認爲狀態最好的時刻進入那個空間。妳覺得呢？乙古勒。」

「我不知道呢，梅婉！妳決定什麼時候去，對我而言都一樣，我隨時準備好了就跟妳去啊。不過，拜託，別拖太晚啊，我平時沒事，會感到無聊的！」

「唉唷，妳不是高材生嗎？沒事不會去翻閱書本什麼的呀？妳居然喊起無聊了。妳等著啊！奶奶已經修正了我編寫祝禱詞與咒語的發音，而且我已經是正式的巫師了，我們一定能準確進入那個地方的。」梅婉臉上浮起了笑容說。

「這一回，妳可要精確的把時間掌握好啊！別又跑錯了時間了！我可不想跟著妳跑去仲裁兩種猛獸之間的爭議啊！」乙古勒半開玩笑的說。

「耶？妳消遣我？這一回，我弄清楚了資料記載的時間，會精準的進入的！」梅婉幾乎是瞪著乙古勒說。

根據資料記載，在一六四一年八月底與九月初之間，大巴六九部落人因爲婦女被荷蘭人調戲，而殺了到東部探尋黃金的下級商務員衛瑟林。這事件引發荷蘭軍隊在一六四二年一月二十一日抵達卑南覓平原，與卑南大社取得聯繫後，於二十四日發動攻擊焚毀大巴六九社。而這個時間恰巧就是現在學校開始放寒假，還沒開始進行寒假課業輔導的春節期間，梅婉初步決定這個時候進入那個時空，原因也是這個時間的巧合。

不過，有一股猶豫的意念一直拉扯著她。這一段時間她一方面感應到眾神靈急切的召喚，另一方面，一直纏繞她的那股腥羶味正伴隨著莫名的哀傷恐懼，逐日增強。這讓梅婉感到猶豫究竟是聽從父母的意見，等到六月底畢業開始放暑假的時間再毫無牽掛的進入那個時空；或者就順著祖宗們的召喚現在就進入，而後專注心力準備五月的升學基測？

好幾天的掙扎後，梅婉決定按照預定的時間，在荷蘭人進入卑南大社前，進入十七世紀的大巴六九部落，先期與部落其他巫師培養感情默契，然後參與部落的戰爭，完成自己的巫力被召喚的使命，然後專心準備考試，這個決定她不準備告訴父母。爲了掩飾自己要離開幾天時間，梅婉決定回到部落奶奶家，一方面她的父母哈巫夫婦不會起疑心反對，二來奶奶阿鄔可以協助進行，並且保護梅婉的身體免受傷害。於是，梅婉展開了第二次以魂魄的形態做時空穿越，企圖從二〇一一年穿越到一六四二年，應和著當代女巫的召喚，協助執行一場戰爭。

寒假一開始，梅婉便向父母告別，說要到台東奶奶家住上幾天放鬆壓力。一月二十日用過早餐後不久，進入房間準備在阿鄔的協助下進行穿越。

「準備好了嗎？乙古勒？」梅婉躺在床上，頭甚至沒撇向身旁的乙古勒問道。

「我隨時都準備好的，我現在呢，也抓著妳的手臂，避免妳我分開跑錯地方了！倒是妳，我覺得妳正在憂心什麼的。」

「憂心什麼呢？」站在一旁準備協助與見證這一場穿越巫術的阿鄔，插了話問。

「我不知道呢，姆姆[1]，也許就只是擔心吧！畢竟是一趟遠門，不知道那裡的情形，而且要參與戰爭呢。」梅婉怕阿鄔擔心，沒說出困擾了她已久的莫名恐懼，只輕描淡寫的說。

「呵呵……出遠門也應該稍稍的憂心的啊！上一回傻傻地跑去，就當作是一個經驗，知道有些苦頭要吃，應該會更小心的，這憂心是應該的。妳放心吧，乙古勒跟著妳，有狀況

1 卑南語對祖父母輩的稱謂。

隨時回來跟我說，我就守在這裡隨時支應妳，妳安心的去吧！」阿鄔說。

「可是，我這樣去，會不會因爲改變了什麼，然後造成後來的什麼改變？」

「妳說什麼改變什麼？什麼改變？都把我搞糊塗了，這是祖宗的意思，想來，一定有些道理在裡頭。況且妳去了，一定也做了什麼，而妳跟那些巫師們共同做的事，說不定就是現在妳所看到的一切，妳要是不去，誰知道現在會是什麼樣子？」阿鄔認眞的說，她看看梅婉，又覺得心軟，畢竟梅婉只是個十五歲的女生。

「如果……」阿鄔停頓了一下，「如果妳覺得這個時候不放心，那晚些時候再去吧，等妳考完試，或者稍微年長一點的時候再去吧。」

「不行啊，姆姆，我幾乎就感應到那些老祖宗們，就是要我現在就去啊！」梅晚說得堅決，剛剛遲疑的表情已不復見。

「那這樣子，我們就開始吧！」阿鄔說。

這一場穿越巫術的進行分成三個階段，第一、二階段是一般儀式的通則，「敬告神靈」以及「迎請神靈」兩個階段，由熟悉巫師體系所有相關神靈的阿鄔執行。第三階段因爲牽扯時間空間的概念，阿鄔自認爲年紀大容易出錯，加上梅婉似乎具有某種天分能輕易轉換成生魂的能力，咒語也編得細膩，所以阿鄔認爲轉換的當下，還是由梅婉自己唸誦咒語啓動穿越的力量。這樣的分工，也使得梅婉自認爲在進行的過程中，會遠比上一次的穿越更有明確的方向感，也更能專注於轉換的過程。

「我們走了吧！乙古勒！」

「妳要專心啊，別又跑錯地方啊！」

「不會的，我已經是正式的巫師了！這一點小儀式，分不了我的心思的！」

「最好是，跑錯了雖然也很有趣，可是也很麻煩的！」

去去去……梅婉只在心裡嘟囔，沒理會乙古勒的玩笑，輕輕闔上眼開始唸禱。

咒語開始產生作用了。

梅婉感覺到周邊的空間開始扭曲、解體、重組。持續進行的祝禱聲、唸咒聲，一片片一段段又忽短忽長、時高時低的逐漸減弱；光影隨著解體的空間，一小塊一小塊地填滿黑灰色而逐漸黯淡，空氣開始凝滯，四周聲音濁重得漸漸分不清楚究竟是某種生物發出，或者僅是空氣相互碰撞推擠所形成的。

梅婉的身體似乎也正接受幾股力量的切割拉扯，那種拉扯讓梅婉感覺與想像自己像是速食店裁切整齊的薯條已然切割好，現正受著一股力量的牽引朝著頭部的方向，一根根一條條的抽離飛去。像一個氣球那樣，她感覺不到肉體任何疼痛卻逐漸的輕盈與空洞。她的意識伴隨著身體感受，在唸完咒語後，短暫的出現一種由中心向外爆裂的空白，隨後又一片一絲的隨著周遭聲音的逐漸瘖啞、沉寂而重新填回。她的意識產生些許混沌以致不能思考，卻異常的清楚感受到一股股的拉力正加速的拖扯她進入一團混濁的漩流，她想發出聲音，腦海卻形成不了任何有意義的字眼。

「梅婉，要專注啊！別亂想其他的事！」乙古勒的聲音，似乎從極遙遠之地穿過幾層遮蔽幽渺地傳來。

乙古勒的聲音讓梅婉稍稍凝聚些意識，霎時，她清晰的聞到一股腥羶味道，然後一個巨大的拉力稍稍撞擊並牽動她左右移動了位置。她忽然感到哀傷、沉鬱，像一股股細細的，像深沉割裂傷沁出血水與痛楚感般地清晰、切膚，那情緒開始盤據、糾結心頭，她直想哭泣。

「注意啊！時間！梅婉，注意時間的刻度。」乙古勒的聲音變得清晰。

「不對勁！有其他的力量介入！」梅婉驚覺不對，才要張口發出聲音，一股唸禱聲強力的切入，聲音清晰可辨，梅婉呆住了，覺得自己的身體已然解體散落，那些細碎肢體正任由那個聲音牽引著她突然加速往下沉落，越沉越快。

我應該在六月底……驚慌中，梅婉心裡忽然浮現這個念頭。

「六月底？」梅婉不自覺的輕聲說，忽然警覺不對，「糟糕」兩個字還沒說出嘴，整個周遭都停止了下來，除了輕微得唸禱聲，還有清晰強烈的心跳聲之外，她發覺自己是安靜的蜷曲著，一動也不動地包覆在濃稠的腥羶味之中，四周一片黑暗，已經聽不到其他的聲音。

另一方面，儀式現場的房間內，阿鄔正呆立著望著梅婉剛剛躺下的位置。只見梅婉的床上只剩下她原先穿著平躺在床上，牛仔長褲、灰黑色T恤、手上拿的便帽、薄外套，還有一個隨身包包一應俱在，但梅婉不見了，乙古勒不見了！

「怎麼回事？這是怎麼回事？應該是這樣嗎？」阿郞略帶驚慌與不可置信的語氣說。

阿郞不清楚穿越巫術的現場究竟應該是什麼，但先前見過梅婉穿越時留在床上的，是包括完整的形體與穿著，這一回，身體不見的情況，令阿郞覺得詭異與不安。她只待了一會兒，便走出院子，慢慢嚼了一顆檳榔，喝了口水之後，取了一顆陶珠唸禱，讓自己情緒平撫些，然後走回房間。才跨進門，原先消失的乙古勒忽然驚慌的自床上跳下來嚷嚷：

「出事了！出事了！梅婉出事了！」

而在這同時，梅婉的身體又完整的回到了床上，阿郞嚇得差一點驚呼，奪門而出。

15

女族長拉娜

空間整著下墜的狀況忽然都靜止了，除了一些輕微得橫移或前進的移動感覺，梅婉覺得自己已然安穩的在一個密閉、溫暖還帶有濕黏的空間裡。她試著睜開眼睛，卻發覺眼皮周遭糊著一層有著實質重量與觸感的液體，令她無法順利睜開眼睛，她注意到那液體散發著腥羶味卻不令人作嘔。

好熟悉的味道啊？梅婉心裡想起了這一段時間常常有這樣的氣味困擾著她，也回憶起這些時候經常出現的夢境，那個沒有光亮只有氣味的空間，沒有呼吸卻不致產生窒息，才開口便有液體滑落體內的夢境。梅婉稍稍感到震撼與更加的不安。

原來這些夢境以及奇特的徵兆，早就預示了我今天的情況？她心裡想著，不自覺想伸手觸摸周遭，卻發覺只能輕微得移動無法大動作地伸展手臂，連指頭也只能勉強的伸展，她甚至觸摸不到前面除了液體以外的一些柔軟組織。

這是哪裡？我怎麼了？乙古勒呢？梅婉心裡胡亂猜想，開始感到不安，覺得自己陷入了一個沒有立即危險的陷阱，或者某種巢穴。她本能的伸伸腿，又勉強的翻轉了身體，一件奇異的事發生了！她感覺一隻手掌，在她所圈困的外部來回撫挲兩三次，那個手掌似乎大得可以包覆她的一半身體，奇特的是，那手掌隔著一層的觸撫讓她瞬間感到安慰與安定。才安定下來，梅婉立刻清楚的感覺到自己的心跳又輕又急，而另外還有兩股輕重明顯、一急一緩的心跳聲相呼應似的「撲彭」「撲彭」地響著應和。

這是什麼？是心跳嗎？梅婉才這麼想著，忽然聽到奇特聲音，那是一個女人的聲音，聲音像是經由物體內部傳輸而形成的共鳴聲，帶些混濁回音卻清晰可聞，卻令梅婉膽戰心驚直想尖聲叫嚷求救。那個聲音帶著些無奈、認命，失望中又伴隨著新的期待。那女聲這麼說著：

「孩子呀，又踢動了？眞是頑皮啊，我應該在這裡把你生下來的，但是我們得必須立刻離開啊，為了你能夠健康快樂長大，媽媽我必須狠心帶著家族遷移，只是苦了你要跟著一路奔波啊！乖！」

孩子？生下來？媽媽？我的天啊！梅婉想要大叫，卻怎麼也無法開口。

我是怎麼了，我掉進誰的肚子裡了嗎？乙古勒！乙古勒！梅婉心裡大叫著。她覺得自己要瘋了，她穿越時空的旅行是要進入十七世紀參與一場戰爭，解救自己的部落祖先，怎麼可能是這樣的結果。

我哪裡出了差錯？乙古勒呢？天啊，這怎麼辦？梅婉心裡直嚷嚷，手腳不自覺又伸展踢動。

「呵呵……小寶貝啊！你聽到媽媽的聲音啦！看你高興成這個樣子，你一定是個健壯的小寶寶，不管是男的是女的，將來一定可以振興我們布利丹家族的，我好期待啊！嗚……」那聲音最後伴隨著啜泣聲又傳了進來。

這……梅婉心裡只飄過一個字，腦袋瞬間成了空白。「布利丹」三個字，成了一個關鍵字，讓梅婉立刻警覺到自己的凶險，腦袋空白之後整個靜了下來想找出對策。

我必須找到乙古勒！梅婉心裡頭這麼說著。她清楚的知道，她的穿越巫術出了岔，現在成了布利丹氏族某個孕婦肚子裡的嬰兒。

「布利丹」是卑南族卡地步部落[1]領導世家「瑪法流」氏族在第十代以前的稱謂，那個時間約在一六三三年前後。在那之前的數百年間，「卡地步」位在山崖上建立了「卡日卡蘭」霸權，因為歲賦的問題與平原的「彪馬」大社交戰落敗，引發「卡日卡蘭」部落內部其他氏族的唾棄訕笑，而後更引發氏族內部的分裂，三年後，女族長拉娜帶著家人南遷，在台灣南半島建立了「斯卡羅」的霸業。梅婉清楚這一段卑南族口傳歷史，也知曉另一個傳說，關於女族長後來在路上產下雙胞胎，而後女嬰死亡的故事。梅婉憂心也亟需確認的

1 今台東市知本部落。

是：目前她所在的位置是不是傳說中的女族長拉娜的身體裡，那女嬰的死亡是不是正如傳說那樣，的確是一場巫術行動的結果。

眞是糟糕啊！如果是這樣，我來到的時間比預計的時間提早了幾年，這究竟怎麼回事呢？我必須找到乙古勒幫我弄清楚這些事情。梅婉心裡有些慌張，她本能的想深吸一口氣，卻吸入一些液體，心神頓時清明、平靜了些。

這是羊水吧？原來羊水是這味道。梅婉心裡忍不住笑了。想起乙古勒是個「意念」，心想也許靠著心理意識的內在活動、對話便能與乙古勒聯絡上吧！她立即專注起意念，想與乙古勒對話。

「乙古勒，妳有跟來嗎？」沒有回應，梅婉又叫喚了一次，「妳躲到哪裡啦？」

「是妳嗎？梅婉，妳在哪兒啊？」

「我也不知道我在哪裡？看起來我應該是在一個孕婦的肚子裡。妳所在的位置有看見任何孕婦嗎？」梅婉說。

「有啊，我眼前就有一個啊！」

「妳眼前？妳人在哪兒？我們又在哪兒？」

「我不知道，我躲在一座石板屋後方，這個房屋旁有個院子，院子邊的亭子旁有個大石板桌，有個懷孕的女人坐在那裡。等等，妳剛說妳現在在一個女人肚子裡，妳變成了胎兒？」

「應該是吧，周圍都是羊水，一直有心跳脈搏的聲音響著。」

「怎麼可能，如果眞是那樣，妳的語氣怎麼可能還那麼平靜？妳騙我吧？」

「什麼話呀，難道我應該慌張的尖聲驚叫啊？我急著找妳想辦法，我騙妳幹什麼？」

「眞是這樣啊？是我眼前這個婦女嗎？那怎麼辦啊！」

「廢話，什麼節骨眼的，我還尋妳開心啊？」

「哎呀，我也是急嘛！一到這裡找不到妳的人，我也不知道該四處走走還是直接回去算了！」

「好啦！妳看看那個婦女肚子大不大？」

「大呀，好像快生了！妳確定妳是被裝進她的肚子裡的嗎？」

「是不是妳講的這個婦女我也不知道，該怎麼辦我也弄不懂了，我應該是以完整的身體進入這個時空，然後與一群巫師會合參與戰爭的。這個過程到底哪裡出錯了呢？現在我成了胎兒，眼看就要被分娩出去變成新的一個人，那我原來的生命怎麼辦？會不會……」梅婉停頓了一下，語氣稍稍變的急了，「會不會就這樣死掉啦？哇，這不行，我才十五歲，不能死啊！」

「別說得那麼可怕嘛，一定有辦法解決的，只是，現在我們該怎麼辦啊？」乙古勒似乎也出現了些恐慌。

「妳立刻回去找奶奶問看看，到底該怎麼辦？趕快把我拉出去啊！」

「對，找奶奶去。唉，一定是妳分心，跑錯位置了！」

「別囉嗦了，快去吧！」

我哪裡錯了？梅婉心裡直問，恍惚地記憶起轉換的當下，一陣陣濃稠的腥羶味，然後出現不同方向的力量一陣一陣的拉扯，然後腦海莫名出現了「六月底」的念頭。

如果是這樣，我眞的是提前了好幾年到來，而且就在六月底？不會吧，怎麼會這樣？梅婉心理直犯嘀咕，但沒持續太久，因爲一個男人聲音傳了進來：

「拉娜，我回來了，眞是抱歉了，沒有太多收獲，倒是帕達多打了幾隻兔子。」

「是啊，卡里馬勞心裡有事，根本沒辦法專心，所以，都讓我獵到了！」另一個男人的聲音愉快的回應著。

「沒關係的，卡里馬勞、帕達，都是一家人，誰的獵物多還不都是一樣。你們洗把臉吧，我該起火準備晚餐了！」被稱爲拉娜的婦女說。

包覆著梅婉的身體似乎是站了起來，梅婉感覺到身體被整個抬了起來，在羊水包覆下，並沒有引起大的震動。

「妳今天還好吧？」被稱爲卡里馬勞的男人說。

「還好，快生產了，這小孩健康好動，今天胎動得很厲害，希望他早點生下來！」

「是啊！如果順利的話，我還眞希望他早點生出來見人呢！」

梅婉專注的聽著，她看不到說話的兩個人的面貌，但聽得出來是一對恩愛的夫妻。

「卡里馬勞，我算了算，這孩子到今天應該剛好滿九個月，按照祖先的說法，這是他的靈魂形成並且要安坐進他的身體的時刻。剛剛在你回來以前，我已經在祖靈屋的祭壇前，以布利丹氏族領導卡日卡蘭部落的榮耀，向祖靈懇請給予這孩子力量最強的靈魂，將來重振家風，建立新的王國，光耀布利丹家族。」

「拉挪，妳是領導家系的族長，列祖列宗一定會把妳的許願當成第一優先，把最強的靈魂給我們的孩子。」

「我也是這樣想的，許完願，我直覺一股力量忽然灌注到肚子裡，好神奇呀。對了，南遷的事，你不認眞考慮嗎？卡里馬勞！」

「這……我已經認眞的考慮了一段時日，我還是覺得應該等妳把孩子生了下來，我們再離開比較方便，依妳目前的樣子看來，應該也沒差多少天的！」

這個簡短的對話，幾乎讓梅婉整個癱軟。因爲梅婉熟悉這一段口傳故事，如果口傳資料是正確的，而且梅婉的猜測沒錯，那懷孕的這個女人正是布利丹氏族第九代的女族長拉娜，而對話的男人正是拉娜的丈夫，氏族南遷後的第一任族長卡里馬勞，以及拉娜的胞弟帕達。如果是這樣，拉娜的肚子裡，除了梅婉，此刻還有另一副胎盤，孕育著一個男孩。而過幾天，這個家族必然因爲細故決定提早南遷，梅婉生魂所寄託的這個女嬰最後必然在途中死去。

可是，單純的穿越巫術，爲什麼會演變到這樣？莫非是因爲拉娜以領導家系族長的身分，正式許願所產生的力量，牽扯干擾到梅婉穿越的過程因而產生偏移？而梅婉被懷孕成爲胎兒這一件事，生下來死亡之後的結果又會是怎樣？梅婉的生魂最後回得去嗎？這些問題讓梅婉忽然整個不舒服，心跳忽然瞬間加速，她不自覺的又伸手踢腳。

「妳怎麼了？要不要緊？」一個厚重的男聲響起。

「不知道怎麼回事，忽然不舒服想嘔吐，小孩踢動得厲害，我心跳也莫名的加快，我想我該進去躺一下的。帕達，你找丹安來幫忙做晚餐吧！」

「可能是妳太憂心這些事了！來，我扶妳進去休息吧！」

「謝謝你，卡里馬勞，我的丈夫！」

身體外的交談聲音持續著，而身體內的梅婉卻越聽越急，這些傳說中十七世紀的拉娜、卡里馬勞、帕達、丹安的名字與「南遷」這一件事攪在一起，證明自己投身到了拉娜的子宮內的猜測，那是再確定不過的事了！她停止了踢動，心裡直嚷著怎麼辦？一直到這家人吃完晚餐，在院子聊天，梅婉還沒停止懊惱。

只好等乙古勒回來了！梅婉最後幾乎是放棄了的在心裡這麼說。

乙古勒回來了，就在這一家準備就寢的時間，悄悄地貼近孕婦拉娜的身邊。

「梅婉，睡著了嗎？聽得見我嗎？」

「哪睡得著啊！怎樣了？見到奶奶了嗎？」

「當然啊！她說了很多事，要我轉告妳！」

「妳說吧！」

「怎麼了？妳打起精神啊？」

「不趕快解決，我覺得自己要死在這裡！」

「妳別亂說啊！」

「我才沒亂說，我覺得我是在作夢了，我進入了口傳故事的情境當中，往後一段時間我必須照著安排好的故事情節過生活，而我居然完全不懂那些過程的眞正原因。」

「梅婉，妳別沮喪啊！奶奶說，她也不知道怎麼把妳拉回來，她做了巫術儀式，找巫師老祖宗們協助妳，但是她再三的提醒要妳自己堅定心志，看準時機把自己送回去。」

「唉，這就是可笑的地方啊，我明知道劇情發展，可是我必須假裝不知道結果，然後認眞配合演出，一個弄不好還要把自己的小命賠了。小小可悲的事是：爲什麼這樣、爲什麼那樣的關鍵細節，我卻一無所知。好吧，這就是故事，而我生來就是爲了因應故事的進行而活著的，這個樣子，我能有什麼怨言？乙古勒，妳說吧，奶奶到底說了什麼？」

「是這樣的……」乙古勒沒多理會梅婉的自怨自艾，直接說了她去返的事情。

稍早，二十一世紀的時空裡，梅婉的奶奶阿鄔，聽完乙古勒慌張的說明，也陷入一陣慌亂，她無意識地掏出一顆檳榔送進嘴裡咀嚼，久久才整理出一些眉目，她要乙古勒立刻回到梅婉的所在位置，告訴梅婉一件事：

阿鄔不知道梅婉爲什麼會被攝入一個女人的肚子，但是一個靈魂一旦進入某個身體，靈魂便與身體結合，變成獨立生命性格的人，日後逐漸分裂成爲兩個靈魂，共同支撐這個身體直到死亡。換句話說，一旦梅婉被生出來，與另一個靈魂結合成爲新生嬰兒的靈魂，梅婉的新生命便眞正形成，那原先的身體便要死亡；但如果胎兒沒有順利出生，生命沒有順利形成，梅婉的靈魂也將被封鎖在肉體內，隨著胎兒潰爛消逝。所以，梅婉必須被生下來，又因爲人嚥下第一口食物之後，第二個靈魂便開始形成，所以在這之前，嬰兒的靈魂還是梅婉；這個之後，胎兒與第二個靈魂加上第一個靈魂，會慢慢結合一起成長，梅婉就會成爲這一世的新生命，舊有的生命就宣告眞正的死亡。所以梅婉必須在嚥下食物之前死去，然後藉由巫師的儀式力量，讓靈魂回歸到原來的軀體。另外必須注意到，剛出生又死去的靈魂在太陽照射下會渙散，所以必須有巫師即時出現作巫法，否則梅婉的靈魂將回不來。

「哎呀，妳講的還眞是複雜。簡單的意思是：我必須想辦法在這個肚子裡維持生命，精準控制到被生出來之後，然後等候知情的巫師來，然後死去，讓巫師作法讓靈魂回歸到我的身體，如果沒有巫師來，或者巫師不知道我在哪裡，沒找到我，不管有沒有被生下來，我就再也回不去了？哎呀，這樣子，我會不會太可憐啦？」

「我也搞不懂，聽起來的確好複雜啊。奶奶強調，生命的接續，其實是從吸第一口奶開始，一旦妳吃了母親的餵食，那生下來的胎兒與靈魂便成形爲一個新生命，一個屬於妳的新生命。所以，妳一定要控制住，不但在肚子裡要節制，出生以後千萬別吃下任何東西，讓這個胎兒的生命精準的在那個時間結束。」

「那不會太殘忍嗎？對這個胎兒不公平啊！」

「唉唷，殘不殘忍，妳自己得去面對，這個胎兒就是妳自己啊。奶奶說了，生命有長有短，各自有自己的形式、命運與存在的意義，一個人不能以兩種形體同時存在。在妳靈魂還能選擇的時候，妳得好好選擇其中之一，究竟是回去當那個巫力高強的國中學生，還是被生下來變成嬰兒繼續長大，妳得自己決定。唉，我覺得奶奶好有學問喔！」

「乙古勒，妳這樣講很沒同理心呢，我們討論的是我的生命耶！」

「唉唷，妳怎麼這麼說？這樣說很傷我的心啦，我根本已經是沒有肉體，不是生魂也不是死靈的東西，假如生命一定是以某種肉體形式來呈現才算，肉體就變成了生命的唯一形式，那我算什麼呢？而妳現在又是什麼呢？」

「啊，妳生氣啦？」

「不是生氣，是一種體悟。肉體是因爲我們靈魂的入駐，才有實質的思考或者情緒，或者靈性。哎呀，我說這些幹什麼？說得我自己都亂了！總之，妳照奶奶的說法去做就對了，至於那個過程會出現什麼？妳又如何去因應或處理，奶奶說妳自己看著辦吧，別忘了妳穿越旅行是有特定目的的。」

乙古勒與梅婉隔著布利丹氏族的女族長拉娜的肚皮，彼此以意念溝通交談，彼此看不見對方的表情，聽不見對方聲調的高低，隨著彼此意念的交感，那些具意義的語言詞意自然在各自腦海成形，而了解對方的意思，其他的外人，根本看不見也聽不見她們兩個人在「說話」。

「乙古勒！」

「怎麼了？」

「一定會有巫師來找尋我嗎？」

「奶奶說，她會做儀式委請巫師祖宗們，指示當代部落最高明的巫師前來找妳、保護妳，由她們負責將妳的生魂送回去！」

「當代的巫師？」

「是啊，就是現在，這個時代的大巴六九部落巫師啊！」

「照目前的狀況看來，現在的時間應該是一六三六年的六月底吧！如果是這樣，按照口傳故事的述說，當代的巫師應該就是絲布伊了。啊，原來是這樣啊！」

「什麼原來這樣？」

「怪不得，我所繼承的眾多力量裡面，並沒有絲布伊的部分，原來我會與她在陽間眞實的見面、發生關係，說不定老祖宗就是要我與她聯手參與戰爭呢。」

「這個我可不知道了。奶奶特別強調，妳會到達這個時空是祖宗的意思，一定會有我們預想不到的事情發生，只是她無法得知許多的細節，她要妳隨機應變，千萬要安然的回去！」

「看來也只能如此了！」

結束談話，梅婉並沒有立刻就休息，為了怕驚醒孕婦，梅婉幾乎一動也不動的胡亂思考。四周已經輕輕響起鼾聲，透過身體向子宮傳遞，以至於悶雷似的聲音始終環繞著梅婉，清楚的襯托出孕婦以及子宮內的自己，與另外一個胎兒的心跳。

他真是健康啊！梅婉聽著一陣急促卻穩定的心跳隔著胎盤響著，忍不住讚美。她想起阿鄖的話，自己必須精準的掌握自己活著、死去的時間，也必須先死去才有可能回到原來的空間，心裡稍稍出現了恐懼，心跳忽然加快。

我真是給自己找麻煩啊！梅婉這麼想著！

隔壁這個胎兒會不會跟我一樣，已經有靈魂了？梅婉突然好奇。

「喂，你聽得到我說話嗎？」梅婉集中意念，想跟另一個胎兒交談，但覺得對方只悶哼了幾聲，似乎沒完全甦醒或者沒弄清楚目前的情況，梅婉只覺得他是個男嬰。

他當然是男嬰啊！體型應該大我許多吧！梅婉忽然覺得想笑，心裡這麼說著。到目前為止情況都如傳說那樣，這個女族長拉娜肚子裡懷著雙胞胎，而梅婉是其中那個女嬰，另一個當然是個男嬰。

傳說會不會弄錯啊？梅婉心裡忽然這麼說，又忽然輕輕咒罵自己已經無聊得要瘋掉了！

她嚥了一口羊水，思路稍稍清新了些。現在是九個月的胎兒，隨時都有被生出去的可能，她必須採取一些行動，阻緩自己的胎體維持旺盛的生命力，以便出生時能順利達到瀕臨死亡界線，隨時等候巫師將她的靈魂歸位。

梅婉開始將注意力往手部集中，然後極緩慢地移動雙手往腹部，握住臍帶。她的計畫是，即刻起停止吞嚥羊水，減緩自己的代謝，同時握住臍帶，阻止與干擾養分與氧氣進入身體，待身體受不住時則稍稍鬆綁些，使吸收養分達到最低程度。另外，以意念刺激另一個胎兒適時的蠕動，增加他的養分吸收效率，使他更健壯，為拉娜保有一個健康的嬰兒。

梅婉的計畫讓她在前三天吃盡了苦頭，因為阻斷臍帶、鬆通的時間全憑身體的直覺，所以常因缺氧昏沉沉無法思考與分辨周遭情況，甚至對於母體外的變化也逐漸失去了判斷，但到了第四天，情況出現了預期的效果。梅婉覺得自己的胎體，變得虛弱感覺近乎停止生長，而另一個胎兒明顯的變大開始向自己所在的胎盤擠壓。原先是並列的位置，也開始下沉出現上下對位的傾向。往後幾天，因為習慣了「飢餓」以及稀薄的含氧量，梅婉的神智越來越清晰，她對母體外的環境感應力相對的變得敏銳。又過了七天，她直覺母體外的世界出現了重大的變化，整個家族似乎發生了決定性的事件，她接連幾天聽到不少男人的爭吵聲與母體摻雜著憤怒與哀傷的哭泣，但也出現了一件令梅婉感到興奮與不可思議的事。

那是又過了兩天的一個上午，梅婉警覺到自己的胎體收縮得厲害，使得包覆著她的胎盤也跟著塌縮，在母體的上層呈現橫置的姿勢，羊水變得稀薄，她伸過手都能輕易的碰觸到胎盤壁，但母體似乎已經沒感覺到她的存在，因爲另一個維持健壯的胎兒，已經向下壓迫，母體伸手挲撫只在那健壯胎兒的位置游移。梅婉正想伸伸手腳試試自己的胎體究竟還有多少力氣，卻忽然感覺一股華白無輝的光亮整個罩在四處，令梅婉動彈不得，隨後有一股力量抽扯著她，她忽然有股哀傷的情緒在滋長蔓延。

是巫法！有人施巫法定位我！哀傷中梅婉出現了一絲喜悅，心裡開心的說。她想起不定時出現的乙古勒，正想叫喚，卻聽見母體拉娜驚慌的輕喊著：「莫奴曼！莫奴曼！妳怎麼了。」接著那陣光華都黯淡了去，周遭回復了無光的世界。

「梅婉，妳還好吧？」乙古勒試圖以意念與梅婉溝通。

「乙古勒？是妳？」

「是啊！」

「這有個名叫莫奴曼的巫師，妳不怕被發現啊？」

「還好耶，她應該是個初學者，我現在就站在她的身後，她沒發現到我的存在！」

「剛剛是怎麼回事？怎麼會這麼光亮？」

「光亮？我只感覺有一股力量忽然罩住這個區域，沒看見什麼光亮啊！」

「那應該是了！」

「是什麼？」

「有巫師在找我！」

「梅婉，妳不要緊吧，感覺妳好微弱呀！」

「是啊，我感覺快斷氣了！妳去逛逛吧！晚上來跟我說這裡的情形啊！」

「晚上？不行啊，他們決定今晚動身南下。」

「是這樣啊？沒關係，妳讓我休息一會兒，下午時間有空妳隨時跟我說個一、二句。」

「也只好這樣了！」

乙古勒並沒有離去太遠，她找了院子旁的幾棵樹爬了上去休息。這十幾天來，她已經來來回回地把這個區域看了好幾回。

這是個近兩百戶的石板屋所組成的聚落，位置在一處約五百公尺高的山崖上，視野極佳，整個台東平原到太平洋海岸都在這個部落的俯瞰範圍。聚落周圍除了農作的旱田之外，樹木參天，野生動物種類繁多。聚落內石板屋低矮，巷弄四通八達，住民在白天的時間裡多半到旱田裡工作。平時彼此往來互訪頻仍，平添這石城幾分熱鬧。昨天傍晚，拉娜的丈夫卡里馬勞，以及弟弟帕達與另一家族的塔塔，在這聚落入口處的一座瞭望塔下，遭受羞辱，憤而出手將看守瞭望塔的兩兄弟擊倒。這個衝突，引發對方的憤慨，因而在部落的主要巷道，由部落首領主持兩個家族的協調會，會中又因爲細故大打出手，重演在瞭望塔的情節。拉娜當下宣布，布利丹氏族多數的家族人員都留在部落，以她爲核心的家庭，則於今天夜裡，動身離開這個石城聚落向南遷移。乙古勒注意到了，今天天才亮，拉娜的家族親友都已經離開家園，到野地找尋食材，顯然準備要好好的餞行。

乙古勒根據梅婉的精神，在下午的時間裡斷斷續續的說了這些天，她的所見所聞，但梅婉昏沉沉的，聽了一些又忘了更多，甚至許多片段她根本沒有聽進去，她太虛弱了。將入夜時，梅婉似乎聽見了歌聲，還有啜泣聲，又彷彿伴隨著耳鳴的轟隆聲，梅婉覺得自己的胎體已經虛弱得快要失去知覺，她調整了抓握臍帶的雙手，鬆進了一些血液，她的神智稍稍清醒。

我可不能現在就成了死胎啊！梅婉心裡說。

一些外部的聲音又傳了進來，聲音一下子遠又一下子近，才聽進一段歌聲，接著就是一陣陣的哭泣聲。

「乙古勒，妳還在嗎？」梅婉集中意念問。

「當然在啊，妳沒聽見我跟妳說話呀？」

「喔！現在外面在幹嘛？」

「應該是送行餞別吧！族長的親人都來了，他們先擺了兩列的食物，大家吃著喝著，然後有人哭了，整個院子都哭了，拉娜安慰他們，然後大家又吃又唱，又哭又跳舞的，哎呀，梅婉啊，妳的族人應該也是這樣吧？我……」

乙古勒持續「說」著，但梅婉與她的胎體，似乎又陷入一陣陣的昏迷與清醒的反覆中。

不知過了多久的時間，又一陣白華的光罩出現後，梅婉陷入一場昏睡。昏睡的過程，她反覆的感覺到母體似乎是處在一個走動的狀態，不時的上上下下與踉蹌，使得梅婉醒來又昏睡；也有好幾回整個胎體明顯的被先前出現的光明罩住，然後被一股力量拉扯，讓梅婉昏睡中悠然轉醒又失去知覺。她握著臍帶的雙手也在這樣的情況下時鬆時緊。

「乙古勒，妳在哪兒？有跟來嗎？」梅婉在有限的清醒時間，屢屢試圖以意念與乙古勒聯絡。

「放心，我一直跟著，他們入夜後一路下山，妳還好吧？妳醒來的間隔越來越長，不會有問題吧？」

「還好吧？我也不確定，我這胎體的生命應該快結束了，可是我還沒遇見那些來找我的巫師呢。這可不行啊，我得讓我的胎體繼續活下去啊！」

「別想太多，他們應該要休息了，前面是個休息區了，我看到有人先行準備得草寮了！」

乙古勒繼續傳遞著訊息，但梅婉已在幾次的回應之後不再有任何回訊，她又陷入一陣半昏迷的狀況！在半清醒的意識中，一幕幕地浮掠起過去一段時間的驚異旅程體驗，她忽然感傷起來了。她才十五歲的國中女生，不考試的時間，即使不能一夥人擠一間KTV好好唱歌，也還可以一起看看電影，評論那些劇情、特效什麼的。現在呢？她正陷入跟電影情節一樣的窘境，莫名其妙地掉入十七世紀一個家族女族長拉娜的胎盤裡，與世隔絕進退不得。

這是我自找的嗎？還是我活該？爲什麼是我？梅婉以極緩慢極稀薄的意念流轉著這些情

緒，不自覺鬆開雙手，又張口吞嚥了幾口羊水。

很長一段時間之後，梅婉感覺前方，遠遠地，泛起了一陣光暈。

16

女巫絲布伊

「天亮了是吧？」

「應該快了，會冷嗎？」

「呼，一陣寒意打從背脊冷了上來，連頭皮都覺得冷。」

「該不會是病了吧？」

「不，不是生病了，從傍晚到現在已經三次這個樣子。」

「那會是什麼？」

「不知道，不過根據經驗應該是某個神靈想要跟我說什麼，不過我分辨不出來是什麼神靈。」

「會是什麼事？」

「不知道，不過應該不是壞事吧，雖然打寒顫不舒服，可是心情的感受還算好。咦？卡里馬勞啊，你說天還沒亮？」

「還沒啊，怎麼了？」

「我怎麼看到眼前一片光亮？」

梅婉胎體所在的母體拉娜與丈夫卡里馬勞的對話，一句一句的將梅婉的意識拉回。而一個偌大的光罩已然將整個區域涵蓋住，梅婉即使無法睜開雙眼，也能明顯的感覺那一整片的光華，穿透過母體，梅婉「眼前」呈現一種通透的微光紅膜。

梅婉努力的凝聚意識，想弄清楚眼前的狀況，她發覺涵蓋著自己的一層清淡黃暈的光罩，力量核心不在自己母體拉娜幾個人所在的區域，而是在一個距離外，換句話說，施展這個防護力量光罩的人或巫師，正以她的力量保護這裡。

這個巫師會是誰？梅婉心裡升起了這個念頭，母體外響起了聲音：

「拉娜，我也看到妳後面那一塊區域都亮了。」

「莫奴曼，妳確定嗎？」

「非常肯定，我施個法，看看這個力量究竟想幹什麼？」被稱作莫奴曼的女人說。

「啊！太強大了，那個巫法力量太強大了，還好除了圈圍住這個地方的小空地，似乎沒有惡意，對於我遞去的力量只左右的搖動、順撫，也沒有摧毀的意思。」

「妳們說的究竟是什麼？我怎沒看見妳們說的什麼光亮啊！」

母體外，兩女一男隔些距離，帶有些驚慌的輕輕交談聲持續著，但梅婉漸漸的聽不到聲音了，就像誰扭轉了音響的聲音控制鈕，使得母體外的聲音由大漸至無聲。

梅婉感覺到胎體有些頭脹伴隨著耳鳴的難受，嗡嗡的低鳴。這樣的低鳴又不同於原先她作為一個國中生時，因為發燒生病所產生的那種眞實的耳鳴。她不確定這是個耳鳴，只覺得神智漸漸杳遠，一種即將熄火的虛弱感持續加重與眞實，她發覺自己早就鬆脫了雙手，卻也無力再重新握緊臍帶。

我就這樣結束生命了嗎？乙古勒呢？梅婉心裡起了個念頭，卻忽然「看見」一個陰影從前方光罩的發光核心走出。

梅婉知道自己的胎體依舊緊閉著雙眼，卻覺得自己是睜大著眼，看著那個黑影逐漸形成一個嬌小身材的老婦人，微顫顫的左右搖擺著向自己走來，然後站定望著梅婉。

「妳究竟是誰？是祖先要我們來找尋的女嬰嗎？」透過意念，那老婦人說話了！停了停又說：

「妳一定是了，妳有伊達絲碎片的力量，這不可能是一般胎兒可以擁有的。我不知道為什麼祖宗要我們來找妳，但是我會保護妳，直到所有的事情落幕。我是絲布伊！小娃兒，妳對於我們一定是有特別意義的。」

梅婉想回應，但是因為太虛弱沒有辦法集中意念，只得努力擠出個微笑望著那自稱絲布伊的老婦人，然後看著她的身影逐漸退回到剛剛過來的位置，明亮的光罩跟著暗了下來。

絲布伊巫師來找我了！梅婉極虛弱的胎體並無法支撐她多想，才剛升起這樣的喜悅便立即陷入昏迷的狀態。

梅婉醒來，是在兩天後的傍晚時間。因爲昏迷期間無力緊握臍帶，她所寄生的胎體，本能性的恢復了生物性的機能，臍帶正常的供血輸氧氣。無意識的呑嚥羊水動作，也讓她的身體內臟器官重新獲得運作的機會，胎盤的羊水量意外的稍稍變厚變多。梅婉幾乎是在神清氣爽的情況下醒來，這一醒來伴隨著身體的振奮踢動與哭喊，令梅婉受到驚嚇，她驚覺到自己剛剛被母體拉娜生出。

我出生了，我被生出來了！梅婉受到的驚嚇非同小可！在心裡直嚷。

「乙古勒！乙古勒！」她心急的集中意念召喚乙古勒。

經過幾次的召喚，都得不到乙古勒的回應，這令梅婉感到極度的不安，因爲意識到自己被生出來，從此極有可能以這個嬰兒的生長過程重新確立生命形式，進而宣告先前的生命結束。想到此，梅婉立刻緊閉著雙眼，叮嚀著自己千萬不能開口吸吮母奶，以免第二個靈魂甦醒，而眞正被誕生。但是梅婉的安靜，並沒有連帶影響身邊的氣氛變得祥和，過程中也讓梅婉心驚膽跳，深怕一個閃失她就要喪命。因爲，她現在的生父卡里馬勞因爲顧忌傳統習俗，深怕生下雙胞胎引來災難，因此堅決要殺兩個小孩。這個要殺的對象，除了那健壯的男胎，當然也包括梅婉所寄生的女嬰。所有人反對的情況下，卡里馬勞只得調整，讓步只殺一個，最後在拉娜的強力制止下，暫時讓卡里馬勞放棄殺嬰的念頭，保全了兩個小孩。

梅婉才放下心情，約莫過了兩三個小時，梅婉被周邊大人們的交談聲所刺激而憂慮。梅婉不確定交談的人究竟包含了哪些人，但是他們所談及的事情，卻緊緊攫住梅婉的注意力：

「這個小孩長得的確特別！」拉娜說。

「她的確特別呀，身體乾瘦成這個樣子，頭髮又長得像是已經好幾歲的小孩，除了呼吸起伏，身體幾乎沒怎麼動呢！」另一個聲音甜美的女人說。

「唉！這眞是我的骨肉啊！娥黛伊娜，現在怎麼辦呢？」

「我也不知道，我們見到了這個小孩，但我並不知道下一步該怎麼做，也許需要觀察幾天，等待新的啓示或誰的指示吧。」被稱爲娥黛的女人聲音刺亮的說。

「不過，這樣的小女嬰，究竟隱含著什麼訊息，這麼連番託夢讓你們從大巴六九南下而來，難道是因爲她預測到了今天可能發生的凶險，要借用絲布伊伊娜高明的巫術逃生，還是另有其他的訊息。」莫奴曼的聲音說。

「不知道，我眞的不知道，伊端妳有想法嗎？」娥黛喝了口湯，聲音變得無奈了。

「這正是整件事奇怪的地方。我隱約感覺這嬰兒有一股強大的力量環繞著，但是眼前她的身體卻衰弱得幾乎瀕臨……」被稱爲伊端的婦女輕柔柔的聲音刻意停了停，避開「死亡」兩個字，「所以我疑惑，究竟是祖先安排我們南下尋找這個女嬰，還是這個女嬰召喚我們協助解決你們的問題？」

「或者解決她自己的問題！」娥黛補充說。

「伊娜們！能不能再說清楚一點，我聽不太明白。」聲音甜美的女人說。

「嗯，這該怎麼說呢？祖先不會平白無故讓我們夢見這些事，特別是一個還沒出世的胎兒，除非這個女嬰跟我們部落有什麼淵源？」

「會有什麼淵源？」

「不知道！事情才剛要開始呢！」

「還有一個可能，這個女嬰知道拉娜將要生下雙胞胎，希望我們前來制止或者保護他們不受到傷害。」娥黛說。

「可是我並沒有要眞正的殺他們啊！」卡里馬勞的聲音似乎心虛的爲自己辯解。

「呵……可是剛才是誰一直提起要殺了他們啊？」娥黛笑著說。

「妳是說，如果剛才我眞要殺他們，妳們會出手相救？」卡里馬勞語氣出現了一點不悅。

「呵呵……你眞要殺她，我們兩個老婦人怎麼阻擋得了你呢？我們不把老命丟了才怪。卡里馬勞，你不是個莽撞不講道理的人，如果我提醒你，我們一路南下就是爲了這個女嬰，難道你不會想停下來看看最後的結果？」

「我說的也就是這個，這女嬰來到這個世上，也許就是爲了一個我們還不知道的特別理由；也許召喚我們來，就只是要阻止你殺了這兩個小孩，延續你們的後代啊。」一個婦女說。

「哎呀，妳們這樣說得太複雜，我聽不懂啦！一個女嬰果眞有這樣的本事？」另一個男人幾乎是叫嚷起來。

「假如她是祖宗放錯位置的嬰兒呢？我的意思是，本來拉娜懷的應該只是一個健壯的男胎兒，但是祖宗不小心又放了一個女嬰在她的肚子裡，後來祖宗察覺到錯誤，怕連累這個男嬰，所以想收回這個女嬰重新安置，可是胎兒已經在拉娜肚子裡成長，所以只好要我們南下，確保生產後保存這個男孩，繁衍你們的後代，另外帶回這個女嬰呢？」娥黛說。

「妳的說法太奇怪，太大膽了，妳們怎麼會知道這是祖宗的錯誤，而且卡里馬勞怎麼可能讓妳把孩子帶走呢？」剛剛說話的男人說。

「所以我說假如啊，誰知道祖宗會怎麼安排，至於帶走女嬰，也是很好的想法啊，假如非要殺了雙胞胎，不如我們幾個帶走她，保全他們兩個人的性命，說不定日後會對你們氏族都有重大貢獻，這也說不定啊。要不，換一個想法：他們兩個雖然是在一個肚子裡，不過在兩個不同的胎盤生長，不見得要認定他們是雙胞胎啊。」

「是啊，如果眞要堅持遵循古禮非殺不可，這倒是一個方法啊，不過，我們已經決定不殺我們的小孩了，是吧，卡里馬勞！你可要好好想一想啊，等滿週歲的時候替他們取個好名字啊。」拉娜望著卡里馬勞說。

「當然，我們不殺他們，也不送給妳們，我們會盡心盡力的扶養他們的，而且新的氏族也要規定禁止殺雙胞胎，讓大家用力的繁衍後代。拉娜，眞是對不起啊，讓妳擔心。不過，娥黛伊娜，等滿週歲時，妳就替女嬰取個名字啊。」卡里馬勞說。

幾個大人持續的交談，而拉娜已經躺回了她的草寮，梅婉與另一個胎兒安靜的躺在她的身旁。

因爲梅婉在母體內刻意的節制生長，羊水因爲沒有她的吸食刺激而變得較薄，加上她時時留心胎體外的聲音，使得梅婉一出生離開產道，聽覺功能幾乎就在耳朵裡少量的羊水乾去的同時產生作用，幾個大人們的交談聲，幾乎是一字不漏的聽進她耳裡，梅婉大致了解這群人當中被稱爲伊端、娥黛及可能是伴隨絲布伊南下的巫師。但畢竟是嬰兒，剛出生身體器官功能還不足以讓梅婉完全看見周遭的情況。只不過，遠方傳來的細細波濤聲，還有吹拂過身體的空氣流動持續的刺激，讓梅婉的身體不自覺的興奮，一股聲音鼓譟著想衝出喉頭，梅婉警覺的想起一開始就「拒絕存活」的念頭，趕緊閉起嘴巴把聲音壓了下來。

這是怎麼回事？我失去知覺後，這中間經過了多少天呀？這裡又是哪裡呢？其他人呢？梅婉回想起剛剛所聽到的聲音，似乎還少了其他人，絲布伊似乎也不在周邊，心裡一陣嘀咕著。

乙古勒呢？梅婉心裡又說。她想起了失去音訊的乙古勒，她小心的想張開眼睛，發覺眼睛似乎有一層薄薄的黏膜，視線呈現一片黑。是晚上了吧？梅婉心裡猜想著。

「乙古勒！妳在嗎？」梅婉決定停止以初生嬰兒的身體感覺，努力的向外探索，她集中意志，以意念說話，想找到乙古勒。

「我在啊！」

「妳在哪裡？」

「現在就躺在草寮的後方啊！」

「妳躲在那裡幹什麼？」

「我不躲起來哪行啊？對面的草寮睡著兩個厲害的老巫師，萬一她們把我當成什麼壞東西修理，我不慘了？」

「老巫師？只有兩個嗎？應該是娥黛與伊端了。」

「對！另一個巫師還沒到！」

「喔！對了，妳怎麼失蹤了這麼久？」梅婉抱怨著。

「我哪有失蹤那麼久，是妳根本無法回應我，我還擔心妳已經死在肚子裡呢！」

「去去去，妳詛咒我呀？好啦，妳說說看，這段時間究竟是發生了什麼事？現在又是什麼情況？我都搞糊塗了！」

「哼！妳是小娃兒，妳當然弄不清楚啊！」

「乙古勒！妳快說吧！再弄不清楚，我要瘋掉了！還小娃兒咧！」

「好好好，妳聽我說……等等，妳是哪一個？大的那隻，還是小的那隻？」

「什麼呀，乙古勒，妳搞什麼呀，這不像妳啊！怎麼這麼說話？我當然是小的那隻……什麼呀，又不是小狗小貓，妳用『隻』作單位計量啊？」

「唉唷，開玩笑嘛，妳說小的那隻？呵呵……拜託，也實在醜得不像話，頭髮那麼長，身體又那麼小。」

「乙，古，勒！」梅婉忽然沉聲的叫著乙古勒的名字。

「啊！妳做了什麼？放開我啊！唉唷，我說了就是嘛！妳別傷害我呀！」乙古勒像隻老鼠被踩了尾巴忍不住驚叫了一聲，緊接著向梅婉告饒。乙古勒脫口而出的驚叫聲，引起草寮內的拉娜與卡里馬勞的關注，側身看了看小孩的狀況。

「梅婉，妳可以施巫法啦？」乙古勒帶有些驚惶的以意念持續與梅婉溝通。

「當然啦，雖然我已經被生下來了，在第二個靈魂甦醒以前，我還是梅婉啊！奶奶不是這麼說的嗎？」

「好啦，不跟妳開玩笑了，免得妳眞的傷害我了！脖子快要讓妳扭斷了！我把整個情形跟妳說啊。」乙古勒說。

乙古勒的敘述，從眾人離開卡日卡蘭下山，露宿在知本溪口開始。當時乙古勒與梅婉說完話，便在卡日卡蘭人爲拉娜預先準備得草寮後方休息。就在接近清晨的時候，乙古勒整個身體忽然被一個強大的力量向外震開，那個力量就像是一個粗壯的漢子，抓了一隻老鼠那樣厭惡的用力向外甩去，把乙古勒摔昏在十幾叢五節芒草外的溪床上。她醒來時發現那個區域呈現了一個碗狀倒叩形的大光罩，將梅婉母體拉娜一行人的露營區域整個罩住。乙古勒覺得害怕，想立刻離開，但又想起一路昏迷的梅婉，所以忍著痛接近露營的草寮，想弄清楚怎麼回事，但她始終無法接近那個光罩五步的距離之內。

「那是什麼？為什麼會這樣？」梅婉問。

「剛開始我也不知道，後來我才知道那是老巫師絲布伊所設的『巫術閘口』[1]，目的是清除那個區域內的所有非陽間事物，用來保護你們！」

「可是，妳已經不帶有陰祲之氣了，不能算是陰間事物，怎麼會受影響？」

「這我可不知道了，也許這一段時間我產生了什麼變化吧？」

「妳產生了變化？」

「是啊，梅婉，這兩天我發覺我的身體已經不再呈現半透明狀態，整個身體像是包覆著一層粗皮革，我的內心也常常出現一些不太受我控制的奇怪情緒，我擔心死了！一直想找妳說說這事！」

「那……後來呢？我們後來怎麼了？」梅婉好奇乙古勒的變化，卻更想盡快知曉所有的狀況。

「後來，我決定保持一定的距離空間，天亮以後，跟在這些南下的隊伍後方，找機會接

1 以巫術之力所產生的保護空間，一般也有以「結界」來稱呼之。

近妳。哇，妳不知道啊！這個南下隊伍，忽然變得很壯觀，除了從山上下來的七個人，還增加了六個從大巴六九部落來的人，其中三個人看起來都是資深的巫師喔，絲布伊就是其中一個，她似乎知道我跟在後面，施了巫法，讓我始終接近不了三十步的距離。」

「那還好吧！沒有直接把妳收掉！」

「也許她知道我無害吧？只讓我不過分的接近你們。哎呀，也幸好如此！我沒捲入你們沿路的大廝殺，眞是恐怖啊！」

「大廝殺？我們沿路發生了恐怖的大廝殺？妳都看到什麼啦？」

「唉唷，雖然妳是胎兒，但妳一點也沒感覺到啊？我看妳是一路昏迷不醒的吧！」

「喂，我差一點就死去了，還好只是昏迷不醒呢，那些，我怎麼會知道啊！別囉嗦了，妳快說吧，到底我錯過了什麼？」

梅婉到底錯過了什麼？乙古勒停了一會兒，不理會附近睡著的幾個大人與巫師，繼續以意念與嬰兒梅婉，無聲的、內心交流的敘說：

出發南下的一行人，經過一天的行程，在阡仔崙[2]露營後，第二天近中午的時間在乎剌林[3]與當地人細故起了衝突，卡里馬勞揮刀斬殺了其中一人，引起乎剌林人的嘯眾追殺。南下的一行人，因為族長拉娜即將臨盆，無法走快，很快被乎剌林人追上，為了確保婦孺安全，決定由大巴六九三名神箭手在後掩護阻斷乎剌林人的追擊，老巫師絲布伊

2 今台東太麻里鄉金崙村。

3 今台東大武鄉大鳥村。

更是展現了神奇的巫術，讓其他人啟動本身各自的力量，快速向前奔馳而暫時逃離危險。但乎剌林人不斷增加追殺的人數，致使大巴六九部落殿後的三名戰士，輪番受到輕重傷，仍然無法有效阻止乎剌林人的攻勢。千鈞一髮之際，老巫師絲布伊又展現恐怖的力量，施了巫法將海水劈開，一群人趁海水合攏之際都爬上了岩礁上，避開了乎剌林人的弓箭射擊。不甘心的乎剌林人決定在岸邊紮營，想讓南下的這一群人活活困死在岩礁上。幸好是陰天，一群人在岩礁上獲得了充足的休息。就在過了中午時間，絲布伊與其他巫師聯合召喚了風雨，襲擊乎剌林村，逼得在對岸紮營的追兵趕忙撤兵回村子救災。大夥趁隙，劈開了海水回到岸上繼續向南前行。

「那個場面眞是壯觀、恐怖！一直到我追上你們時，拉娜正分娩完，還來不及割斷臍帶，便將嬰兒夾在腋下，呼喝著眾人啓程往南奔。」

「怎麼會這樣？而妳爲什麼說追上我們？難道妳後來沒有跟上？」嬰兒梅婉驚訝的問，本能的踢動了腿，中斷生母拉挪的輕微鼾聲。

「哎呀，說起來就恐怖了，絲布伊所召喚的那股由巫術力量所形成的風雨，差一點要了我的命。一路上我一直是在乎剌林人的後方，看著事情的發展。風雨被啓動，先由海上捲起然後突然轉向往村子衝，我的位置剛好就在那一股憤怒風雨的邊邊。剛開始我不以爲意，因爲一般的風雨對我起不了作用，我心想正好利用這個機會，好好的欣賞被操縱的風雨是如何執行巫師的意旨，沒想到我距離那風雨的主軸還有一段距離，我就已經被外圍的力量彈開，那個力道遠比之前在卡日卡蘭那一條溪出海口的露營地，被甩出的力道還要猛上好幾倍！有了上次的經驗，我在中途順勢就努力想抓住樹枝，終於在抓了幾棵樹枝後，才停了下來。」

「沒怎樣吧？」

「手臂、身體到處痛。我是個意念，在現實的世界沒有具體的形態，只有在妳們巫師與法師眼裡才出現我的能量所形成的形體，按理說，我不該產生這樣的疼痛感覺，但是遇到這類的巫術或法術所形成的力量，我就避免不了傷害，這也就是我爲什麼這麼擔心受到妳們傷害的原因。這一次，我有心理準備，沒傷害太重啊！」

「眞是對不起了，乙古勒，讓妳這麼辛苦！」

「沒關係的，後來啊……」乙古勒繼續說著後來的事。

風雨沒有持續太久便往西邊的山脊線散去，當乙古勒重新回到沿岸往南的道路上時，乎刺林人已經重新集結了一批精壯漢子，同時也改用威力更強射程更遠的長弓，各個充滿憤怒的、加快速度的追擊往南奔逃的卡日卡蘭人。乙古勒決定走在追殺的乎刺林人前面，以方便觀察與接近梅婉。當她超越乎刺林人時，見到三個大巴六九人正以粗短的弓箭在後方掩護，造成乎刺林人的遲滯與傷亡，三個弓箭手也幾乎快被射成刺蝟，只見他們揹在身上的揹簍都插滿了箭，腿上背上也有不少的箭矢。乙古勒心急梅婉，快速地向前移動，卻遠遠的注意到大家正手忙腳亂的處理拉娜分娩的事，她正想趨近，再度被絲布伊設下的防阻巫術結結實實的擋在後方。乙古勒正感到懊惱，接著奇異的事又發生了。只見分娩完的拉娜，圍起裙子，將小孩夾在腋下，催促眾人上路。說也奇怪，拉娜幾乎不受生產的影響，也不受地形高低起伏道路崎嶇的限制，行走奔行極爲平穩快速，累得眾人在後緊追，大感吃不消。乙古勒仔細一瞧，驚訝的發現拉娜正由兩隻精壯的獵犬馱著快速向前奔馳，那獵犬正是先前在乎刺林部落附近，雙方起衝突時被殺的兩隻，當時絲布伊沒多說什麼，只留下那兩隻獵犬的腳肉墊與腿後毛。這一回，絲布伊將它們綁在拉娜的腳踝上，施了咒語，變成一種巫術力量，飛快的馱著拉娜奔逃。

一行人速度飛快，乙古勒意念本身的轉移速度更快，但受制於絲布伊的防阻巫術，乙古勒只能遠遠的跟在後方前行，一直到了阿塱壹那一條溪[4]，事情出現了轉折，絲布伊以自己的力量，將所有人往南邊推送，然後在阿塱壹溪床設置更大的巫術閘口，掩護後方三個傷勢日漸加重的弓箭手，也使得乎刺林的追兵，因爲無法越過巫術形成的障礙，放棄追擊折返向北。乙古勒連帶的也受到了影響，一直到絲布伊氣力放盡陷入昏迷時，乙古勒才能順利通過，直抵拉娜等人的露營地，時間剛好就在眾人交談告一段落，拉娜躺回自己的草寮的時後。因爲突然發現草寮內兩個胎兒，不確定梅婉的生魂是否還存活著，再加上顧忌娥黛、伊端兩個老巫師，乙古勒索性靜靜的躲藏著，等候梅婉主動召喚。

乙古勒滔滔的講述著這兩天路途所發生的事，而梅婉心思早已飄得老遠，久久沒有回應

4 今台東達仁鄉達仁溪。

乙古勒。

「梅婉，妳還醒著的嗎？」乙古勒問。

「喔，當然，聽妳跟我說話呢！沒想到發生了這麼凶險的事。」

「那眞是想不到的，我現在這樣說，實在表達不出當下所感受的那樣叫人怵慄，說眞的，要不是因爲我不是眞實的形體，在那當下沒有被殺死、累死，也一定會被嚇死。」

「乙古勒！」

「怎麼了？」

「妳說老巫師絲布伊在一條溪床上陷入昏迷？那三個戰士現在守著她？」

「是的，當時絲布伊像是用盡了最後所有的氣力，推送著你們離開，我遠遠望去，入夜後你們所持的火把在山道上的光影，幾乎是連成光線飛馳著，可見她用了不少的力量；加上她設置的強大巫術力量在那裡防阻敵人，讓那些追殺而來的七、八十個人，不自覺地在溪床上不停來來回回奔跑叫囂著，我想她應該是用盡了力氣。敵人走後她直接跌坐失去意識，連我經過她身邊刻意叫喚她，她都沒反應。」

「乙古勒，我想請妳幫個忙。」梅婉聽著乙古勒說話，安靜了好一會兒，開口說。

「怎麼？妳怎麼這麼客氣的說話？」

「我想現在我身邊的這些大人明天一定會急著回頭找他們，現在，我也沒辦法開口告訴他們關於絲布伊的情況。所以，妳現在回去那一條溪床，幫我注意絲布伊的狀況，等她醒來，就告訴她我們的位置，還有我的情況。我已經決定不吸吮拉娜的奶水，我現在的狀況也許只能維持兩三天的生命，請她務必趕快南下，我需要她的協助。」

「回去找她？那很可怕呢，萬一她施了巫術傷害我，我一條小命不就……，我已經狠狠被修理了兩次，非常恐怖的事呢。」乙古勒想起前兩次絲布伊的巫法，沒說出「死」字卻心有餘悸的說。

「應該不會的！她因為過度疲累，現在的身體成昏迷狀態，在她還沒甦醒以前，妳最好趁現在去以意念跟她溝通，就像我們現在這樣，我想妳會很安全的。這樣子，日後遇見了也不至於讓她誤會而把妳處理掉。」

「嗯，對呀，我怎麼沒想到這一點？好，我去，有其他的消息，我立刻回來跟妳說。」乙古勒稍稍遲疑，又釋懷的說。

乙古勒幾乎是說完便離開，她離去的同時，梅婉身旁的男嬰醒來餓著哭嚷，中斷了所有人的輕鼾聲。拉娜轉過身，伸手將嬰兒抱到身邊哺乳，一陣奶香味讓梅婉倏地陷入極度飢餓的感覺，她忍不住想張口，又警覺地立刻緊閉雙唇緊握拳頭，想壓抑那股飢餓感。

唉，她心裡忽然幽幽地嘆了口氣。

凡人都羨慕巫師、法師的力量，想像那些穿越在種種現實事物與虛幻之間的巧妙神力，期待巫法能夠無限滿足個人私欲或虛榮，但有誰真正了解作為一個巫師，所必須面對與承受的種種試煉與挑戰？有誰真正問過巫師本人，是否願意接受這樣的命定與被選擇？那些被賦予的力量，究竟有多少是用來滿足自己的需要？梅婉想到這裡心裡升起了些感傷。

從來沒有人問過我啊？梅婉心裡嚷著，一些淚水悄悄爬上了她尚未睜開過的眼睛。

那些纏繞著她的種種異象徵兆，那些從來也不曾想像過的經驗與力量，攪亂她平時的生活節奏，妨害她課業的準備；那些精神上、生理上的壓力，一層一層的加壓緊箍著她，她卻必須獨立承受無處哭訴。

是我活該嗎？我才十五歲的生命呢！梅婉近乎叫喊地在內心問著，她感覺自己正掉下淚水，卻忽然想到現在的自己不過是被生下來不到十個小時的嬰兒，心裡頓時又生出了一些笑意，感覺突兀極了。

還十五歲呢！我現在根本就只是一塊會動的肉，她在心裡說著，忍不住開咧著嘴，暗夜中悄悄的、無聲的笑了！

都怪自己的好奇與粗心啊，第一次穿越時空誤闖了巨木森林而現在又進到歷史人物的肚子裡成爲胎兒，然後被生下來，我這算什麼呀？梅婉覺得自己實在可笑，心裡咕噥。

希望老巫師絲布伊能準時出現，她想著。

整個夜裡，嬰兒梅婉保持著一定的警覺，提醒自己別屈服於嬰兒的生理本能，衝動地擠向拉娜的乳房吸吮。所以，她緊握著拳，緊閉著嘴，半睡半醒的等候乙古勒出現帶來訊息。

一夜過去，平靜無事，約在清晨時分，梅婉在拉娜的驚慌聲中醒來，她發覺自己是被拉娜抱起來的，幾個女人都圍了過來，梅婉確定自己是緊閉眼睛緊握雙拳，她全開著聽覺注意她們的交談。

「兩位伊娜！妳們來看一看。」

「怎麼了？」

「這女嬰……這小孩到現在眼睛都還沒張開，除了胸腔微微上下起伏，其他部分則一動也沒動，妳們看，怎麼辦？她餓不餓啊？」

「來來，我抱抱！哎呀，她眞是輕呀。」

「這就怪了！」

「怎麼了？」

「一個嬰兒不管出生大小、性別，一離開母體之後，只要東西靠近嘴邊就會本能的吸吮，但她卻沒有任何反應。除了這個之外，其他看起來應該還好吧，只是身體太瘦小，頭髮又太長了，讓她看起來更乾更瘦。」

「她不哭，表示現在仍然不餓，也沒有什麼不舒服，不過都過了一個晚上還沒有要找東西吃，的確是有點奇怪，我看還需要再觀察幾天吧！」

「是啊，拉娜，先別急，這幾天再多注意一點，應該不會有什麼大問題的，每個小孩出生時的狀況不會一樣，需要時間慢慢調整的。」

「小女孩，不管妳是誰，來做什麼，妳是我的孩子，我會盡力照顧妳，誰也不准傷害妳。」做母親的拉娜似乎做了結論，她調整了嬰兒梅婉的位置，然後輕輕的躺下，伸了手撥了撥女嬰的頭髮，心裡這麼說著。

這個拉娜的心裡話，並沒有說出口，但梅婉卻清楚的「聽到」。這究竟是母女連心，還是拉娜產生的想法、意識，因為專注強烈，而形成如同梅婉與乙古勒交談所使用的「意念」？梅婉不清楚，她也沒多的精神去弄清楚這些。因為接著在一個上午的時間裡，男人們紛紛離開而又陸續回到營地；大人們焦慮的談事情，又積極的建築必要的住屋。梅婉與另一個嬰兒被安置在草寮內，躲著太陽卻避不了溫熱的海風，飢餓感以及一種瀕臨脫水快烤乾的感覺，讓梅婉產生耳鳴，腦袋「哄晃晃……」的響著，聽著外界的聲音，時遠時近，她似乎無法正確的接受外界的聲音，也不太能清醒的思考。一直到晚上，就寢的時間，氣溫轉涼，梅婉恢復了一些意識，感覺也稍微清朗些，她注意到草寮圍攏了些女人聲音。

「還是沒吃東西？」一個婦女聲音清脆卻又憂心的問著。

「還沒……連眼睛也沒張開。」拉娜聲音有些哽咽。

「別擔心，這女娃兒雖然沒進食，不過看起來氣色還是很好。」那聲音安慰著。

「到底出了什麼問題？她要這樣不吃不喝的，要不了幾天她就會真的枯萎掉，我們得想想辦法啊。」拉娜已經開始掉淚，幾個女人都圍了過來。

「用溼布沾水，沾些奶水常常濕潤她的嘴唇看看！」有人提議著。

「看來，暫時也只能這樣了，妳們都休息吧。」拉娜擦拭著眼淚，催著眾人離去休息。

「不要緊嗎？」

「不要緊吧！大家都早點休息，孩子有孩子的命啊，我們操心也是多餘的，倒是絲布伊伊娜他們，究竟在哪裡……都是我……都是我堅持這個時候離開卡日卡蘭，連累了大家。」拉娜說著又掉了眼淚。

拉娜的話，引來大家的安慰，一陣寒暄後，眾人都回到了各自的草寮，乙古勒躲著留在這露營地的兩個女巫，悄悄的貼近拉娜一家人的草寮。

「梅婉！梅婉！」乙古勒以意念呼喊著梅婉。

「梅婉！」乙古勒又喊著。

「是妳啊？乙古勒！」

「是啊，梅婉，妳怎麼了？妳好微弱啊！」

「枯熱了一天，我覺得自己應該已經乾掉了！」

「那不行啊，梅婉！我找到巫師絲布伊，跟她說明白了妳現在的狀況。她說，她的身體短時間之內醒不過來，所以，無法幫妳什麼忙。她要妳再忍一忍，無論如何，也要撐到她到來。明天他們一行人應該會動身南下，也許那個時候她的精神狀態應該已經可以做些事了，所以，請妳撐著點，千萬別在她的身體醒來以前死去！」

「唉！」

「妳怎麼嘆起氣來！有了明確的消息，不是應該更高興不是嗎？梅婉。」

「我是很高興啊，可是又不怎麼高興得起來。乙古勒啊，我怎麼高興得起來呢？我已經餓得沒什麼力氣踢動，身體也已經像個枯樹枝失去了生機，這個情形下我還要靠意志力忍耐到明天晚上以後，然後不是好好吸吮奶水活下去，而是死去。我的確是該高興事情有了解決的辦法，可是身體這樣的難受，我又怎麼高興得起來呢？」

「委屈妳啦，梅婉！這也沒別的辦法了，我們得回去啊！再不回去，妳在奶奶家的身體也要餓死了，長蛆了！」

「呸呸呸！妳詛咒我啊？聽起來很噁心呢！」

「這是事實啊，回去以後，妳要研究出新的方法，帶著身體直接穿越時空。以生魂穿越的方法固然可行，但是危險性還是很高，尤其出門幾天，妳的身體是在沒人照顧的情況。」

「妳說的有道理，乙古勒，還是妳現在的情形最好，可以自由穿梭。」

「哪裡好啊？沒有歸屬感，也不確定自己到底是什麼？最後該到哪裡去？有的時候我想，我是不是該想點什麼辦法，找尋那個傳說的灶石，讓我自己成為一個更具體的什麼，即使最後只是一個供巫師驅策的力量。」

「唉，乙古勒，別想那些，那太危險了，每個事物都有它應然的歸屬，妳必然也是這樣，只是現在還沒有找到罷了，妄想那些傳說的力量，擅闖那些未知領域，誰知道會有什麼可怕的結果。這兩次穿越時空，不正是驗證這樣的危險是極可能發生的嗎？」

「唉，我只是想想罷了，妳有自己的使命，妳應該做這些，我真要擁有了什麼，我還真不知道我究竟要幹什麼呢！」

「所以，我們都別想太多了。我承認這一次我徹底失敗了，但我們總該要回去的，這不是我們該久留之地啊。乙古勒，相信我，我一定會陪著妳找到關於妳的記憶與最後去處。不過，我得先參加完考試。哇……什麼嘛，都要考試了，我還在這裡幹什麼？我要回去，我要吃炭烤雞排，喝一大杯珍珠奶茶……」梅婉想到考試似乎是瞬間崩潰，心裡直嚷嚷，不自覺的連番踢動也驚醒了躺在身旁的拉娜，趕緊轉過身掏起左奶想餵食。一陣奶香並沒有激起她吸吮的欲望，但也嚇得梅婉又趕緊閉上嘴巴緊握雙拳立刻安靜下來。

巫師絲布伊是第二天中午，由三名大巴六九部落一起南下的弓箭手，以長杖與藤蔓製作的擔架抬了回來。絲布伊緊閉的雙眼與緊握著雙拳的姿勢，引起巫師伊端的短暫注意，其他人則把注意力集中在想了解他們滯留的過程。

絲布伊是一直到了隔天傍晚用餐的時間才醒來。醒來以前，她在落日後，以意念與梅婉作了簡短的交談，儘管當時梅婉的精神還能支撐，但嬰兒的身體卻已瀕臨死亡，以至於呈現彌留的迴光狀態。

「妳還撐得住吧？小娃兒？」絲布伊以意念探索著梅婉問。

「絲布伊祖宗，我快熄滅了，我的身體快乾涸掉了！」

「小娃兒，我不知道妳爲什麼會出現在這裡，我也不準備問清楚，爲什麼祖宗要我們冒著這麼大的危險來找妳。妳已經盡到最大的努力生存著等我的到來，我相信妳我之間一定存在的極大緣分與關聯，日後必然會有其他的事件發生，讓妳我充分了解彼此的關係。現在，妳的嬰兒身體，已經走到路的最終，妳的生魂可以安心的離開了，今晚妳跟妳的朋友好好休息，明天日出以前，我送妳們的靈魂回到該去的地方。」絲布伊說完，便在她躺下的草寮後方，伸手指畫出了一個以巫術力量遮罩出的黑色帳幔。

梅婉只覺得傷感，無力回應，不一會兒，她感覺身體越來越大也愈發輕鬆，她注意到她正與那已經近乎乾涸的瘦小長髮的嬰兒分離，與乙古勒朝著那黑色布幔走去。

「這是妳們今晚休息的地方，沒有人看得見妳們，更沒有任何東西可以傷害妳們！妳們好好休息，明天太陽出來以前一定把妳們送走。」絲布伊說。說完便立刻醒來，向大家吵著要吃飯。

梅婉的生魂在移動中，傷感情緒越來越重，她無語望著草寮裡的兩個嬰兒，然後又看著眼前十三個一路南下的人團聚吃飯，她感覺一股邈遠哀思，眞切地、幽幽地自心底升起，她開始輕輕的、無聲的哭泣。而梅婉眼前所見的現實場景，是一群人開心迎接絲布伊醒來的晚餐中，拉娜掛念著一直未進食的女嬰，心裡一陣泫然，眼淚滴滴答答的落在湯碗裡，眾人不時的安慰著。草寮中忽然傳來怪異的聲音「哦……哇……」的兩三聲響起，像是鳥叫又像是嬰兒叫。霎時，拉娜卻像是受電擊似的整個人呆住了，她怔怔往其他人的方向望去，只見眾人正開心的吃喝，她收回眼光忽然想起一件事，沒把話說完望向草寮，發現是女嬰的哭聲！

「動了，哭了，她動了……嗚……她動了……」拉娜幾乎是甩掉碗，轉身撲向女嬰，語無倫次的喃喃自語，眼淚鼻涕直往女嬰臉上掉，伸出的雙手，忘了要抱起嬰兒，伸在胸前晃動。

「抱起來！抱起來啊！」眾人提醒著。

哦……哇……哦……哇……

一長串奇怪的哭嗚在拉娜抱起女嬰之後便開始，更奇怪的是，女嬰除了哭，身體幾乎沒動，除了眼角流了一些淚水，連眼睛也沒張開一眼。女嬰的哭聲並不響亮，有一搭沒一搭，像個音符音階，上上下下、時長時短，像在泣訴，像在低吟，像在說故事，眾人都靜靜的看著女嬰，各想著心事，氣氛逐漸沉悶、感傷。

「奶水，奶水，讓她吃點奶水。」另一個人提醒著。

拉娜立刻轉身向草寮內嘗試著餵奶，但女嬰卻不願吸吮，直到將近一個火把以後的時間，女嬰才靜下來，吸吮拉娜的乳房。

這個舉動嚇著了梅婉，她瞬間集中所有的意念，想阻止嬰兒本能的生物性，去吞噬那一口奶水。絲布伊也注意到了梅婉的這個舉動，她不著痕跡的轉過頭看了梅婉一眼微笑，然後又伸了個手勢，朝著嬰兒比畫，阻止一切繼續發展。

翌日破曉前，梅婉注視著來自大巴六九部落，應和著夢境來找尋女嬰的三位老巫師，安靜的站在拉娜睡臥的草寮等候。她撇過頭看著乙古勒說：「這一段旅程，該是這樣結束的，現在，我們也該離開了。」

而無雲的夜空，群星趕在陽光躍出海面前，努力爭閃，一群早起的雀鳥已然占據幾個灌木叢爭嚷。

17

小女巫梅婉

六月十五日下午五點，高雄市新堀江商圈，已經擠滿一群群青少年，國中基測入校榜單已發放完畢，不管最後的結果滿不滿意，如不如意最初的期待，這個年度所有與基測考試有關的議題，只剩下對新學校的想像、期待或厭惡。梅婉與她的姊妹淘便是這樣，下午相約逛了逛玉竹街幾個店，再轉到玉智街的主要街道，坐在平時光顧的小攤上吃東西、看著人潮流動、抱怨或者相互恭喜。假日的新堀江商圈人潮確實多，畢業生沒了考試壓力，在校生雖然面臨期末考但放暑假在即，週末下午該出現與不該出現的，大多擠進了這裡。

放榜的結果，梅婉幾個姊妹淘的成績不至於太意外，卻也沒有高興太多。小孟得以獎學金進了「三信家商」，大頭進了「中正高中」，男人婆進了「鳳山高中」，至於梅婉，則是吊車尾進了「高雄女中」。爲此，她的母親哈巫太太不免嘮叨，說都是梅婉貪玩搞巫術什麼的影響課業準備，一方面卻又拉著她那些三姑六婆們一起逛街買東西慰勞自己，也買一堆東西說要送給梅婉慶祝。

「梅婉，謝謝妳！」個頭與聲音都嬌小的小孟注視著梅婉說。

「喔，梅婉，我也要感激妳！」大頭也放下飲料杯對著梅婉說。

「唉唷，妳們都說了，我也該說一聲，謝謝妳，梅婉！」男人婆聲音亮刺的響著，引起隔壁桌的撇頭觀望。

「哎呀，妳們謝我什麼呀？」梅婉吸了口紅茶瞇著眼說。

梅婉在一月份的穿越旅行，誤入拉娜肚皮裡，生死關頭間造成梅婉精神上受到不少的刺激，加上乙古勒並沒有跟著回到梅婉身體所在的房間，在在加重對梅婉的打擊，使她無法專注課業與維持正常的作息，最後由大平頭校長主動出面協助梅婉的父親哈巫先生，技術性的辦理長假讓她在家休息直到三月底。

梅婉在精神狀況好的後半期，姊妹淘們有時相約一起來探視，有時個別來看望，閒談中不免提及個別憂心的事。大頭的父親是個位階不算低的職業軍官，對於子女的要求遠比一般家庭來得嚴格與缺乏彈性，對於大頭喜歡看漫畫，又不積極準備考試的態度極爲不滿，因而加強了對於大頭交誼與休閒生活的管制，引起大頭的反感與抗拒，決定以不讀書不考取的激烈手段抗議。在一次探視梅婉的時間裡，姊妹淘們讓出時間，興致勃勃的聽梅婉分析大頭的問題。說也奇怪，那些平時老生常談的勵志話語，居然對大頭產生了關鍵的影響。大頭表面上與其父親達成和解，鬆散她父親的管制，一方面自己加倍閱讀與練習的時間，此舉意外得到她父親額外允許她自己調整與加長休憩的時間與種類，也使得最後幾次的模擬考有了好成績。對此，大頭認爲是梅婉的溝通輔導有作用，所以她感激萬分。

男人婆的困擾則是因爲她單親的母親，不看好她將來能有機會考到好的大學，希望她能選擇技職學校，在高職階段學些謀生技能。但男人婆功課成績並不算差，雖然沒被編進升學班，總還能維持升學班的程度。她希望能考上好的學校，就算沒考進第一志願，起碼能進入較具競爭力的學校，讓她母親感受到她將來就讀理想大學的可能。不過，因爲一開始沒編進升學班，以至於她也沒多少信心，連帶影響成績上上下下起伏不定。姊妹淘們都理解男人婆的處境，但也沒有什麼可以具體幫助她的能力。在一次的來訪，男人婆鑑於大頭前一次毫不保留的傾訴，她也忍不住花了很長的時間，說了自己那個大家都知道的處境。梅婉也只是聽著，應和著，她牽了牽男人婆的手，又捏了捏她的大臂，又撫了撫背脊，並順手取了男人婆頸背衣服上的一根掉髮，然後微笑著注視男人婆，同時心裡唸了唸祝禱詞與一種安定與增強力量的咒語，接著把那根頭髮，隨手輕塞進男人婆衣服纖維裡，一切靜悄悄地不著痕跡。隔天起，男人婆明顯的感到自信心與日俱增，她認爲是梅婉的傾聽，使得她卸下心防重新正視自己的能力，因而愈發感到自信與進步，所以她感激梅婉。

羞怯慣了的小孟，並沒有在其他人的陪伴與梅婉長談，三月底梅婉回學校以前，她約了梅婉在一個週日出門。梅婉了解她的狀況，與小孟相約在學校，然後沿著四維路的行人道走走曬太陽，她交給小孟一個小人偶。

那是一個長約十公分的女娃小布偶，頭飾戴著花圈，身著卑南族傳統圖飾的肚兜、長圍裙、綁腿。梅婉在小人偶的肚子裡縫進了一顆塞了陶珠的檳榔，梅婉針對小孟的狀況，做了一場增強力量的巫術，讓這個小人偶成為小孟的護身符。同時，梅婉又在小人偶的衣飾內縫上了一根穿越兩顆小陶珠的紅絲線，增加姻緣的能量。

「哇，這是什麼？好漂亮的小人偶啊！」小孟驚聲道。

「這個呀，卑南語叫『魯恩』，記得我說過要奶奶做一個御守護給妳嗎？這個就是了！」梅婉說。

「御守護可以做成這個樣子啊？好漂亮喔！」

「呵呵……喜歡嗎？送給妳！」

「這怎麼好意思？」

「別不好意思了！另外……這個妳收著！」梅婉從上衣口袋取出一張摺疊過的筆記紙張！

「這是什麼？」

「妳忘了？妳說過關於妳將來伴侶的願望啦？」

「喔，我沒忘，可是我記不得什麼內容了！」

「妳說想要有一個人生伴侶，可以分享和分擔生活中的一切喜怒哀樂，可以相互照顧；一起認識生命，一起從事對身邊人、對人群有益處的事情；一起付出愛也接受愛，在相處中、在一切生活境遇中，一起學習和實踐佛陀的智慧，就這樣平凡而且腳踏實地度過在地球的這段生命。」

「有嗎？我是這麼說的嗎？聽起來好有學問喔！」小孟因為興奮，聲音稍稍的大了起來。

「三八啦，這是妳說的啊，我找奶奶幫忙填了祝禱詞，哪，就是這個！」梅婉攤開紙張。

「這……怎麼唸啊？這是卑南語吧？」

「是啊，照著上面的拼音，妳慢慢試著唸。」

「妳可以唸給我聽聽看嗎？」

「不行，這是一段含有咒語的祝禱詞，是針對妳的狀況編寫的詞。我不確定妳喜歡的對象是不是陳建東，也不確定他是不是適合妳的人，所以，必須由妳自己來唸禱，效力才會產生，也不至於產生負面的結果。」梅婉看了小孟一眼。

「負面效果？」

「是啊！每一種咒語或巫術儀式，都必然伴隨一些負面的力量所產生的效應，所以必須謹慎使用。這是爲妳設計的咒語禱詞，必須由妳實踐。」

「看來，我得自己來了。」小孟說著，眼睛望向四維路對向的行人道上，一個拖著菜籃的媽媽。她本能的舉起手來想打招呼，又垂下手來。

「是啊！別擔心，這個咒語具有限制性質，目的、對象都是指名的，即使沒有達成目的，也不致造成其他的傷害。」

「如果是這樣，那我現在試著唸給妳聽好嗎？這沒有關係吧！」小孟停下腳步，表情認眞的問！

「當然好啊，我其實就是希望妳現在就啓動其中的咒語力量。來，妳唸給我聽，我來修正音準。」

小孟攤開紙條，紙條上對仗著一些字跡，那是以英文字母做基礎，在幾個特殊唸法的字母加上註記所排寫的文字，小孟整個看了一遍，心裡嘗試著默唸：

Hala demuwamuwan na, mahizangan a.　（列祖、列宗）

Zemaleb gu la, ruwa gu la　（我親近、到來）

Baginer gu, pagalazam gu　（我欲告知、使聽見）

Zangu aner, zangu nanai　（我的願望、我的心底話）

Za baihadipan, za baihahazinan　（那伴侶、那配偶）

Giazek gu, Gianun gu （我告知、我撫慰）
Z̲a sasebazan, Z̲a bual̲angan （可分享、可分擔）
Z̲a marg̲al̲aman, z̲a marg̲asahar̲ （相知、相惜）
Mar̲u ya mager̲eger̲eng, mar̲bul̲al̲ang （相互扶持、相互照應）
Yi zalan, yi wagal̲; yi bunabunan, nu vaau da zian （人生旅途、生命過程）

Nian̲azir̲ gu, balun̲uzn̲uz gu （我祈禱、我誦祈）
Nu h̲ari l̲a vangsar, h̲ari vul̲ay （即使不俊美、美麗）
h̲ari biamaw, h̲ari badezel̲ （不是正確、偶有錯誤）
h̲ari magaml̲i, h̲ari mugaruwa （沒有不同、沒有二心）
Z̲a baih̲adiban, z̲a baih̲ah̲azinan （那伴侶、那配偶）

Nu yieman, nu mand̲awan （是何人？人如何？）
yinina h̲ari vangsar̲ h̲ari vul̲ay nu gema mu （這不俊美、不善美，您這麼問）
Demuwamuwan na, mal̲ur̲uwan na （先祖、聖賢）
Gamlia gu h̲ari bagin̲er̲ bagal̲azam za （我豈能不告知？不使您聽見）

Ganmu na menanahu, na demaduvang　（看顧、回應的您）

Maw gu yi小孟，daw nazan mu maw yi陳建東　（我的名字是小孟　他的名字是陳建東）

「開始吧！記得從今天開始的每一天，睡覺前，起床後，手拿著這個布偶，找個安靜的地方一個人，或坐或站全心全意的唸誦。」梅婉說。

「我開始唸誦了喔！」小孟說。

這些發生在三月底前幾週的事情，梅婉當然清晰的記憶，但是當三個姊妹淘都先後表示感激的時候，梅婉還是覺得應該爲她們各自保持一點彼此祕密。

「總之，就是謝謝妳啦，妳眞是我的好姊妹！」男人婆伸過手拍了一下梅婉的大臂。

梅婉沒有直接反應男人婆的拍撫，她吸了口紅茶半瞇著眼注視到對街，她意外的發現那裡出現了一個男人，一個蓄著長髮，留有鬍渣的成年男人。梅婉幾乎一下子就認出，那是上一次出現的男子，因爲那身一九六〇、七〇年代流行的男裝款式，合宜的西裝外套，下半身幾乎拖地的喇叭褲，以及他半低著頭由遠處走來向著五福路方向從容的移動，在往來熙攘露肩露臂的潮男潮女中，有著極大的視覺反差。這一次，那男子同樣走到與梅婉最近距離的對向，以一種舒緩自然的姿態抬起頭看著梅婉，那一雙曾經令梅婉驚詫的，集孤單、落寞、悔恨、絕望與乞憐的眼神，依舊直視著。那憂鬱、空洞與想訴說而不得的壓抑，梅婉忽然有著充分的理解。

梅婉不著痕跡的伸手進了隨身袋，扣起了一顆陶珠，她微笑著、注視著前方心裡默唸一段禱詞，然後由桌下往前方男子的方向彈去，那男子忽然笑了，望著梅婉笑了，漸漸淡去、消失。

男人婆並不知道梅婉在做什麼，但她警覺到梅婉呈現短暫的出神，正想出聲叫喚，卻發現梅婉微笑著注視前方，她順著梅婉的眼神望去，嚇得叫了一聲：

「陳建東？是陳建東來了！唉唷，梅婉啊，妳跟個花癡一樣耶！哪有人這樣傻笑著啊？」

「建東，你來啦？」忽然響起了小孟的聲音。

小孟幾乎碰翻了桌上的飲料，起身開心的迎上，然後牽著陳建東的手。

「什麼？你們？」男人婆對此情形大感驚訝，幾乎是驚叫著，聲音引起附近鄰座的好奇張望。

「妳們坐坐，我們約了去一趟補習班！」小孟說著，看了一眼大家，然後朝著五福路的方向離去。

「這到底怎麼回事啊？」男人婆與大頭幾乎同時叫嚷。

「梅婉，妳知道嗎？」男人婆問。

「我？」梅婉感到尷尬，正不知道怎麼說，路口傳來小孟的叫喚聲。

「梅婉，妳來一下！」小孟又叫了一聲。

梅婉注意到，小孟讓陳建東在路口等候，顯然有話要單獨跟梅婉說。梅婉只得向其他兩人聳了聳肩離開座位，走向小孟。

「怎麼啦？小孟？」

「我問妳，那個『魯恩』，那個小布偶，那個妳給我的御守護有名字嗎？」

「嗯？妳怎麼突然問這個呀？」梅婉覺得小孟心情很好。

「我是說……哎呀，這怎麼說呢？我覺得她應有一個名字。」

「沒有呢，妳可以給她取個名字啊！」

「小女巫梅婉！我決定給她一個名字，就叫『小女巫梅婉』。」

呵呵……小女巫梅婉！梅婉看著小孟滿懷感激又像不懷好意的促狹眼神注視著梅婉離開，心裡唸誦著。

我眞是個小女巫啊！梅婉心裡嚷著。

她腦海跟著浮起沒有回到這個空間的乙古勒，想起幾個月前自己急著要趕赴十七世紀，想起最後導引她回來的老巫師絲布伊，心裡忽然有些衝動。

我該再回去的！該再做一次時空穿越的旅行。她心裡說。

「我是小女巫梅婉！我還有未完成的事！」她輕聲的說。

二〇一二・八・一　高雄岡山

後記

關於巫，關於召喚我的

我在二〇〇九年十二月以《Daramaw：卑南族大巴六九部落的巫覡文化》為書名，修訂出版了二〇〇五年完成的碩士論文。論述關於當代仍然活躍存在於我的部落Damalagaw（大巴六九）的巫覡文化，其所存在的原始宗教概念，並首次嘗試解構植基於部落文化底蘊的巫覡信仰中，那些關於神靈的神威與空間秩序、祭詞咒語的基本架構、儀式操作的基本程序與概念。同時以J.G. Frazer（佛雷澤）在《金枝：巫術與宗教之研究》所提出的「交感律」概念，解釋那些今日仍然在部落生猛存在的巫術儀式中，被設計出來的儀軌是如何進行的？其牽涉的靈俗之間存在怎樣的互滲關係？又，儀式中的力量又如何成為可能，根據什麼而來？

佛雷澤認為，「無論在任何地方，交感理論的巫術，如果是以道地的、純粹的形式出現，它就認定：在自然界中一個事件總是必然地和不可避免地接著另一件事，並不需要任何神靈或人的干預。」根據這個「自然、不可避免銜接」的原則，他歸結出所有事件的發生不可能只是單一的發生並存在，它必然在前因後果上有著連動關係，因而事件與事件之間必然存在某個特殊的物質，在相關的可能理論下，連結兩個事件使產生互動或交感。而這個造成互動的可能理論，他提出兩個方向思考：第一是「同類相生」亦可稱「相似律」，也叫「順勢巫術」或「模擬巫術」（如圖一），認為憑模仿就能實現任何想做的事。第二是「接觸律」或「觸染律」，也叫「接觸巫術」（如圖二），基本的定律是：只要物體被那個人接觸過，他便能通過一個物體對一個人施加影響，不論該物體是否為該人身體的一部分。

佛雷澤歸結這兩個原則，點出了為何巫師可以宣稱擁有超自然能力的基本原理；這樣的信念擴散、感染的結果，直接、間接影響了居民社會越加敬畏神靈，越加堅定巫術的超自然能力是可以改變生活既定的規律，可以適度解決其精神內在衝突；接著便「相信」、「受影響」，然後「改變」、產生「信仰」。在這樣的論述過程與結果，原住民族群社會中普遍存在的「巫覡文化」，得到了詮釋的空間與正當性，使其成為一個具有「宗教」雛形的信仰文化。

基本上，卑南族大巴六九部落的巫術儀式的操作，也是在這樣的概念上，建立操作神靈力量的原則與依據。這其中含有兩個部分，一個是靈魂的概念：但凡，人有兩個靈魂（dinavawan），同住在身體裡面（savak），相互位置並不固定，如果有一個靈魂外出或

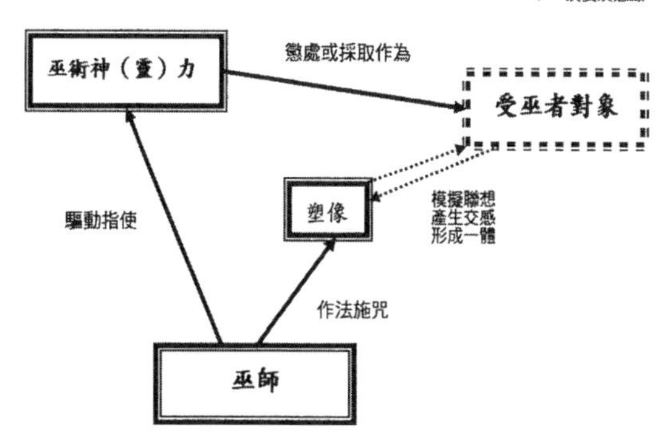

圖一：模擬巫術（相似律）

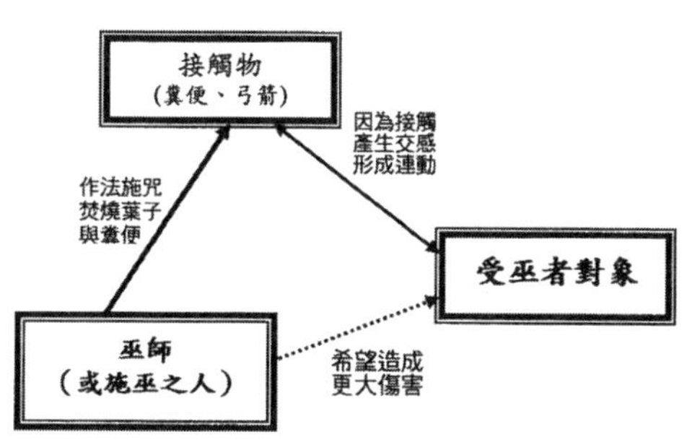

圖二：接觸巫術（接觸律）

留滯在外，人會生病、不舒服或不安寧，如果兩個靈魂都出去了，人就會死亡。因此，為了解決靈魂外出或滯留，所造成的各種不明原因生病與心理不安，部落的原始宗教所發展出的巫術儀禮中，自然也形成了一套關於招魂安魂的巫術bazvalyu，一種相類似台灣地區漢民族的「收驚」儀式。

一個是既有的神靈空間概念：大巴六九部落 daramaw 信仰中普遍認定：一個地域、部落（zgal）或是人所居住的房子，均有一個或數個守護的神靈，這些神靈統稱為viruwa。此外，舉凡漢民族所稱之神祇，無論是堂上拜的佛祖、觀音或耶穌也叫 viruwa；祖先祖靈叫viruwa；人死後的 dinavawan（靈魂）也轉換成 viruwa；台灣社會民間信仰上大家熟知的土地神、「地基主」叫viruwa；連陰魂野鬼也稱 viruwa。換句話說，凡 bunabunan（陽間）以外之神、仙、佛、道、金剛、羅漢、山魈、鬼、魅、精、靈、魍、魎等等，在漢人民間信仰中，各種具神格、鬼格或游離之無主、無祀鬼魂，包括巫師作法驅使的壞東西，均可稱之為 viruwa。本文概以「神靈」稱呼，藉以區隔宗教或民間信仰所稱的神、鬼等陽界以外的事物。

這些神靈並無明顯的存在階序區分，相互間也無相屬或指揮的關係。平時各據一方，只有在巫術儀式的功能上，才賦予特別名稱與任務，根據巫師作法的需求，來迎請這些神靈，各依照其屬性，提供不同程度、不同方式的功能與服務。（見圖三）

上述的概略論述，說明了關於大巴六九部落對神祇對靈魂的概念，也提出了巫術力量操

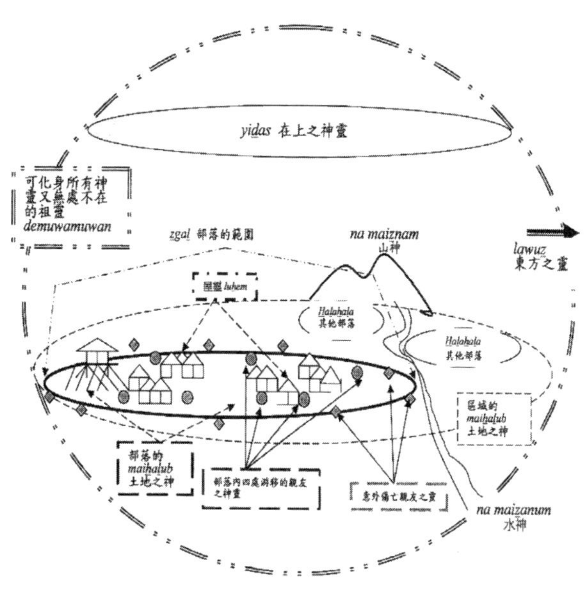

圖三：神靈空間示意圖

作的基本概念。但是學術論文畢竟是生冷的，如何對應現實生活中的經驗，讓這些研究所得，變得容易親近與理解？這與我一直以來的小說作品中關於「巫術」的儀軌、倫理與力量呈演能產生怎樣的連結？又如何使作品存在真實的文化基質而非憑空想像？則是近幾年個人嘗試創作時，一塊總是牽引著，令我躍躍欲試又滿懷期待的題材、領域與課題。

《巫旅》是個系列作品，嘗試著將大巴六九部落的巫覡文化，以文學作品呈現的實驗。這是「巫者」在不同時空與價值觀的穿越往返之旅，是藉由「巫術」召喚生魂死靈，展演族群內在精神世界與力量之旅。企圖探討人類對生存環境所伴隨的道德責任，也省思擁有力量者的戒律與限制，不論那是怎樣形式的力量，怎樣強弱等級的力量。

等等，別急著打盹或者闔上書離開嫌我嚴肅囉嗦。

我是說，我這麼想像著關於「巫」的書寫，這會不會是一種如巫者成巫的徵兆？我被一股神祕力量揀選著，召喚著，必須以大巴六九部落的巫覡文化為核心，書寫一系列的以「巫」為中心的小說，建構一套有別於翻譯小說的巫覡世界。正因為是系列作品，需要很多年的創作與累積，而這樣的創作所形成的脈絡，可能將通俗地演繹大巴六九部落巫覡文化的核心精神，以利傳世。但也可能同時見證我隨著年齡漸長思慮漸次成熟深層的軌跡，或輕易的暴露了我淺碟始終停滯不長進的證據。那樣，若干年後您翻閱這系列作品時，也許點點頭贊許或者忍不住哈哈大笑碎唸著：「啐，這個巴代。」

好了，最後一段了。

謝謝親愛的妻子惠，以及家人長時期的容忍我專注埋進自己的書寫世界，不理俗務家事，也謝謝財團法人國家文化藝術基金會的常態補助，讓我免去出門謀職增加收入的念頭安心創作。當然，對於急著在買回家前翻閱，或者已經買回家悠哉又興奮閱讀了兩天的您，容我真誠說聲謝謝。以大巴六九巫覡之名，祝您健康順遂，安心適意。

二〇一四・三月於岡山

INK PUBLISHING 文學叢書 404
巫旅

作　　者　巴　代
總 編 輯　初安民
責任編輯　宋敏菁
美術編輯　林麗華
校　　對　吳美滿　巴　代　宋敏菁

發 行 人　張書銘
出　　版　INK 印刻文學生活雜誌出版股份有限公司
新北市中和區建一路249號8樓
電話：02-22281626
傳眞：02-22281598
e-mail：ink.book@msa.hinet.net
網　　址　舒讀網http：http：//www.inksudu.com.tw

法律顧問　巨鼎博達法律事務所
施竣中律師
總 代 理　成陽出版股份有限公司
電話：03-3589000（代表號）
傳眞：03-3556521
郵政劃撥　19785090 印刻文學生活雜誌出版股份有限公司
印　　刷　海王印刷事業股份有限公司

港澳總經銷　泛華發行代理有限公司
地　　址　香港新界將軍澳工業擧駿昌街7號2樓
電　　話　(852) 2798 2220
傳　　眞　(852) 2796 5471
網　　址　www.gccd.com.hk

出版日期　2014年6月　初版
2021年8月18日　初版二刷
ISBN　978-986-5823-78-8

定　價　320元

國家圖書館出版品預行編目資料

巫旅／巴代 著；
--初版, --新北市中和區：INK印刻文學，
2014. 06　面；14.8x21公分.（文學叢書；404）
ISBN　978-986-5823-78-8（平裝）
857.7　　103007990